DU MÊME AUTEUR

Romans

LES MAUVAISES PENSÉES, Éditions JC Lattès, 1999.

LA FOLLE HISTOIRE, Éditions JC Lattès, 2003 ; J'ai lu, 2012.

LA CONSULTATION, Éditions JC Lattès, 2005 ; Pocket, 2009.

LES DERNIERS JOURS DE STEFAN ZWEIG, Éditions Flammarion, 2010 ; J'ai lu, 2011.

LA LÉGENDE DES FILS, Éditions Flammarion, 2011 ; J'ai lu, 2013.

LE CAS EDUARD EINSTEIN, Éditions Flammarion, 2013 ; J'ai lu, 2015.

L'EXERCICE DE LA MÉDECINE, Éditions Flammarion, 2015 ; J'ai lu, 2017.

ROMAIN GARY S'EN VA-T-EN-GUERRE, Éditions Flammarion, 2016 ; J'ai lu, 2018.

UN FILS OBÉISSANT, Éditions Flammarion, 2018 ; J'ai lu, 2019.

Biographie

ALBERT EINSTEIN, Éditions Gallimard, « Folio biographies », 2008.

Roman jeunesse

LA FOLLE ÉPOPÉE DE VICTOR SAMSON, Éditions Flammarion, 2020 ; J'ai lu, 2021.

Théâtre

LES DERNIERS JOURS DE STEFAN ZWEIG, Éditions Flammarion, 2012.

MODI, Éditions Flammarion, 2017.

FRANZ KAFKA
NE VEUT PAS MOURIR

LAURENT SEKSIK

FRANZ KAFKA NE VEUT PAS MOURIR

roman

nrf

GALLIMARD

À ma femme,
et à mes fils

On pourrait faire de Kafka le personnage d'une légende...

WALTER BENJAMIN

PROLOGUE

Kierling, le 4 juin 1924

Nous, le Dr Hugo Hoffmann, médecin diplômé de la Faculté de Vienne, administrateur du sanatorium de Kierling, certifions, conformément à l'article 29 du règlement intérieur de l'établissement, la déclaration ci-après et l'attestons pour vraie.

(Note à l'attention du secrétariat : un double du dossier médical sera adressé au Pr Pick, à Prague, et au Dr Siegfried Löwy, médecin traitant et oncle du patient.)

Nous avons constaté, hier, 3 juin 1924, le décès du patient Franz Kafka, né le 3 juillet 1883 à Prague, de Hermann et Julie Kafka, Docteur en Droit de son état, résidant au domicile familial, travaillant au siège de l'Office d'assurances contre les accidents du travail pour le royaume de Bohême à Prague – mis en congé de sa fonction.

Le décès est lié aux suites d'une laryngite tuberculeuse fulminante ayant entraîné dénutrition et déshydratation.

Outre le larynx, la maladie avait envahi les deux poumons, l'intestin et les méninges.

Depuis plusieurs jours le patient ne pouvait plus s'alimenter.

M. Kafka est arrivé dans notre établissement le 19 avril 1924.

Il avait au préalable été accueilli à l'Hôpital Universitaire de Vienne dans le service du Pr Marcus Hajek, à l'étage dédié au traitement des phases terminales de la tuberculose, dans un état jugé comme désespéré. Le patient était sorti du service, contre avis médical, à la demande de ses proches, pour être transféré dans notre sanatorium.

Le patient a été vu par nos soins à son arrivée et nous avons établi le diagnostic suivant :

Tuberculose évolutive généralisée, compliquée de laryngite tuberculeuse fulminante.

À l'examen clinique :

- poumon droit : râles au niveau apical supérieur ; sibilants au niveau lobaire moyen ; rauque basal ;
- poumon gauche : râles au troisième creux intercostal ; sibilants au lobaire inférieur.

La radioscopie pratiquée a montré deux volumineuses opacités des poumons droit et gauche dont une, apicale droite, de type caverneuse, ainsi qu'un épanchement pleural droit compressif.

La laryngoscopie a montré un défilé laryngé infranchissable avec obstruction quasi totale de la gorge.

Conformément à notre protocole de traitement visant à enrayer l'évolution, nous avons prescrit :

- 5 verres de lait par jour
- 2 verres de crème fraîche entre les repas
- repos au lit 6 heures par jour
- promenade quotidienne d'une demi-heure si l'état le permet
- prélèvement et analyse des crachats
- pesée matin et soir
- prise de la température quatre fois par jour, avec pointage de la courbe
- injection de 10 ml d'éthanol en regard des nerfs laryngés supérieurs à visée antalgique et palliative.

Signalé comme végétarien, le patient Kafka a décliné les repas de viande rouge proposés en complément calorique indispensable au traitement – signalons que les 2 dernières semaines, toute ingestion de ce type d'aliment était proscrite vu l'état de la gorge du patient.

Le patient Kafka a toujours montré une connaissance précise de l'état de sa maladie.

Selon les conclusions de l'interrogatoire du patient, la maladie avait commencé il y a une décennie, en l'année 1913 ou 1914.

La maladie était restée quiescente un certain temps, manifestée par une seule asthénie et des maux de ventre violents témoignant d'une possible atteinte tuberculeuse du tube digestif et des ganglions lymphatiques.

La manifestation inaugurale de la maladie s'est déclarée au mois d'août 1917, par une hémoptysie nocturne massive à laquelle ont succédé plusieurs crachats de sang itératifs les jours suivants. Le patient était alors dans sa 34e année.

Les facteurs favorisant la contamination par le bacille

de Koch étaient : la vie dans une capitale, l'appétence du patient pour le lait cru non pasteurisé et non bouilli – qui, on le sait, favorise la transmission du bacille par le lait de vaches tuberculeuses.

Le patient a alors consulté le Dr Mülhstein, généraliste à Prague, qui a diagnostiqué une simple bronchite.

Devant la persistance des symptômes, le patient Kafka a consulté le Pr Friedl Pick qui a diagnostiqué la tuberculose pulmonaire. La radiographie a constaté l'atteinte de la région apicale du lobe pulmonaire droit.

Le Pr Pick a prescrit des injections de tuberculine que le patient a refusées.

De 1917 à 1921, la maladie a été relativement contenue, manifestée par des céphalées intenses pouvant être en rapport avec l'envahissement des méninges et des douleurs abdominales aiguës sans doute liées à l'envahissement de la cavité digestive.

La maladie a pu permettre une relative conservation de la vie professionnelle et personnelle du patient Kafka.

À partir de janvier 1921, la maladie évolue défavorablement et impose une succession de séjours en sanatoriums, dont celui de Merano (Italie du Nord) et celui de Matliary (Hautes Tatras), avec interruption fréquente de l'activité professionnelle du patient.

Voilà 9 mois, en septembre 1923, le patient est atteint par la grippe espagnole. Le virus grippal a aggravé les lésions par une double pneumonie qui a laissé le patient dans le coma pendant 72 heures. Contre toute attente vu l'état du patient, l'infection a finalement été jugulée.

Succédant à l'épisode de grippe, le séjour prolongé du patient à Berlin durant le particulièrement rigoureux hiver dernier, vécu dans des conditions de grande précarité, a entraîné l'évolution irréversible vers l'atteinte laryngée.

Le 3 mai dernier, après examen du patient, le Dr Oskar Beck a rendu ses conclusions dans un courrier que je reproduis ci-après et qui se trouve dans le dossier du patient Kafka :

> Hier, j'ai été appelé par Mlle Dora Dymant à Kierling.
>
> M. le Dr Kafka éprouvait de violentes douleurs dans le larynx, surtout lorsqu'il toussait. Quand il prend de la nourriture, les souffrances s'aggravent de telle sorte qu'il lui est presque impossible d'avaler.
>
> J'ai pu constater dans le larynx un processus de désagrégation de caractère tuberculeux, affectant également une partie de l'épiglotte. En un tel cas, une intervention chirurgicale est absolument impraticable, et j'ai ordonné une injection d'alcool dans le nervus laryngeus superior.
>
> Aujourd'hui Mlle Dora Dymant m'a téléphoné pour me dire que l'action n'a été que temporaire et que les douleurs ont repris avec la même intensité.
>
> J'ai conseillé à Mlle Dymant de ramener M. le Dr Kafka à Prague puisque le Dr Neumann a, quant à lui, estimé ses chances de survie à trois mois.
>
> Mlle Dora Dymant a refusé car elle croit que le patient prendrait ainsi conscience de la gravité de son état.
>
> Il serait bon que vous donniez à ses parents tous les éclaircissements nécessaires sur le sérieux de la situation.
>
> Je m'explique très bien, psychologiquement, le désir de Mlle Dymant, qui s'occupe du malade avec une touchante abnégation, de convoquer à Kierling une conférence de spécialistes.
>
> J'ai dû lui expliquer que les poumons aussi bien que le larynx de M. le Dr Kafka étaient dans un tel état

qu'aucun spécialiste ne peut lui venir en aide et qu'on ne peut attendre d'adoucissement que du pantopon ou de la morphine.

Ayant conservé toute sa conscience jusqu'à ses ultimes instants, mais ayant perdu l'usage de la parole en raison de l'envahissement du larynx, le patient s'exprimait ces dernières semaines par la rédaction de notes.

Les causes de la mort, ce jour du 3 juin, sont liées à la répétition des injections de morphine pratiquées en vue d'atténuer les souffrances du patient et l'étouffement causé par l'envahissement du larynx.

Identité des personnes venues au chevet du patient et inscrites dans le registre de l'établissement :

- M. et Mme Kafka, père et mère du patient. Visite le 28 avril 1924 ;
- M. Max Brod, ami du patient, plusieurs visites dont la dernière, le 11 mai 1924 ;
- le Dr Siegfried Löwy, oncle du patient, également le 11 mai 1924 ;

  de façon continue et dormant à demeure, chambre 14 et chambre 15 de notre établissement, ayant joué un rôle considérable dans le suivi et les soins du patient :
- Mlle Dora Diamant (Dymant, ou Dyamant), compagne du disparu ;
- M. Robert Klopstock, étudiant en médecine à Budapest et ami du patient.

Il avait été accordé à M. Klopstock, vu ses compétences médicales, et avec l'accord du Dr Kafka, la prise en charge du patient.

C'est M. Klopstock qui a signalé le décès du patient Kafka, après lui avoir donné les derniers soins, notamment l'injection de morphine létale.

Le patient a été veillé dans la chapelle attenante à l'établissement, par Mlle Dora Diamant.

Il a été laissé à M. Robert Klopstock, à sa demande, le soin de prévenir la famille.

Le patient Kafka sera inhumé à Prague, le 11 juin 1924.

PREMIÈRE PARTIE

2 février 1921

ROBERT

Il vit comme un mauvais présage la traînée de fumée noire laissée par la locomotive derrière elle. Une succession de falaises et de pics défilait par la fenêtre du compartiment. *Le plus haut de la chaîne des Tatras domine les Carpates de ses 2 500 mètres d'altitude*, avait-il lu. Vers la vallée, des forêts d'épicéas déroulaient un tapis sombre qui venait se fondre au bas des sommets neigeux dans la grisaille des montagnes. Il se demanda combien diable pourrait durer son séjour au sanatorium. Ma réclusion, corrigea-t-il. Le professeur Imre Dietz, un de ses maîtres à la faculté de médecine, celui-là même qui lui avait conseillé Matliary pour soigner sa tuberculose, avait eu un silence gêné lorsqu'il lui avait posé la question. « Qui peut savoir ce que réserve cette maladie ? » avait fini par lâcher le professeur, avant de lancer, sur un ton de condoléances : « Soyez confiant, Klopstock, vous vous en sortirez. »

La vision d'un chamois sur une roche lui arracha un sourire. Qu'Imre Dietz aille en enfer, avec tout le collège des professeurs de Budapest ! Il ne resterait pas les bras croisés à attendre que les lésions qui rongeaient ses poumons s'amenuisent, privées de l'oxygène dont elles se nourrissaient sous l'effet supposément bienfaiteur de ces hauteurs. Il saurait saisir sa chance. Le doyen de la faculté de médecine l'avait autorisé à reporter ses examens pour raisons de santé. Sa malle recélait une bibliothèque entière de cours de médecine, livres d'anatomie, manuels de chirurgie. La mémoire a toujours été mon fort, s'enorgueillit-il. À son retour à Budapest, il en remontrerait à ses camarades de promotion qui l'avaient enterré vivant en apprenant la nature de l'affection dont il souffrait.

Toute l'œuvre de Dostoïevski finissait de remplir la malle. Dostoïevski meublerait les semaines de solitude et d'ennui. Dostoïevski valait la compagnie des hommes. Robert s'était promis de tout relire. Il aimait les défis. Apprendre la médecine et lire tout Dostoïevski suffisaient au bonheur d'un individu, en tout cas au sien. Qu'aurait-il d'autre à faire que lire et étudier, sinon avaler ces tonnes de litres de lait et ces kilos de crème fraîche censés vaincre le bacille tuberculeux ?

Peut-être ces interminables journées lui offriraient-elles le loisir de reprendre l'écriture de son roman. Il s'inventait toujours des excuses pour ne pas y replonger, repoussait sans cesse l'heure. Là-haut, il n'aurait aucune excuse, pas d'amours incompris ou de nuits de garde à l'hôpital. Le vide des sommets étirait le temps à l'infini. Il allait enfin pouvoir réaliser son rêve. Il rêvait depuis toujours d'être écrivain. Il ne s'imaginait pas vivre une vie entière sans avoir écrit un roman. Il avait de l'ambition pour dix, il serait Tchekhov ou personne, sa vie serait vouée à guérir les corps et à réconforter les âmes. Mais à l'instant de prendre la plume, il se trouvait face à un gouffre, comme tétanisé par le doute. Chaque ligne lui coûtait. Les mots tombaient au compte-gouttes. Et ses dialogues sonnaient faux. Il était assailli par toutes sortes de questions. Fallait-il faire un avec sa souffrance pour l'exprimer entièrement ou convenait-il de s'oublier totalement ? Comment ordonner son récit, donner chair à ses personnages ? Il n'avait pas d'idée précise concernant la fin, de quelle manière, alors, progresser dans l'inconnu ? Son histoire comptait une douzaine de chapitres, il n'était satisfait d'aucun. L'inspiration se cachait-elle dans les livres ou dans la vie réelle ? Il avait lu tout ce qu'il lui était possible de lire, mais, à vingt ans et des poussières, en connaissait-il assez sur l'existence ?

Il rêvait d'une âme charitable qui pourrait mettre un terme à ses questionnements. Mais ses professeurs lui auraient ri au nez en découvrant qu'il nourrissait une vocation autre que la médecine. Sans parler de ses camarades de promotion, obsédés par leur carrière ou pire qui ambitionnaient simplement de couler des jours heureux. Les jours heureux, Robert, ça lui filait le cafard.

Peut-être devrait-il afficher des prétentions littéraires plus modestes et se contenter de reprendre cet article sur Alfred Döblin que lui avait commandé un journal de Budapest à la porte duquel il était allé frapper – apprenant qu'il était étudiant en médecine *et* épris de littérature, le rédacteur en chef de cette feuille de chou l'avait mis à l'épreuve en lui proposant un sujet consacré à l'écrivain-médecin berlinois.

Bercé par le mouvement du train, il finit par s'endormir. C'était naturellement un mauvais sommeil, auquel le ferraillement de la locomotive à l'approche de la gare de Tatra Lomnitz vint mettre un terme. Il écarquilla les paupières. Il était arrivé à destination. Les maisons étaient recouvertes d'une neige épaisse, le ciel inondé de brume. Dans les hauteurs, il put distinguer le pic du Lomnitz, qui surplombait les lieux. La mort au grand air, songea-t-il.

La directrice du sanatorium, Mme Forberger, avait assuré dans sa lettre qu'on l'attendrait sur le quai. Il quitta le compartiment et descendit du train sa malle à la main. Le quai était presque désert. À l'autre bout, un homme emmitouflé sous une veste longue, une chapka sur la tête, agitait une main dans sa direction. Il répondit à son salut. L'homme vint vers lui d'un pas rapide et après les présentations d'usage le convia à le suivre.

« Qu'avez-vous mis dedans, un cadavre ? » lança-t-il après s'être emparé de la malle.

Robert le suivit jusqu'à l'attelage au-dehors, monta sur le siège arrière. L'homme fit claquer son fouet dans l'air et tira sur les rênes. Le véhicule fila dans la neige. On traversa le village. À l'orée des dernières maisons, on s'enfonça dans une forêt. Robert grelottait de froid sous son manteau léger, à peine bon pour les rigueurs de l'hiver à Budapest. Le cocher entama la conversation :

« Je devine que c'est la première fois que vous venez ici. Vous vous y sentirez bien. L'établissement est correctement tenu, la cuisine parfaite, le personnel irréprochable. Et les patients en nombre raisonnable, une trentaine, en ce moment, tout au plus, répartis dans deux bâtiments. Si vous avez de la chance ce sera le grand pour vous, dans le cas contraire je ferai le nécessaire, vous m'avez l'air sympathique, pas très prolixe mais sympathique. Et puis, nous avons un médecin à demeure. Il n'y en a pas deux comme le docteur Strelinger pour vous rassurer quand votre état s'aggrave. Dans la clientèle, il y a de tout, des Hongrois de Budapest comme vous mais plus argentés, des Tchèques de Prague, pas d'Allemands, évidemment. Pourquoi viendraient-ils ici, avec les établissements qu'ils possèdent ? Évidemment il y a aussi des juifs, vous n'êtes pas juif, monsieur Klopstock ? Klopstock, cela sonne germanique. Mais ceux qui sont ici sont très bien, vous pourrez le constater. Ah, j'oubliais l'essentiel à votre âge, il y a aussi des jeunes femmes, en particulier Aranka, une Hongroise de toute beauté, et Ilonka, sublime, mais qui tousse comme une crevarde... À moins que vous ne soyez de l'autre bord, il faut de tout pour faire un monde. Ici, nous avons un capitaine, je ne sais pas s'il en est, mais il passe son temps à peindre, c'est quand même un signe d'être si sensible à la beauté des choses... Ah, il y a aussi un dentiste, du nom de Glauber, au petit bâtiment, et également un Tchèque, la cinquantaine, qui n'est pas au mieux, essayez de garder vos distances, à ce qu'on dit la gorge est envahie. Ah, j'oubliais, au-dessus de la chambre du Tchèque, il y a un original, grand, maigre comme un clou, pas méchant mais toujours un peu à l'écart, comme s'il valait mieux que les autres, on raconte qu'il écrit des livres... Allez, nous voilà arrivés, Mme Forberger doit vous attendre. Vous verrez, une femme charmante, un peu rude. J'ai été ravi de faire la conversation avec vous. On a beau dire, les médecins sont plus humains que la plupart de leurs congénères.

— Comment s'appelle-t-il ? demanda Robert.

— Qui ?

— L'écrivain, quel est son nom ?

— Kafka, Franz Kafka... Maigre et grand comme il est, vous n'allez pas le manquer... Allez, à bientôt, on se recroisera, monsieur Klopstock. Ici, on n'a que ça à faire, se recroiser. »

Robert descendit du traîneau et avança vers l'édifice, un bâtiment au faste de vieux palace, qui commençait à plonger dans la nuit. Ses pas s'enfonçaient dans la neige, il se sentit aussitôt essoufflé par l'effort. Il monta quelques marches et entra. Le hall conforta sa première impression avec son parquet de chêne et ses fauteuils en cuir de style anglais. Sur une table basse, des journaux sur leurs baguettes de lecture. Un quotidien hongrois arrêta son regard. La une titrait sur l'accord entre l'Union soviétique et l'Estonie qui entérinait l'abandon de toute prétention territoriale de la Russie soviétique sur son voisin. Dans un grand vase, des bouquets de fleurs qui semblaient coupées de fraîche date. Une large baie vitrée donnait sur l'extérieur, près d'une grande cheminée où les braises rougeoyaient encore. Il imagina les après-midi sous la neige où l'on se réchauffait près du feu autour d'un grog en discutant de choses et d'autres. Il éprouva une soudaine fatigue, lutta contre la tentation de s'asseoir dans l'un des fauteuils, se força à aller jusqu'à la loge et appuya sur la sonnette.

Une porte s'ouvrit. Une femme se dirigea vers lui. Mme Forberger, songea-t-il. Elle l'appela par son prénom sans qu'il se fût présenté, s'inquiéta de savoir si le voyage s'était bien passé, proposa de lui montrer sa chambre, un garçon d'hôtel se chargerait de monter la malle. « Mais avant, ajouta-t-elle en quittant la loge, suivez-moi que je vous fasse découvrir votre nouvelle résidence ! » Il lui emboîta le pas.

Une porte à double battant donnait sur une vaste salle

à manger dont les tables étaient dressées de napperons rouge et blanc. Deux femmes de chambre s'y activaient sous les ordres d'un maître d'hôtel. « Réveil à six heures, déjeuner à onze heures trente, annonça Forberger d'un ton martial. Dîner à dix-huit heures trente, petit déjeuner entre six heures trente et sept heures. » Une autre salle s'ouvrait en enfilade, des rangées de chaises s'y alignaient devant un piano à queue, à quelques pas d'un billard. « Si vous êtes amateur, nous avons un ou deux champions en ce moment », lança-t-elle d'une voix amicale. Près du mur, des paysages de montagne étaient disposés sur leurs chevalets.

« Et maintenant, la chambre ! » fit Forberger, tournant les talons.

Il peinait à suivre le rythme. La seule traversée de la salle l'avait épuisé. Il fut pris d'une quinte de toux. « Un brin caverneuse », remarqua Forberger. Elle avait prononcé ces mots en connaisseuse, comme elle aurait jugé un plat confectionné par son cuisinier – « trop salé » ou « manque de sauce ».

Il gravit les marches d'un escalier derrière elle. « La chambre est au deuxième étage, la 215 », précisa-t-elle. Il aurait aimé lui demander de ralentir le pas. « Vous avez de la chance, fit-elle, la terrasse est exposée plein sud. » Elle en vint à évoquer le médecin du sanatorium. Le docteur Leopold Strelinger résidait dans l'annexe, la Villa Tatras, qui accueillait également quelques pensionnaires. Il consultait un jour sur deux. Ses recommandations étaient strictes : se peser quotidiennement sur le pèse-personne de l'étage – elle désigna de l'index l'obscurité du fond du couloir où l'objet était censé se trouver ; prendre sa température six fois par jour – « le thermomètre sera sur votre lavabo, rangé dans son étui rouge. Chaque matin, une femme de chambre viendra vous servir au balcon le verre de lait et le pot de crème fraîche également prescrits par Strelinger ». Elle s'exprimait de façon machinale, un peu comme la guide d'un musée.

Sur le palier du deuxième étage, elle s'engagea dans un couloir étroit et mal éclairé. Le souffle commençait à lui manquer. Il se promit d'aller voir Strelinger. Depuis la chambre 211, retentit une quinte de toux si puissante qu'elle ébranla les murs. « M. Hartmann fait encore des siennes », commenta froidement Forberger.

Elle s'arrêta quelques mètres plus loin, sortit de la poche de son manteau un grand trousseau de clés, les fixa tour à tour du regard en les faisant glisser entre ses doigts, des doigts longs et fins, des mains splendides de femme, qui n'avaient rien de commun avec les mains mal entretenues des jeunes filles qu'il avait pu fréquenter jusque-là. Elle glissa une clé dans la serrure. « Votre suite, jeune homme ! » Elle l'invita à entrer.

Le linoléum rutilait sous la lumière électrique. Le lit en bois était large. Une armoire massive se dressait contre un mur, que rempliraient son seul costume, ses quatre chemises et son pull en laine. Le bureau était en bois de chêne. Papier à lettres à l'enseigne de l'établissement et stylo-plume. Ici, il terminerait son roman. Avec les royalties tirées des ventes, il rembourserait la société de bienfaisance qui avait payé son séjour. Le lavabo était aussi large que l'armoire, avec ses deux robinets de nickel. Un grand miroir était fixé au mur. Sur une planche au-dessous, le thermomètre dans son étui et deux crachoirs plats avec leur fermoir en argent résumaient son avenir.

« Ah, un point capital, poursuivait Forberger. Notre

sanatorium est évidemment mixte. Il y a un étage pour les hommes et un autre pour ces dames. Il ne s'agit pas de mettre des barrières entre adultes mais le règlement interdit les rapports de toute nature à l'intérieur de l'établissement. D'ailleurs vous n'êtes pas sans savoir que, dans votre cas, les relations ne sont guère recommandées. Pour autant, nous ne sommes ni policiers ni juges. Alors, sachez vous montrer discret... »

La chambre donnait sur une terrasse où était déplié un transat. « Repos obligatoire dehors, sauf s'il neige, entre huit heures et dix heures trente et quinze heures et dix-sept heures trente. Vous trouverez un plaid dans votre armoire. Ainsi qu'un peignoir. » Elle le jaugea de la tête aux pieds. « Je crains que le peignoir ne soit trop petit... Rentrons, vous avez l'air gelé. »

Revenu à l'intérieur, il finit par demander :

« L'homme que vous avez envoyé me chercher...

— Fritz ?

— Oui, Fritz. Il m'a parlé d'un écrivain en cure dans l'établissement...

— Le docteur Kafka ?

— Kafka, c'est cela.

— Vous le verrez demain. Nous ne sommes qu'une trentaine dans notre établissement, tout le monde se connaît très vite... Une autre question ? »

Il fit non de la tête.

« Alors bonne nuit, Robert. Reposez-vous, vous semblez en avoir besoin.

— Bonne nuit », fit-il.

Elle ferma la porte derrière elle.

Il contempla les murs de son nouvel univers, puis alla se placer face au miroir. Ses yeux fiévreux, son teint pâle et ses joues creusées lui firent peur. Il recula d'un pas et s'affala sur son lit. Il dormit d'une traite.

Il s'éveilla en sursaut, comme convaincu d'un manquement grave. Il était 6 h 45 à sa montre. Il n'avait pas entendu le réveil et c'était le branle-bas de combat dans la salle du petit déjeuner, deux étages au-dessous, qui l'avait tiré du sommeil. Il s'aspergea le visage à grande eau, tira une chemise propre, passa un rapide coup de brosse dans ses cheveux, mit sa veste. S'apprêtant à fermer sa porte, il retourna prendre un crachoir, rangea l'objet dans sa poche et fila.

Parvenu au bas de l'escalier, il boutonna le col de sa chemise, ajusta sa veste, traversa le hall et franchit les derniers mètres qui menaient à la salle à manger en avançant de la façon la plus calme et assurée possible. Il s'arrêta au seuil de la pièce. Y régnait un bruit confus d'exclamations et de tintements de couverts. Il prit une ample inspiration et entra.

Au fur et à mesure qu'il avançait, les cliquetis des cuillères et des tasses s'amenuisaient, les voix se taisaient une à une, les regards se tournaient vers lui. Le silence allait en s'épaississant. Ce silence, ces yeux braqués sur lui le glaçaient.

« Monsieur Klopstock, fit une voix d'homme dans son dos, permettez que je vous installe ! » Le maître d'hôtel le précéda d'un pas rapide jusqu'au fond de la salle vers une table d'une dizaine de personnes.

Les convives l'accueillirent d'un large sourire auquel il répondit par un hochement de tête. On lui proposa de prendre place. Il s'assit – et ce fut dans son esprit comme s'il avait gravi le pic du Lomnitz.

La tête dans son bol, il sentit le regard des convives posé sur lui. Ils le jaugeaient en silence. Mais bientôt l'homme d'âge mûr à sa droite se mit à parler à sa voisine, donnant le signal de la reprise des conversations. En face, un type un peu raide, d'une quarantaine d'années, plongea le nez dans son assiette de fruits.

« Vous devez être monsieur Klopstock, commença son voisin de droite en lui tendant la main. Enchanté, moi c'est Glauber, Mme Forberger nous a prévenus de votre arrivée. Comment trouvez-vous les lieux ? »

Il répondit qu'il n'avait pas encore eu le temps de se faire une véritable idée. Mais sa première impression était bonne.

« La première impression est toujours la bonne », fit une convive, à sa gauche.

La jeune femme à ses côtés leva les yeux au ciel.

« Personnellement, intervint un homme en face, j'ai toujours trouvé l'endroit détestable. Du premier jour où je suis arrivé.

— C'est bien ce que je disais sur la première impression, dit la femme.

— Je vous présente le capitaine, dit Glauber. Homme acariâtre, désabusé, mais peintre de génie, Rembrandt et Bonaparte réunis dans un même corps.

— Vous êtes un flatteur, Glauber. Pour autant, vous n'obtiendrez pas une seule de mes aquarelles... Peignez-vous, jeune homme ?

— Mme Forberger nous a dit qu'il était étudiant en médecine, fit la femme.

— L'art, chère madame Fischmann, n'a pas de frontières. Moi-même, ne suis-je pas un combattant, un soldat, un officier... ?

— Un héros ! ajouta Glauber.

— Un officier *et* un peintre. Je suis une preuve vivante...

— ... que l'art n'a pas de frontières, on sait.

— Cette année de toute façon nous n'avons que des artistes, dit la femme. L'an passé, c'était des comptables, j'ignore pourquoi, une épidémie de comptables ! À tous les repas, cela parlait chiffres, bilans, impôts et taxes. Je me demande s'il y a plus ennuyeux qu'un comptable.

— J'ai connu un avocat tout à fait soporifique », fit la jeune femme, dont c'étaient les premiers mots.

Robert se demanda où il était tombé. Ce n'était pas un sanatorium mais un asile. Il avait envie de se lever, de quitter le petit déjeuner, remonter prendre sa malle et fuir. Mais il se sentait si épuisé qu'il craignait de s'effondrer au milieu de la salle.

« En tout cas, rien ne vaut la compagnie d'artistes, conclut Mme Fischmann. À ce propos, avez-vous des nouvelles ?

— Je crois qu'il est encore souffrant, répondit Glauber.

— Comment a-t-il pu attraper un tel mal ? interrogea le capitaine. Une pneumonie, au sanatorium !

— Cela doit être l'excursion de jeudi, fit la femme. Avez-vous vu comment il était couvert ? Faible comme il l'était, il n'aurait jamais dû y participer. Une brindille dans la neige. Soixante-cinq kilos, pour un mètre quatre-vingt-deux, m'a-t-on dit. Entreprendre une marche dans la neige, avec si peu de gras !

— Au moins le monsieur du troisième n'est pas venu.

— Celui que vous appelez le monsieur du troisième, capitaine, intervint Glauber, M. Szaltowski, a le larynx envahi.

— Si ça n'était que le larynx..., ajouta Fischmann.

— Quand le larynx est atteint, poursuivit Glauber, le reste l'est aussi et nous le savons tous. Allez donc voir Szaltowski, il vous montrera ses lésions. On a l'impression qu'il y prend un malin plaisir. Dévoiler ses ulcérations dans la gorge. Le spectacle n'est pourtant pas beau à voir.

— Il vous les a montrées à vous, ces lésions ? interrogea la jeune femme.

— Je m'en serais bien passé. J'étais justement avec M. Kafka qui est son voisin du dessous. Szaltowski tenait à nous montrer sa gorge. Il y tenait coûte que coûte ! Il a ouvert grand la bouche, nous a demandé de regarder en nous offrant de mieux voir encore à l'aide d'un miroir et hop, au fond, sur les amygdales, cinq gros trous suintants de pus.

— On mange !

— Excusez-moi, madame Fischmann... Quand Szaltowski a refermé la bouche, j'ai cru que M. Kafka allait tourner de l'œil.

— Que pensez-vous de la technique de Strelinger pour combattre les lésions du larynx ? Une méthode révolutionnaire, dit-on.

— Puisque les médecins la prescrivent, pourquoi n'y croirions-nous pas ? »

Glauber se mit à expliquer la technique. Le principe était que la chaleur inactivait les lésions tuberculeuses en les brûlant. On utilisait deux miroirs, l'un de la taille d'une paume de main, et l'autre plus petit. Il fallait s'allonger sur son transat, en plein soleil, placer le miroir le plus grand à la commissure de vos lèvres, en le dirigeant de telle sorte qu'il capte les rayons du soleil et les dirige à l'intérieur de votre gorge.

« À quoi sert le petit miroir ? demanda le capitaine.

— Ce petit miroir, comme Szaltowski nous en a fait la démonstration – juste avant que notre bon Kafka ne manque de tourner de l'œil –, vous le glissez au fond de la gorge... »

On devait maintenir le petit miroir, le plus profondément possible dans la gorge, de façon à concentrer les rayons du soleil sur les lésions. Il fallait demeurer immobile, par séances de cinq minutes, afin de cautériser les ulcérations.

« Et c'est ainsi, conclut-il, que M. Szaltowski sera guéri et que la science sera toujours triomphante ! »

Il y eut quelques applaudissements enthousiastes autour de la table. Un asile de fous, se répéta Robert.

« Pour revenir à M. Kafka, reprit Glauber, Mme Forberger m'a assuré qu'il allait mieux. »

Robert prêta l'oreille. Peut-être cet homme serait-il sa planche de salut ici ? Sinon, il partirait et regagnerait Budapest. Plutôt mourir du bacille que de crever d'ennui !

« Moi, je l'aime bien, notre écrivain, dit Glauber.

— Désolé, mais il me met mal à l'aise, fit Fischmann. Je le trouve un rien misanthrope.

— Vous confondez misanthropie et timidité. A-t-on jamais vu quelqu'un d'aussi doux et d'aussi prévenant ?

— On dit qu'il est écrivain, dit le capitaine, mais avez-vous déjà lu quelque chose de lui ?

— Une amie de Berlin, Fraülein Feingold, pour la nommer, m'a dit qu'il était apprécié de certains cercles. On aurait comparé ses écrits à ceux de Kleist.

— Et pourquoi pas Heine ! lança le capitaine.

— Qu'il soit écrivain ou pas, intervint la jeune femme, le docteur Kafka possède un charme fou. »

On la regarda, bouche bée.

« Une intelligence hors norme, un regard doux, une sensibilité extrême. Une grande beauté aussi. Et à vrai dire je me contrefiche qu'il soit écrivain.

— On appelle cela l'amour, si je peux me permettre, glissa Glauber.

— Appelez cela comme vous voulez ! »

Et elle quitta la table.

« Cette Ilonka est un sacré caractère ! fit Glauber.

— Parlez-nous un peu de vous, monsieur Klopstock, demanda Mme Fischmann. Vous vous destinez donc à être médecin...

— Ce sont les médecins qui sauveront l'humanité ! lança le capitaine.

— Il ne faudra pas qu'ils tombent tous malades, murmura Fischmann.

— M. Klopstock se tirera de ce faux pas. C'est un solide gaillard ! fit Glauber.

— Un peu pâle et anémié tout de même.

— J'en conviens, et les yeux injectés de fièvre. Et des accès de toux douteux. Mais Matliary le guérira ! Le docteur Strelinger le guérira ! Cette science, monsieur Klopstock, à laquelle vous avez ouvert grand vos bras et donnez le meilleur de vous-même en faisant le sacrifice de votre jeunesse et des plus belles années de votre vie, vous sauvera en un juste et noble retour des choses ! Et un jour, jeune homme, sous les yeux admiratifs et ravis de tous les curistes de Matla réunis pour l'occasion, vous escaladerez à mains nues les parois du Lomnitz.

— Amen ! fit le capitaine.

— Je crois qu'il est temps d'y aller, dit Fischmann.

Nous sommes les derniers à table. Mme Forberger va encore nous gronder.

— Rendez-vous dans une heure au parc, conclut Glauber. Avec ce temps radieux, le docteur Strelinger a préconisé de délaisser les transats de nos balcons pour la matinée. Des chaises longues nous attendent dans le parc. »

Robert regarda les convives se lever. Il n'avait pas touché à son petit déjeuner. Il se promit de fuir l'asile au plus vite.

Il arriva au parc après tout le monde, s'installa sur un des transats encore libres, à distance raisonnable des autres curistes. Les femmes portaient des tenues légères, les hommes étaient en bras de chemise, comme si le printemps était advenu en ce début du mois de février. Mais on gardait un plaid à proximité.

La conversation battait son plein. Il écoutait d'une oreille distraite débattre des bienfaits de ces journées ensoleillées. Le capitaine et Glauber se disputaient pour savoir si la consommation de truites était plus recommandée que celle des saumons pour qui avait les deux poumons atteints. Glauber, fort de sa formation de dentiste, se prétendait le porte-parole de la vérité scientifique. Le capitaine arguait de son expérience au front pour faire prévaloir une supposée expérience en la matière. On était chez les fous.

Une femme vint s'installer à sa gauche et entama la conversation avec lui. Elle était anglaise, s'appelait Dressler et s'exprimait avec des manières d'aristocrate. Son mari était conseiller d'ambassade à Budapest.

Apprenant que Robert en venait, elle parla d'une heureuse coïncidence, expliqua qu'il n'y avait pas de hasard, seulement les forces de l'esprit à l'œuvre. Encore une cinglée, songea-t-il. Elle le fixa au fond des yeux. « Vous ressemblez à mon fils..., dit-elle. Quelque chose dans les yeux. » Il baissa le regard. Oh, comme elle aimait son fils, elle n'aimerait jamais personne plus que lui, d'ailleurs elle n'aimerait plus personne maintenant que son grand chéri était parti. « Qui peut imaginer une vie fauchée pour défendre Verdun ? Mon James est mort pour l'honneur, c'est-à-dire qu'il est mort pour rien », conclut-elle. Elle lui demanda s'il avait fait la guerre, il mentit. « Alors parlons d'autre chose », fit-elle. Elle se mit à vanter les charmes de Budapest, la fraîcheur des collines de Pest, l'animation des cafés à Buda, la splendeur du Danube le soir au crépuscule depuis les hauteurs du mont Janos. Il songeait à sa guerre, sur le front russe, au service de l'Empire austro-hongrois, dans le camp des perdants, à considérer qu'il y eût un gagnant dans ce charnier gigantesque. Il n'y avait pas perdu la vie, il y avait contracté sa maladie. Était-ce vraiment un moindre mal ? Elle regretterait toujours Londres, poursuivait la femme, aucune autre ville ne posséderait jamais la douceur et l'éclat de la vie londonienne. Elle s'interrompit soudain, arrêta son regard sur un point dans le lointain, se leva, agita une main dans les airs, et s'écria : « Par ici !... Nous sommes ici ! »

Un homme traversait le parc à grands pas, un type immense et maigre à l'allure juvénile, mais qui devait frôler la quarantaine, le visage creusé, très pâle, une épaisse crinière brune, et qui nageait dans son costume. Glauber lança vers lui, en moulinant des bras : « Monsieur Kafka, tous vos amis sont là ! »

L'écrivain, songea-t-il. Un fantôme d'écrivain, plutôt. La maigreur et la pâleur d'un spectre ! L'homme salua l'assistance d'un geste et vint s'installer dans le transat libre à sa gauche, en lui lançant un bonjour amical, d'une voix grave. Une voix de baryton, songea Robert.

« Nous sommes ravis de vous revoir, monsieur Kafka ! lança Glauber.

— Et en si parfaite forme ! ajouta le capitaine.

— Nous avons cru comprendre que vous avez été souffrant ? demanda Mrs Dressler, un ton d'inquiétude dans la voix.

— Moi-même, intervint Glauber, pas plus tard que la semaine passée, trente-neuf, deux soirs de suite. Eh bien me voilà guéri !

— Qui plus est, monsieur Kafka, vous n'avez pas manqué grand-chose..., dit le capitaine. Un concert de piano et violoncelle samedi soir dans la salle à manger, l'adagio n° 3 de Schubert.

— Mme Forberger était en petite forme. J'ai noté quatre fausses notes.

— Pour moi, il n'y a que Mozart, lança Mme Fischmann... Et vous, monsieur Kafka, parlez-nous de vos préférences en matière musicale. Se peut-il qu'un écrivain n'ait pas l'oreille absolue ?

— La critique parle de petite musique de l'auteur, si je ne me trompe, corrigea le capitaine.

— Il est dix heures, c'est l'heure ! » interrompit d'un ton autoritaire une voix de femme dans leur dos.

Une infirmière en blouse se tenait postée derrière eux, bras croisés, l'air sévère. Chacun sortit de son étui le thermomètre qu'il avait apporté. La dame le regarda d'un air accusateur. « Je suis arrivé hier », s'excusa-t-il. L'écrivain avoua l'avoir oublié aussi. La femme leva les yeux au ciel avant de recouvrer son air de gardienne de prison et de scruter les autres curistes qui, leur thermomètre entre les lèvres, paupières à demi closes, semblaient attendre un nouveau signal. Au terme de longues secondes, l'infirmière claqua des mains. Chacun prit son thermomètre entre ses doigts, inspecta le chiffre affiché par le mercure puis, la mine enjouée ou assombrie, remit l'objet dans son étui après l'avoir au préalable essuyé avec son mouchoir.

Mrs Dressler reprit la parole. Elle se mit à raconter l'histoire d'une jeune femme qui, un matin, découvrant sa température, s'était brutalement levée puis était partie en courant, non pas en direction du parc, mais de l'autre côté, vers la route. Glauber et le capitaine avaient vainement tenté de la rattraper. Le maître d'hôtel et Mme Forberger étaient allés à sa recherche sans résultat. Le lendemain, les gendarmes avaient retrouvé son corps au bas de la falaise. « Une poupée de chiffon », se sentit obligée de préciser Mrs Dressler. « Ah, voilà enfin notre cure de jouvence ! » interrompit Glauber. Il désigna deux femmes de chambre qui portaient de grands verres de lait sur de larges plateaux et vinrent les déposer au pied de chaque chaise longue. Chacun se mit à boire, avec application, d'une longue gorgée. Il s'appliqua à faire de même, laissa le verre à moitié plein. « Dans cet établissement, expliqua Mrs Dressler à son attention après avoir vidé son verre, le traitement à l'arsenic est également recommandé mais il compte aussi de nombreux détracteurs. Mais je n'apprends rien à un futur docteur, n'est-ce pas ? » Elle s'interrompit un instant, avant de lâcher, plus sombre :

« Vous avez quelque chose que n'aura jamais mon fils... Vous êtes vivant », dit-elle, avant de se lever.

Il la suivit d'un regard inquiet tandis qu'elle s'éloignait en direction de la route puis entendit l'écrivain lui recommander, d'une voix douce et rassurante, de ne pas s'alarmer, Mrs Dressler n'allait pas commettre l'irréparable. Il le remercia pour son attention.

Bientôt il fut onze heures trente, c'était l'heure d'aller déjeuner. À Glauber qui lui demanda s'il se mêlait au groupe, l'écrivain opposa qu'il préférait rester encore un instant. Robert répondit de même, ravi de l'occasion qui lui était offerte de rester seul avec son voisin.

Quelque chose d'intimidant émanait de l'homme, un air autoritaire qui contrastait avec son apparente fragilité physique. Je n'ai pas beaucoup de souvenirs de mon père, songea Robert, mais je crois lui avoir vu cet air-là – les souvenirs de son père vivant remontaient à si loin qu'il ne savait pas s'il les avait vécus ou rêvés.

Avant tout, il voulait faire bonne impression. Il craignait de décevoir par une conversation trop banale. Mais comme le silence entre eux commençait à devenir pesant, il demanda simplement comment l'écrivain trouvait l'endroit. Après un temps de réflexion, son voisin répondit :

« On est allongé au soleil, dans le parc ou sur le balcon. On se promène tôt le matin dans la forêt ensoleillée. On rit ou on s'ennuie ou on est triste ou parfois même on se réjouit. On pleure deux fois par jour à cause de la nourriture, bref c'est un monde clos sur lui-même et de même qu'en général on ne quitte le monde terrestre que lorsqu'un ange vient vous chercher, de même ici. »

Robert éclata de rire. Il était préférable, selon l'écrivain, de prendre la chose ainsi. Il y eut un autre silence qui lui fit redouter que d'autres banalités ne sortent de sa bouche et la piètre opinion que l'écrivain aurait alors de lui. Il se refusa cependant à entamer la conversation sur la question de Dostoïevski pour ne pas abattre ses meilleures cartes d'emblée. Il choisit d'aborder le sujet de leur santé réciproque, convaincu que, dans ce combat mené contre un même ennemi, l'évocation de leurs maux respectifs ferait d'eux des frères d'armes. Il commença par l'énoncé de ses symptômes. Il avait peu maigri, sept kilos tout au plus, et ne toussait guère sinon depuis la veille, une toux à mettre bien entendu sur le compte des effets du voyage. Devant l'air intéressé de l'écrivain, il se sentit encouragé à poursuivre : c'était principalement la fièvre qui avait motivé sa venue à Matliary, une fièvre légère mais qui ne cédait pas depuis des mois.

« Il n'y a pas de légère fièvre, il n'y a que des fièvres exécrables », répondit Kafka avant d'égrener à son tour et sans la moindre réserve ses propres symptômes, crachats de sang, fatigue incoercible, essoufflement au moindre effort, abcès répétés, amaigrissement, maux de tête, sueurs irrépressibles.

Sans doute, songea Robert, à peine posait-on le pied dans un tel endroit que se voyait balayée toute forme de pudeur et que tout individu, qu'il fût étudiant en médecine ou écrivain, se trouvait réduit à la seule condition de malade, de la même façon que soldat, endossant l'uniforme, on en était réduit à l'état de guerrier anonyme et aux ordres.

Ayant fini de s'épancher sur l'énoncé de ses symptômes, l'écrivain se mit à raconter comment sa maladie avait débuté. Au beau milieu d'une nuit d'été de 1917, il s'était mis subitement à cracher des flots de sang. Pendant quelques semaines, on avait évoqué une simple infection pulmonaire. Et puis on avait saisi la gravité du cas. L'apex droit était totalement envahi par les lésions bacillaires. Depuis, il traînait de cure en cure, de sanatorium en sanatorium. Ah, il avait aussi attrapé la grippe espagnole en octobre 1918. Mais il s'en était remis, avait-il à se plaindre ? Ici, en tout cas, on était correctement installé. Matliary n'était pas pire que Merano où il avait séjourné précédemment. Et il expliqua ne pas loger dans le bâtiment principal mais dans l'annexe.

« La Villa Tatras est une maison charmante, poursuivit-il. Elle a de grands avantages. À ce que l'on m'a dit, le bâtiment principal est bruyant, les cloches sonnent continuellement, la cuisine fait du bruit, le restaurant fait du bruit, la route qui passe tout près de la piste de luge fait du bruit. Chez nous c'est très calme. Et, à supposer qu'on puisse compter cela pour un avantage, le médecin habite trois portes plus loin à gauche dans mon couloir.

— Comment est-il, ce docteur Strelinger ? Que vous a-t-il prescrit, à votre arrivée ? demanda Robert en s'inquiétant pour son compte.

— Tout d'abord, et très naturellement, il a voulu entreprendre un traitement à l'arsenic. Je l'ai ramené à la raison. Il m'a finalement seulement prescrit de prendre du lait cinq fois par jour et deux fois de la crème. En me forçant beaucoup je ne peux que deux fois et demie en ce qui concerne le lait et une fois en ce qui concerne la crème... Je lui ai également proposé un arrangement forfaitaire d'après lequel il doit me faire une visite par jour pour la somme de six couronnes.

— On dit qu'en Allemagne ils disposent de sanatoriums plus modernes...

— La Bavière ? Là-bas, dit l'écrivain en souriant, ils n'accueillent les juifs que pour les assassiner... »

Il poursuivit d'un ton plus sérieux : « Mon médecin, le docteur Kral, m'avait approuvé quand je lui ai dit que les sanas hongrois et tchèques ne pouvaient valoir les allemands et néanmoins, il m'a conseillé celui de Plés ! C'est impossible de s'entendre avec ces gens-là. J'ai trois médecins, Strelinger, celui d'ici, le docteur Kral, à Prague, et mon oncle Siegfried qui est médecin de campagne à Triesch. Qu'ils me donnent des conseils contradictoires, passe encore – Kral est pour les piqûres d'arsenic, mon oncle est contre. Mais ils se contredisent eux-mêmes. Kral par exemple m'a envoyé ici à cause du soleil de haute altitude et maintenant que ce soleil commence à briller, il me conseille Plés qui est à basse altitude ! »

Une question brûlait les lèvres de Robert :

« M. Glauber a parlé d'un homme occupant la chambre au-dessus de la vôtre, un Tchèque, très atteint...

— Un homme charmant qui souffre de tuberculose laryngée, l'une des variantes de "la vie ou la mort"... Il m'avait demandé de revenir passer un peu de temps avec lui après un dîner. Il m'a montré le petit miroir que, lorsqu'il y a du soleil, il doit manipuler dans le fond de sa gorge pour irradier ses ulcérations. Après quoi il m'a montré ses ulcères, qui sont apparus il y a trois mois sur le larynx. J'ai vu la syncope fondre sur moi comme une vague. J'ai trouvé assez de force pour prendre congé. Je ne comprends pas que tout le monde ne s'évanouisse pas en sa présence. Ce que nous voyons là est bien plus terrible qu'une exécution... Toute cette misérable vie au lit, fièvre, asphyxie, absorption de drogues, radiations douloureuses et dangereuses... Tout ce qui n'a d'autre effet que de ralentir l'évolution des ulcères qui finiront par l'étouffer...

— Cela vous a-t-il déjà traversé l'esprit que, si la maladie évolue, nous finirions ainsi nous aussi, comme votre voisin tchèque, avec nos ulcérations, nos petits miroirs dérisoires, notre larynx envahi et qui nous étouffe ? »

L'écrivain répondit par une histoire qu'il connaissait.

« C'est un récit hassidique : un rabbin raconte qu'il a reçu deux paysans ivres à l'auberge. Les paysans étaient assis face à face, l'un était triste, l'autre le consolait avec des paroles rassurantes jusqu'au moment où l'homme triste s'écria : "Comment peux-tu prétendre que tu m'aimes alors que tu ne sais même pas ce dont je souffre !" »

La voix de Mme Forberger l'interrompit depuis le bâtiment. On attendait les deux hommes pour déjeuner. Leurs places étaient réservées à la table du capitaine. Ils se levèrent et se mirent à marcher en direction du bâtiment. Nous avançons du pas cadencé de compagnons de régiment, songea Robert.

Les semaines avaient passé. Robert remerciait le sort qui, dans cet endroit de désolation, lui avait fait rencontrer un tel homme. L'écrivain lui avait accordé de lire certaines de ses nouvelles dont peu avaient trouvé un éditeur. Jamais il n'avait lu pareille prose, des textes d'une telle modernité, d'une telle pureté, d'un sens si profond. Derrière la simplicité apparente de la langue et des personnages se cachaient une complexité et une richesse sans égales. L'homme n'avait rien de sombre. On riait, on chantait, on dansait même parfois au son des airs de guitare du capitaine. Et ce qu'il aurait pu aussi qualifier du mot passion ne semblait pas un sentiment univoque.

L'écrivain lui avait fait lire un passage de cette lettre écrite à son ami Max Brod où il expliquait, au sujet de son séjour au sanatorium : « *En fait, je ne fréquente que l'étudiant en médecine, tout le reste est secondaire. Si l'on veut quelque chose de moi, on le dit à l'étudiant en médecine, si je veux quelque chose, je le lui dis aussi.* » Dans une lettre à sa sœur Ottla, qu'il lui avait également été donné de lire, l'écrivain évoquait « *un jeune homme grand, fort, large, blond, presque trop corpulent, un visage de jeune garçon comme ceux des gravures des contes d'Hoffmann, sérieux et appliqué bien que plongé dans ses rêves, comme cela, un être positivement beau – un étudiant en médecine excessivement intelligent, vrai, désintéressé, plein de tact, très ambitieux, très littéraire aussi extérieurement du reste non sans ressemblance avec notre Franz Werfel* ».

Robert avait vu son état s'améliorer. Sa fièvre était tombée, sa toux avait disparu, il avait repris du poids. Il avait quelqu'un auprès de qui apaiser ses angoisses et avec qui partager ses joies. Il buvait les paroles de l'écrivain. Il aimait cet homme comme un frère – son propre frère avait été fait prisonnier par les Russes sur le front en 1917 et ne pouvait plus quitter l'Union soviétique.

Ce matin-là de la fin du printemps, l'on entreprit une promenade dans la forêt avec un petit groupe composé de Glauber, de Mlle Galgon, d'Irina et du docteur Strelinger. Le bleu du ciel semblait célébrer l'arrivée des beaux jours. On avançait, l'esprit libre, sur le tapis de mousse encore mordu par les plaques de neige fondantes, les jeunes femmes vêtues d'un chandail léger sur leur robe, les hommes sans cravate et nu-tête. « Le capitaine va regretter de ne pas être venu ! » clama Glauber. « C'est le plus beau jour de ma vie ! » répétait Mlle Galgon. Elle tournoyait sur elle-même et sa robe virevoltait autour d'elle. Le fond de la vallée laissait monter les bruissements d'une rivière mêlés à de joyeux cris d'oiseaux.

Kafka ralentit le pas. Il paraissait épuisé par cette courte marche. Si les semaines passées avaient revigoré le jeune homme, elles ne semblaient avoir en rien amélioré l'état de l'écrivain. Au contraire, la maladie semblait s'aggraver et il avançait à la traîne du reste du groupe. Robert fit demi-tour et se tint à ses côtés. Il s'inquiétait de savoir s'il serait possible à son ami de retarder son départ à Prague et de prolonger son séjour.

« Mon congé prend fin le 20 mai. À la maison, tout le monde me supplie de rester. Et Strelinger me menace de l'éventualité d'un effondrement total si je retourne à Prague. Mais exiger à l'Office un congé avec demi-traitement ?... Ce serait facile si je pouvais expliquer que ma maladie est aggravée par ma présence au bureau. Mais en réalité, c'est le contraire, le bureau a retardé ma maladie. Strelinger prétend que l'affection pulmonaire a régressé, et de moitié ! Je dirais plutôt qu'elle a progressé du double ! Jamais je n'avais eu de tels accès de toux, ressenti de tels étouffements, une faiblesse si grande... »

Ils avançaient maintenant sans prononcer un mot. Au moindre effort de marche, le souffle de l'écrivain résonnait d'un ahanement inquiétant, le teint d'ivoire de ses joues s'empourprait, l'homme nageait dans son complet gris plus encore qu'au premier jour même si paradoxalement une semblable impression de puissance continuait d'émaner de ce corps. Un mort en sursis, songea Robert. Pour conjurer cette vision, le jeune homme déclara :

« Au petit déjeuner, Glauber m'a posé une question qui m'a fait sourire. Il m'a demandé, si j'avais trois souhaits à faire, quels seraient-ils ? J'ai répondu, en un, vivre une passion amoureuse. En deux, publier un roman. En trois, aller vivre à Prague...

— Publier un roman ? » s'étonna l'écrivain. Cela ne tiendrait qu'à lui, il irait frapper à la porte de l'éditeur de ses quelques textes publiés, demanderait à M. Kurt Wolff de lui remettre tous les exemplaires en sa possession, les porterait dans une décharge pour les jeter au feu. Quant à aller vivre à Prague... il lui répéta sa préférence pour Berlin :

« Je vous le conseille sans le moindre doute, poursuivit-il, passez le semestre d'hiver en Allemagne... L'attrait pour Prague est si nébuleux. On exagère tellement ses attraits. Berlin est plus propice à la vie. Berlin est même un remède contre Prague. Mieux vaut les rues crasseuses du quartier juif de Berlin que le Ring... Quant aux trois vœux que je pourrais formuler, ce serait en premier lieu une guérison approximative. Les médecins me la promettent mais je ne la vois pas arriver. Mon deuxième souhait serait d'aller vivre dans un pays du Sud, pas nécessairement la Palestine – le premier mois passé ici, j'ai beaucoup lu la Bible, maintenant c'est terminé. En troisième, un petit métier... Vous voyez, je ne suis pas très exigeant, même une femme et des enfants ne sont pas du nombre...

— Vous n'avez pas besoin de grand-chose parce que la littérature vous donne une raison de vivre...

— La littérature me fait vivre, c'est exact. Mais il serait plus juste de dire qu'elle me fait vivre une vie obscure au-dessus du néant. Trop occupé à écrire, il me semble ne pas encore avoir vécu. C'est comme si toute ma vie, j'avais fait le mort en écrivant. Et maintenant je vais peut-être vraiment mourir... Écrire est ma seule possibilité d'existence. J'ai besoin pour cela d'isolement, non pas comme un ermite mais comme un mort. Écrire en ce sens est une mort, et de même qu'on ne tirera pas un mort de sa tombe, on ne pourrait la nuit me retirer de ma table de travail...

— Peut-être existe-t-il une forme de création moins destructrice ?

— Je ne connais que celle-là : écrire la nuit pour échapper à la folie quand l'angoisse m'empêche de dormir... Ce qui ne veut pas dire que ma vie soit meilleure quand je n'écris pas. À vrai dire, un écrivain qui n'écrit pas est une monstruosité. Moi, je ne me suis pas racheté par l'écriture. J'ai passé ma vie à mourir. »

Robert laissa passer un silence, fasciné et épouvanté par ce qu'il venait d'entendre. Puis, pour échanger sur un ton plus léger, il demanda à l'écrivain s'il avait eu le temps de parcourir les textes de sa main qu'il lui avait remis quelques jours auparavant, notamment sa traduction du hongrois vers l'allemand de nouvelles de Frigyes Karinthy.

« Et cela a été une grande joie de les lire ! Vos traductions sont excellentes ! Seriez-vous tenté de les donner, par mon intermédiaire, à mes éditeurs ? »

Il accepta avec enthousiasme et revint à sa proposition de traduire en hongrois *La Métamorphose* et *Le Verdict*. L'écrivain lui répondit que le romancier Sandor Marai s'était déjà attelé à cette tâche. Il ajouta :

« Mais je peux prier mes éditeurs, et Kurt Wolff en

particulier, de vous réserver les droits des traductions hongroises de mes autres textes... »

Robert remercia à nouveau. Il avait une autre question, d'ordre technique, qui lui trottait dans la tête depuis longtemps. C'était une interrogation d'apprenti écrivain à écrivain. *Le Verdict*, cette nouvelle qu'il avait lue et relue, qu'il trouvait absolument parfaite dans sa conception, combien de semaines d'écriture avait-elle exigé ?

« J'ai rédigé cette histoire d'une seule traite, se remémora Kafka, dans la nuit du... 22 au 23 août 1912, de dix heures du soir à six heures du matin. Je suis resté si longtemps assis que c'est à peine si je pouvais retirer de mon bureau mes jambes ankylosées... L'histoire se déroulait sous mes yeux, j'avançais en fendant les eaux. Mais parfois aussi j'avais l'impression de porter le poids de mon corps sur mon dos. J'écrivis la dernière phrase à la clarté du jour. Ce n'est qu'ainsi qu'on peut écrire, avec une ouverture totale de l'âme et du corps.

— Georg Bendemann, le héros, est-ce que cela vous choque si je dis que c'est vous ? »

Kafka fit non de la tête puis expliqua :

« Toutes les interrelations sont limpides dans cette histoire. Le héros, Georg, a autant de lettres que Franz. Dans *Bendemann*, Bende compte le même nombre de lettres que Kafka. La voyelle "e" se répète au même endroit que la voyelle "a" dans Kafka. Frieda a le même nombre de lettres et la même initiale que la jeune femme dont je vous ai parlé... Après lecture, ma sœur s'est exclamée : Mais c'est NOTRE appartement ! »

Où trouvait-il la force, l'inspiration, le courage ? Commencer était si difficile.

« D'abord, il faut la solitude, beaucoup de solitude. Ensuite, je hais tout ce qui ne concerne pas la littérature. Faire des visites m'ennuie, les joies et les peines de ma famille m'ennuient. Les conversations m'ennuient (même si elles concernent la littérature). Si je le pouvais, je ne parlerais à personne. La moindre remarque d'un autre, le moindre spectacle vu par hasard bouleversent tout en moi. Je suis toujours vacillant. Je ne sens que la violence de la vie. »

Robert attendit un temps puis posa une question qu'il regretta aussitôt après l'avoir formulée :

« Avez-vous déjà pensé à... en finir ? de désespoir... »

L'écrivain répondit qu'il y avait songé et à d'innombrables reprises.

« Mais, ajouta-t-il, mourir ne signifierait rien d'autre qu'abandonner un rien au rien...

— Les questions que je me pose en néophyte, reprit Robert, vont vous paraître naïves, stupides même, mais par exemple j'ignore s'il faut beaucoup lire, pour écrire, j'ai peur des influences, peur de me laisser impressionner par les romans que je lis. »

L'écrivain lui dit ne plus avoir peur.

« Mon roman sur l'Amérique, poursuivit-il, est une pure imitation du *David Copperfield* de Dickens ! J'y ai puisé, entre autres, l'histoire de la valise, le garçon qui enchante le monde..., la bien-aimée dans une maison de campagne..., les maisons sales, mais surtout, la méthode ! »

Après quoi il expliqua avoir eu à l'esprit depuis longtemps déjà un livre dont le point de départ serait ce roman formidable qui l'avait tant marqué adolescent, qui s'intitulait *Grand-mère*, d'une romancière tchèque, Bozena

Nemcova, et qui rapportait les relations conflictuelles entre les riches seigneurs d'un château et des villageois qui travaillaient pour eux. Il en avait la première phrase, mais c'était l'essentiel, lorsqu'on tenait la première phrase d'un roman, c'était parfois comme si le roman était déjà achevé. L'écrivain prit une ample respiration. Après quoi, il dit :

« *K. demeura longtemps, sur le pont de bois, les yeux levés vers ces hauteurs qui semblaient vides.* »

Robert applaudit d'un enthousiasme un peu feint, il lui tardait de lire la suite. Après quoi, l'écrivain expliqua quelles étaient ses principales influences littéraires, cita Hofmannsthal et Musil, tout autant que le cinéma. « Mais mes véritables parents par le sang, dit-il, sont Dostoïevski, Kleist et Flaubert – sans me comparer à eux bien entendu. »

Il expliqua avoir compris soudainement, en rédigeant *Le Verdict*, le véritable secret de sa propre création littéraire, comment des forces inconscientes pouvaient agir et rendre possible l'impossibilité d'écrire. On pouvait parler d'une maladie de la fiction dans la mesure où la folie n'est jamais loin de cet état – perdre la raison était une de ses hantises, sa propre famille comptait du côté de sa mère, les Löwy, nombre d'originaux, des oncles déglingués, une grand-mère suicidaire. L'écriture le sauvait-elle de la folie ? Ou n'était-elle que le symptôme et le fruit de la maladie dont il serait atteint ?

« Pour autant, rien d'autre qu'écrire ne pourra jamais me satisfaire, conclut-il. Je me sens creux comme une coquille sur la plage, prête à être écrasée d'un coup de pied... Autrement dit, Dieu ne veut pas que j'écrive mais moi, il me faut écrire. Et en fin de compte, Dieu est toujours le plus fort. »

Après un nouveau et long silence, l'écrivain déclara d'un ton plus grave qu'il devait informer Robert d'un triste événement dont le jeune homme ne semblait pas au courant. La terrible nouvelle concernait son voisin du dessus, à la Villa Tatras, le Hongrois atteint de laryngite tuberculeuse, l'homme qui se traitait à l'aide de ses petits miroirs dans la gorge.

« M. Szaltowski ? s'alarma Robert. Que lui est-il arrivé ?

— Il a quitté l'établissement tôt ce matin, sans portefeuille ni bagage. Il a prolongé sa promenade jusqu'à Poprad, puis il a pris le premier train d'où il a sauté... Nous tous ici sommes coupables, non pas de son suicide mais de son désespoir. Lui qui était un homme très sociable, tous nous l'avons fui de la façon la plus brutale, en vrais hommes qui jouent des coudes au moment du naufrage. »

L'écrivain rappela leur première conversation au sujet de la maladie de cet homme, le lendemain de l'arrivée de Robert au sanatorium, l'idée qu'avait émise celui-ci qu'un jour leur propre larynx soit envahi par la maladie tuberculeuse. Et si pour désobstruer cette gorge, pour pouvoir respirer et manger, ne leur demeurait plus que l'apport dérisoire de deux miroirs ? Que feraient-ils dans ce cas-là ?

Après un temps d'hésitation, l'écrivain déclara :

« Peut-être le saut du train serait-il une bonne alternative à l'étouffement promis ? »

Ayant prononcé ces mots, il se reprocha d'avoir trop parlé et proposa, plus guilleret, de rejoindre le groupe.

Robert n'avait-il pas remarqué que Mlle Galgon lui faisait les yeux doux ?

Un instant plus tard, le temps avait changé. De gros nuages noirs s'amoncelaient au-dessus de la dent du Lomnitz. Il leur fallut rentrer.

En août, l'écrivain quitta définitivement le sanatorium pour rentrer à Prague. À Matliary, les jours devinrent plus tristes, le jeune homme se sentait accablé d'ennui. Une correspondance s'établit. Les lettres, le souvenir des mois passés au côté de l'écrivain, le sceau de sa pensée lui permettaient de tenir. Robert finit par décider qu'après son séjour au sanatorium il s'établirait à Prague pour y poursuivre sa médecine. Il avait parfois le sentiment que sa vie entière se construirait à l'aune de cette amitié nouvelle.

13 juillet 1923

DORA

C'est la fin de l'errance, en ce jour béni, jour de fête et libération, sur la plage déserte de la ville balnéaire de Müritz, sur les rives de la Baltique allemande. La mer au loin est une grande vasque qui scintille de lumières pour célébrer ce jour, quelque chose va naître ici même à Müritz, événement planétaire à l'échelle d'une vie, quelqu'un va devenir la femme de Franz Kafka, habitants de la ville, préparez les flonflons et résonnez musettes, c'est votre jour de gloire, Müritz, ville-lumière, capitale de l'univers. Une jeune femme insouciante marche vers son destin.

Dora Diamant a été actrice dans la troupe de théâtre yiddish de Bedzin. Une répétition du rôle de sa vie : la femme de Franz Kafka. Elle a joué sur les planches contre l'avis de son père – il faut toujours aller contre l'avis des pères. Herschel Diamant, pieux hassid, bloc de foi, n'appréciait pas ses penchants artistiques. Il faut ébranler tous les blocs de foi, fuir les sortilèges des pères, fuir Bedzin, la terre glaciale de Pologne et la prison familiale. Rien ne peut entraver la marche du destin de celle qui sera la femme de Franz Kafka. Dora fuit jusqu'à Berlin, pour laisser entre son père et elle un pays tout entier où il pourrait se perdre en venant la chercher. Berlin des années vingt, terre promise des juifs, où ne coule pas le sang des pogroms. Elle devient gouvernante d'une famille aisée, et bénévole au Foyer populaire juif qui accueille les enfants rescapés des pogroms.

Ce jour-là, de la grande découverte qui marquera sa vie, les enfants accompagnent joyeusement la jeune femme qui marche vers son destin. Défilé de fête, cris et rires d'enfants, grandes orgues, marche nuptiale d'avant les nuits de noces et cortèges d'honneur. Te donnerai-je jamais un fils, père de mes espérances ? Les enfants du Foyer populaire la précèdent et la suivent, ils sont trente autour d'elle venus de villages où les Cosaques russes ou bien les Polonais allaient ardemment au massacre, surtout les soirs de Pâques ou les soirs de Noël. Le hasard les a fait échapper à la tuerie. Ils ont trouvé secours en Allemagne, patrie bénie, Jérusalem germanique, qui accueille les orphelins pour les réparer et en faire des femmes et des hommes libres. Les orphelins braillent et rient, ils invitent la jeune bénévole à jouer avec eux, n'est-elle pas là pour donner le change au malheur, ne doit-elle pas aider à réchauffer leurs cœurs au pâle soleil de la Baltique ? Le sang a coulé, que la joie ruisselle ! La jeune femme reste insensible aux appels des mômes qui lui enjoignent de venir s'amuser avec eux. Quelque chose, soudain, l'a rendue sourde à leurs sollicitations, tout entière captivée par le spectacle grandiose, cette féerie au loin, sur la plage déserte, l'homme, assis, absorbé dans sa contemplation des flots. Spectacle splendide de l'homme seul face aux éléments, goûtant le spectacle de l'infini quand les hommes ordinaires savourent un bon cigare. Elle croirait contempler une toile peinte par le dieu de l'amour et du hasard. Elle est devant le *Voyageur contemplant une mer de nuages*, de Caspar Friedrich dont elle a vu des reproductions à Berlin. Mais dans son esprit, c'est l'immensité de la vie que contemple l'inconnu sur la plage, et non pas la mort qui viendra bientôt prendre le voyageur de Friedrich.

Un enfant interrompt la rêverie de la jeune femme, il la tire par le bras, veut jouer avec elle. Il exige sa part. Elle suit à contrecœur, comment refuser quelque chose à un enfant qui a vu la dague du Cosaque s'enfoncer dans le ventre de sa mère ?

L'après-midi, après la révélation de l'homme sur la plage, la jeune femme au cœur lourd, infiniment triste de voir retardée l'heure de rencontrer le plus grand des amours, se tient à l'étal d'une poissonnerie accompagnée de sa meilleure amie, Tile. Elle achète du poisson pour le repas du soir, repas d'un vendredi sanctifié, soir de fête pour les orphelins, mangeant d'ordinaire à peine à leur faim, vendredi saint, bénit chabath, loué soit l'Éternel mon Dieu qui fait rencontrer les amours éternels.

« Mais enfin, Dora, tu as vu le prix, repose ce poisson ! s'exclame Tile.

— C'est pour le repas du chabath, nous avons droit à une exception, se justifie la jeune femme en saisissant d'autres grosses carpes.

— Avec toi, tout donne droit à une exception. Le chabath, le dimanche, la semaine...

— C'est moi qui cuisine, c'est moi qui choisis ! répond la jeune femme en prenant les plus gros, les plus chers des poissons et en les glissant dans son sac.

— Je t'ai vue tout à l'heure, dit Tile, un sourire ironique posé au coin des lèvres.

— Tile, tu me vois tous les jours depuis deux mois.

— Je t'ai vue... quand tu regardais le docteur Kafka. Il faudrait plutôt dire : quand tu dévorais du regard le docteur Kafka !

— Je ne connais pas de docteur Kafka, Tile.

— Eh bien maintenant que tu connais le nom de l'homme que tu observais avec tant d'insistance sur la plage, peut-être souhaites-tu en apprendre plus sur lui ? »

Dora nie et ment du mieux qu'elle peut.

« Eh bien, reprend Tile, je ne te dirai absolument pas que ce M. Kafka que tu n'as pas vu tout à l'heure sur la plage et dont tu ne veux rien savoir séjourne actuellement à Müritz, que ce très beau monsieur vient de Prague où il est non seulement l'homme de loi respecté d'un prestigieux Office d'assurances mais aussi que ce monsieur si bien de sa personne que tu n'as absolument pas dévisagé et que je trouve personnellement beau comme l'archange Gabriel est un écrivain, s'il vous plaît, un écrivain qui non seulement écrit comme tout un chacun peut le faire mais qui publie des livres et compte des lecteurs et déjà des admirateurs et, au cas où cela ne t'intéresserait pas, que ce monsieur n'est absolument pas marié, et, pour ne rien enlever à toutes ces qualités, que ce charmant M. Kafka est invité par la directrice de notre bon Foyer au dîner que tu dois nous préparer en rentrant !

— Tile Rössler, tu es une sorcière !

— Une sorcière qui lit dans les entrailles des carpes farcies, Dora... »

En fin d'après-midi, dans la cuisine du réfectoire, la jeune femme qui nettoie les carpes pour le repas du soir sent une présence dans son dos. Elle se retourne et se retrouve face à cet homme immense, l'inconnu de la plage, l'homme de Prague, ses grands yeux gris plantés au fond des siens, et qui lance :

« De si jolies mains pour un travail de boucher... »

Trois mois après cette rencontre, en septembre de l'année 1923, l'homme qui n'avait jamais pu vivre ailleurs qu'à Prague emménageait à Berlin avec elle au 8 de la Miquelstrasse, dans le quartier de Steglitz, puis, manquant de moyens, sur la Grunewaldstrasse, puis encore sur la Zehlendorfer Heidestrasse. La jeune femme assistait impuissante au dépérissement de son compagnon. Les rudesses de cet hiver 1924 achevaient d'aggraver sa santé précaire. Et c'était comme si son grand amour se consumait de l'intérieur. Certains soirs, il arrivait aussi que le couple regardât brûler les pages d'un manuscrit de l'écrivain après qu'elle les avait jetées au feu sur les injonctions de son amant.

Au printemps 1924, celui-ci fut rapatrié à Prague – la maladie avait envahi le larynx. Et quelque temps plus tard, il fut hospitalisé à Vienne, dans un état désespéré, avant d'être conduit au sanatorium de Kierling, où, rejointe par Robert Klopstock, Dora put le veiller.

L'homme qui n'avait jamais pu concrétiser de fiançailles avec aucune femme, ni avec Felice, ni avec Milena, avait sollicité, par lettre, auprès d'Herschel Diamant le droit d'épouser Dora. Le père, suivant en cela l'avis du rabbin de sa communauté, refusa la main de sa fille, cette si jolie main pour un travail de boucher. Il faudrait toujours ébranler les grands blocs de foi et toujours aller contre l'avis des pères.

3 juin 1924

OTTLA

Elle avait pensé, en se couchant plus tôt que d'ordinaire, s'endormir plus facilement que les autres soirs. Peu de temps après le repas, elle a dit bonsoir à ses parents – elle est revenue vivre dans l'appartement familial pour se tenir à leurs côtés dans l'attente angoissée du retour de son frère du sanatorium de Kierling. Elle est allée dormir, avec l'espoir que cette nuit serait différente des autres nuits. Mais cette nuit est semblable aux autres, avec son cortège d'effrois et de questions sans réponses. La pendule vient de frapper trois coups, Ottla Kafka cherche encore le sommeil.

Elle espérait depuis le matin des nouvelles de Kierling, une lettre de Franz, un appel de Robert, de Dora ou même du docteur Hoffmann. Mais le soir est venu, aucune nouvelle n'est tombée.

Cette nuit, elle a vu son frère en pensée, moribond, immobile sur son lit, ou était-ce en rêve, un mauvais rêve, comme elle en fait ces temps-ci. Cette image de Franz l'obsède. Elle se pelotonne sur elle-même, blottit son cou dans l'édredon, prend une ample respiration, souffle profondément puis chuchote : « Franz est bien vivant. »

Elle s'efforce de ne plus penser, ne plus bouger. Ne plus entendre la pendule, être sourde aux bruits de la rue, ne plus voir danser sur le mur l'ombre menaçante du rideau. Ne pas se laisser dominer par la peur. Croire aux prémonitions, n'est-ce pas aussi stupide que de croire au golem ? Le soir transforme la moindre appréhension en épouvante. Au matin, comme chaque fois, il s'avérera qu'elle s'est laissé abuser par son inquiétude naturelle. Et ses craintes apparaîtront comme à l'ordinaire le seul fruit de son imagination, de son amour de sœur, un amour plus grand que tous les amours. Ses frayeurs seront dissipées à la blancheur du jour aussi vite que l'aube pâlira les étoiles. Mais l'aube semble si loin, une armée de chimères la sépare du jour.

Elle relève la tête, laisse aller son regard dans la pénombre, s'arrête sur le tableau accroché au mur face au lit, s'abandonne à la contemplation de la reproduction du coucher de soleil sur Prague, puis dirige les yeux vers le cadre en verre de Murano qu'éclairent à travers la fenêtre les réverbères de la rue. Mais rien, pas même le gros meuble à tiroirs, si riche en souvenirs qu'à peine on en effleure le bois de chêne les parfums de l'enfance vous montent au visage, ne parvient à la délivrer du terrible pressentiment qu'à quatre cents kilomètres de là il est arrivé malheur à Franz.

Peut-être suffit-il d'attendre que le nuage passe et l'épuisement au bord duquel ce combat contre elle-même la conduit finira, comme de guerre lasse, par l'abandonner au plus profond sommeil – même si ce sera alors, et comme toutes les nuits depuis que l'état de Franz a empiré, un sommeil qui ne répare rien, laisse intacte la tristesse du soir et dont elle émerge au petit matin dans un accablement semblable à celui de la veille.

Elle inspire et expire amplement et, au fil des minutes, ses tempes cognent moins fort, son angoisse reflue. Le nuage a passé et mon frère vit encore, espère-t-elle. Elle ferme les paupières, étend les bras le long de son corps et attend que le sommeil l'emporte.

Le tic-tac de la pendule égrène les secondes.

Quelques mois auparavant, revenu dans l'appartement familial après son long séjour à Berlin, Franz lui avait expliqué que le bruit de l'horloge l'empêchait de dormir.

« Essaie de ne pas l'entendre », lui avait-elle conseillé.

Il était parti dans un éclat de rire avant d'être secoué par une quinte de toux comme elle n'en avait jamais entendu. Au bout de longues secondes, la toux avait cessé. Leurs regards à tous deux étaient alors tombés sur la tache de sang au fond de son mouchoir. Franz avait murmuré d'une voix douce et désolée, sur un ton d'excuse, que ce n'était pas grave, absolument rien, pas de quoi s'alarmer.

Le séjour en Allemagne dans le froid redoutable de l'hiver berlinois et la misère ambiante de l'année 1923 avaient aggravé la maladie. Jusqu'aujourd'hui, elle se sentait coupable d'avoir encouragé son voyage. Elle aurait dû dire non, ce n'est pas raisonnable, reste ici, avec nous, pour ta santé, pour toi et si ce n'est pas pour toi, alors reste pour moi. Il l'aurait écoutée, il l'écoutait toujours, elle était la seule dont il suivait les conseils. Mais comme à l'ordinaire, elle avait préféré prendre fait et cause pour lui et le soutenir dans sa résolution de quitter Prague. Elle s'était opposée une nouvelle fois, à tort cette fois, à son père qui, depuis que Franz en avait émis l'idée, considérait ce voyage comme une pure folie : « Partir vivre à Berlin, quand ce garçon peut à peine traverser le pont Charles ! » Son père avait vu juste, elle devait l'admettre. Berlin avait eu raison des forces du garçon. À la fin du séjour, il pesait cinquante kilos. Elle le revoyait sur le pas de la porte, en avril, à son retour à Prague, défait, les traits tirés, sa maigreur terrifiante et sa pâleur extrême, un cadavre ambulant. Son père avait lancé un bonjour volontairement distant mais qui ne parvenait qu'imparfaitement à masquer l'ampleur de son effroi. Sa mère avait serré longuement son fils entre ses bras, les larmes ne cessant de couler sur ses joues. Était venu son tour à elle d'étreindre ce frêle arbuste d'os qu'elle craignait de briser en le serrant trop fort, ce frêle arbuste d'os, emmitouflé dans son manteau de laine malgré la douceur du jour, qui avait alors déclaré comme s'il venait seulement de saisir ce que son état pouvait avoir d'inquiétant :

« Ne vous faites pas une idée si terrible de ma maladie. Ce matin par exemple, je ne dépasse pas trente-huit.

— Qu'est-ce que ces foutus médecins te donnent pour faire baisser la fièvre ? avait lancé son père.

— Pour l'instant on me recommande seulement des inhalations. Mais je continue de refuser les injections d'arsenic.

— Si les médecins te le recommandent, pourquoi diable les refuses-tu ! »

Le garçon avait souri d'un air gêné qui semblait implorer la clémence. Quelques jours plus tard, il était hospitalisé en urgence dans le service du professeur Hajek à Vienne, spécialisé dans les cas désespérés.

La vie de la famille tout entière avait basculé, sept ans auparavant, cette maudite nuit d'août 1917 où le garçon s'était réveillé en crachant du sang. La catastrophe s'était produite alors que l'existence semblait enfin lui sourire. À trente-six ans, il était parvenu à quitter l'appartement familial. Il avait réussi, au prix de tergiversations infinies, à louer le petit appartement du palais Schönborn qu'elle lui avait trouvé. À peu près à la même époque il s'était fiancé avec Felice. Et cette deuxième fois serait la bonne, priait-elle alors, même si elle n'avait jamais réellement cru à la sincérité de cette union. Le garçon opérait sa tardive mue d'homme. Il donnait pleinement satisfaction à l'Office d'assurances. Son installation dans ce minuscule deux pièces, son premier véritable chez-soi, le comblait. Il semblait plus heureux qu'à l'appartement de la Langegasse, qu'elle avait toujours détesté, ou même que dans cette maison de poupée de l'Alchimistengasse. Il disait adorer se promener le soir dans la ruelle silencieuse, entendre craquer ses pas dans la neige, poursuivre en direction du château.

Mais, après six mois de ce bonheur simple, dans le modeste appartement du palais Schönborn, il avait débarqué chez elle, un matin, blême et incapable de prononcer un mot.

« Qu'est-ce qui ne va pas ? avait-elle demandé. C'est Felice ?... L'Office d'assurances, peut-être ?... »

Mais ça n'était ni l'Office d'assurances, ni Felice.

« Quoi, alors ? Tu peux me le dire, Franz, je peux tout entendre. »

Alors et comme un peu honteux, il avait avoué à sa sœur avoir craché du sang.

Et maintenant Franz est à Kierling depuis quelques jours, Kierling après Vienne et le terrible service du professeur Hajek. Jusqu'où tout cela nous mènera-t-il ? Elle a passé la matinée à guetter par la fenêtre la venue du facteur. La dernière lettre remonte à la semaine passée. En la réceptionnant, elles ont dansé, ses deux sœurs, Nati et Elli, et elle, sous les yeux ravis de leur mère et avec autant de ferveur que si leur avait été annoncé le retour du fils prodigue. Puis on a communié dans la lecture, chaque mot comme un sort jeté au malheur. Pour l'avoir lue et relue, elle connaît cette lettre presque par cœur, mais à cet instant, elle nourrit l'espoir de découvrir entre les lignes un message qui aurait échappé à ses précédentes lectures, quelque chose de rassurant, qui atténuerait son angoisse. Elle allume la lumière, et ouvre le tiroir de la commode où sont conservées les lettres de Kierling. Elle tire celle au-dessus de la pile. Et commence à lire. Elle murmure chaque phrase comme on dit ses prières :

Kierling

Très chers parents,

À propos d'une prochaine visite dont vous parlez quelquefois, j'y pense chaque jour car c'est une chose très importante pour moi. Ce serait si beau. Il y a si longtemps que nous n'avons pas été ensemble. Être paisiblement à nouveau quelques jours ensemble dans une belle contrée tout seuls. Et puis boire ensemble un bon verre de bière. Au fait j'y repense souvent maintenant, pendant les grandes chaleurs nous avons déjà bu régulièrement de la bière ensemble il y a de cela bien des années quand père m'amenait à l'école civile de natation. Tout cela et bien d'autres choses parlent en faveur de votre visite mais trop de raisons parlent contre. Premièrement père ne pourra probablement pas venir à cause de la difficulté d'obtenir un passeport... Surtout mère, je ne suis toujours pas très beau, je ne vaux pas du tout la peine d'être vu. Vous connaissez mes difficultés les premiers temps ici et à Vienne. Elles m'ont quelque peu mis à bas, elles ont empêché une chute rapide de la fièvre ce qui a contribué à m'affaiblir davantage. La surprise de la laryngite tuberculeuse m'a aussi plus affaibli qu'il ne lui revenait de le faire objectivement.

C'est seulement maintenant qu'avec l'aide de Dora et de Robert – que serais-je sans eux, une aide absolument impossible à imaginer de loin – que je commence à sortir de tout cet affaiblissement. Mais maintenant j'ai encore des troubles. Malgré la bonne nourriture que l'on mange ici et la cure de plein air que je fais presque chaque jour, je ne suis pas encore vraiment rétabli. Je ne suis même pas en aussi bon état que je l'étais, disons dernièrement, à Prague. Si vous ajoutez à cela que je ne peux parler qu'en chuchotant, et encore pas trop souvent, vous aurez envie vous-mêmes de différer votre visite.

Mais tout est engagé pour le mieux. Un professeur a constaté une amélioration notable du larynx. Ainsi mes chers parents ne devrions-nous pas renoncer pour l'instant ? Outre les visites occasionnelles de spécialistes, Robert ne me quitte pas un instant et pense de toutes ses forces à moi au lieu de penser à ses examens.

Affectueusement

F.

Elle répète pour elle-même : « *Tout est engagé pour le mieux...* » Elle se sent soulagée. Elle a eu peur pour rien. Elle tient entre ses mains la preuve que Franz va mieux.

Elle dépose un baiser sur la feuille, comme avant lorsqu'elle embrassait le front de son frère quand il avait la fièvre. Elle repose la lettre au-dessus de la pile. Elle va pouvoir dormir et demain ses pressentiments ne seront plus qu'un simple mauvais souvenir.

ROBERT

« Docteur Klopstock, c'est déjà la deuxième dose de morphine, s'inquiète sœur Anna. La première remonte seulement à neuf heures du matin.

— Je sais », dit-il, du ton de voix le plus calme qu'il peut.

Il jette machinalement un regard sur sa montre qui marque onze heures et pousse à nouveau sur la seringue d'un geste lent, les yeux maintenant fixés sur la veine qui, sous la pression, fait saillie à la surface du bras décharné avant de se perdre au milieu d'un lacis de vaisseaux bleuâtres. Il veille à ce que le contenu entier de l'ampoule s'écoule, examine le visage de son ami étendu devant lui, effrayé par sa pâleur, ses lèvres tremblantes de fièvre, ses orbites excavées, la sueur sur son front, son teint blafard semblable à celui des cadavres dont voilà seulement quelques semaines encore, à l'hôpital central de Budapest, il disséquait les chairs.

Lentement, le rictus de douleur se dissipe, les traits du visage de l'écrivain se détendent, les paupières s'entrouvrent, la morphine fait effet. Il croit deviner dans la clarté soudaine du regard comme une lueur de reconnaissance. Mais l'éclat disparaît, les paupières se ferment.

« Cela agit, docteur », rassure sœur Anna.

Depuis qu'il est arrivé à Kierling, elle persiste à l'appeler docteur en dépit de ses explications répétées – il n'a pas encore obtenu son diplôme et a simplement mis entre parenthèses ses études médicales pour demeurer aux côtés de son ami dans l'épreuve de la maladie et tenter, fût-ce en s'appuyant sur une expérience limitée, d'atténuer les effets de l'avancée du mal.

« Voulez-vous que je prenne la température, docteur ? »

À quoi bon ? Il fait non de la tête.

Le visage est d'une pâleur atroce mais la chevelure a conservé sa superbe. Il y a une heure, Dora en brossait encore l'épaisse tignasse brune, avec la même énergie que s'il s'agissait de coiffer un enfant avant qu'il ne parte pour l'école. Après quoi, la jeune femme s'est enfin laissé convaincre de quitter les lieux et a accepté d'aller poster une lettre au village de Klosterneuburg.

« Vous devriez vous reposer, dit sœur Anna de sa voix claire et douce, vous le veillez depuis hier. Vous devez être exténué. »

Il consent à s'asseoir. Il sait que c'est la fin, la fin de cet homme, son ami, son frère, son mentor, et la fin d'une aventure telle qu'il n'en vivra jamais plus et qui l'a conduit auprès d'un être tel qu'il n'en rencontrera plus jamais, un être d'exception, d'une humanité et d'une intelligence sans égales, au contact duquel trois ans auparavant, au milieu des Hautes Tatras, sa vie avait trouvé un sens.

Au retour de Matliary, il avait repris ses études médicales à Budapest mais leur relation s'était poursuivie par une longue et riche correspondance. Il avait retrouvé l'écrivain à Berlin, l'hiver dernier. On avait passé quelques jours ensemble, au côté de Dora avec qui il vivait, et il semblait heureux dans cette ville, avec elle, au milieu de cette misère noire et du froid de l'hiver. Il l'avait revu à Prague, chez lui, au printemps, voilà quelques semaines seulement, méconnaissable, incapable de se lever de son lit, la voix étouffée, se nourrissant exclusivement de fruits, seuls aliments que sa gorge enflammée lui permettait d'avaler. De retour à Budapest, il avait reçu une carte postale dont il se rappelle les termes exacts :

Cher Robert,

Je suis transporté à la clinique universitaire du Prof. Dr M. Hajek, Vienne IX, Lazarettgasse 14. En effet, mon larynx est tellement enflé que je ne peux pas manger, il faut (dit-on) faire des injections d'alcool dans le nerf et sans doute aussi une résection. Je resterai donc quelques jours à Vienne.

Toutes mes amitiés.

F.

J'ai peur de votre codéine, aujourd'hui non seulement j'ai fini le petit flacon, mais je ne prends plus que de la codéine à 0,03. Je viens de demander à l'infirmière : « À quoi ça peut bien ressembler dans ma gorge ? — À un chaudron de sorcière », a-t-elle dit franchement.

Il avait pris le premier train pour Vienne pour rejoindre Dora et Brod au chevet de son ami. La salle où Franz était hospitalisé était un mouroir où, chaque matin, un lit était retrouvé vide de son occupant de la veille. Et comme le docteur Beck, sommité viennoise, après un examen approfondi, avait livré des conclusions sans appel sur les chances d'amélioration, il avait lui-même pris la décision de faire sortir l'écrivain de l'hôpital. « Vous commettez une terrible erreur ! l'avait sermonné le professeur Hajek. Vos maîtres ne vous ont-ils pas enseigné ce que signifie l'envahissement du larynx ? » Il se moquait de commettre une erreur, il savait parfaitement que l'extension de la maladie tuberculeuse au larynx signait la mort par étouffement. Mais il devait ôter son ami des mains de ce spécialiste, de son infirmière en chef. « Nous préférerions le conduire dans un endroit plus calme », s'était-il justifié. Atteint dans son orgueil, le professeur avait expliqué qu'il ne retenait personne. Il n'avait à vanter à quiconque les bienfaits de son service. Sa clinique accueillait les cas difficiles, les cas extrêmes que tous les confrères pneumologues d'Autriche et d'ailleurs lui adressaient. Passé la porte de ce service, le patient serait promis à une fin atroce, dans les plus brefs délais, sans véritable assistance médicale. Hajek avait conclu : « Mais vous savez tout cela, jeune homme. Allez, la grande visite du service m'attend. À Kierling, donnez donc mon bonjour au docteur Hoffmann... Mon salut à votre M. Kafka, que je n'aurai à l'évidence pas le loisir de recroiser. » On avait quitté l'endroit maudit des chaudrons de sorcières pour le paisible et calme sanatorium de Kierling, à quelques dizaines de kilomètres de Vienne.

Il contemple le corps allongé devant lui, le visage où les ombres dessinent comme de larges crevasses. L'âme de Kafka quittera bientôt ce corps. Ou bien, il n'y a nulle âme qui tienne, rien avant, rien après, la vie est une gare immense et désolée où se croisent des hommes mus par des espoirs insensés, qui ne font qu'attendre des trains qui ne viendront jamais. Rien n'accompagne, rien ne précède, rien ne suit le murmure de nos âmes tourmentées, nos amours et nos peines, nul n'éclairera jamais les mystères de nos vies, notre insolent désir et nos mémoires hantées, nul n'exauce jamais nos prières, nul ne peut racheter nos fautes. Tu es poussière, tu retourneras à la poussière.

Il observe sœur Anna en train de s'affairer au-dessus de l'agonisant. Elle humecte ses lèvres, recouvre le front livide sous d'inutiles compresses, psalmodie des mots de consolation. Un spasme agite les frêles épaules et le torse filiforme d'un même et terrifiant mouvement. Le visage splendide semble combattre la mort.

Il détourne le regard et tombe sur les bribes de pages manuscrites posées sur la table de chevet, papiers sur lesquels on a conseillé à l'écrivain, pour ménager sa gorge, d'écrire lorsqu'il doit s'exprimer. Il se saisit d'une feuille et lit :

> Même si cela finissait par se cicatriser – pardonnez-moi cette dégoûtante manie de questionner, mais vous êtes mon médecin, n'est-ce pas ? – il faudrait des années et il faudrait tout autant de temps pour arriver à manger sans douleurs.

Il poursuit sa lecture, prend des papiers au hasard.

> Un peu d'eau, s'il vous plaît, ces pilules restent fichées dans la muqueuse comme des éclats de verre.
>
> Et je ne pourrai même pas maintenir longtemps mon niveau alimentaire actuel avec des douleurs et la toux.

Le lilas c'est merveilleux, n'est-ce pas – il boit en mourant, il se saoule encore.

Qui est-ce qui a téléphoné ? Ce n'était pas Max ?

La suivante évoque le séjour dans la clinique du professeur Hajek :

L'homme qui était à côté de moi, ils l'ont tué, n'importe quel assistant allait le voir, juste le temps d'entrer et de sortir, sans rien demander. Ils l'ont laissé se promener avec une pneumonie et 41.

Il poursuit :

Quel mal je vous donne c'est absolument insensé.

Le pire est que je ne peux même pas prendre un verre d'eau, on se repaît aussi un peu de son désir.

C'est pour cela qu'on aime les libellules.

Où est l'éternel printemps ?

Il lit le dernier mot adressé la veille à Dora :

Mets-moi un instant la main sur le front pour me donner du courage.

« Je crois qu'il veut vous parler ! » s'écrie soudain sœur Anna en se retournant vers lui.

Robert se relève, s'approche du lit, tend l'oreille vers le visage de son ami.

« Pourquoi prolongez-vous ma fin ? »

Il sent la pression de sa main agrippée à sa manche.

« Vous me l'avez toujours promis depuis quatre ans.

Vous me torturez, vous m'avez toujours torturé. Je ne vous parle plus. Je mourrai tout de même. »

Il ne trouve plus ses mots, son cœur cogne, sa gorge se noue.

« Vous trichez, vous m'avez délivré un antidote ! » poursuit Kafka, implorant du regard l'injection d'une nouvelle dose de morphine, avant de lancer, semblant rassembler ses dernières forces dans ces ultimes paroles :

« Robert, tuez-moi sinon vous êtes un assassin ! »

DORA

Amour, ma tendresse, pardonne si je t'ai abandonné l'espace d'un instant. Dans une heure tout au plus, je serai avec toi. Sœur Anna s'est montrée si insistante, j'ai fini par accepter sa proposition d'aller poster la lettre écrite hier à tes parents. « Pensez à sa famille qui se languit de lui, a-t-elle dit. Qu'attendez-vous ? Allez ! » Sœur Anna a raison, les écrits de ta main sont faits pour être lus.

Pardonne-moi, Amour, mes pas vont vers la poste mais mon âme demeure auprès de toi toujours. Et si j'ai accepté cette idée saugrenue de, pour un seul instant, devoir lâcher ta main, c'est que j'ai cru comprendre que tu étais d'accord. Ai-je eu tort d'interpréter un clignement de paupières comme un assentiment ? Amour, mon roi des rois, n'as-tu pas, toi aussi, droit à la tranquillité ?

Robert me priait aussi de quitter la chambre. La lettre devait partir. Tout allait pour le mieux. La morphine agissait, ta souffrance passait, ta gorge ne brûlait plus, je devais te laisser. « Mais qu'attendez-vous donc, la poste va fermer ! » a crié sœur Anna que je n'avais jamais entendue jusque-là élever la voix.

Amour, ô ma douleur, je m'alarme pour rien, quelle raison aurait-on de m'éloigner de toi ? Klosterneuburg est si beau ce matin de printemps, tout est paisible et calme, tout est plein de lumière. Si tu n'étais pas allongé, paupières closes, pâle comme un linceul et souffrant le martyre, je marcherais heureuse au milieu des ruelles, ta lettre dans la main vers le bureau de poste. Et puis, sœur Anna et Robert n'ont-ils pas raison ? Tes parents sans nouvelles risquent de s'inquiéter. Qui sait ce que peuvent imaginer des parents inquiets ? Lorsque je serai la mère de ton enfant, je mourrai d'inquiétude à chaque pas qu'il fera. Même s'il marche droit, je mourrai d'inquiétude. Amour, ma grande peine, je veux chaque jour qui vient mourir d'inquiétude pour le fils à venir. C'est mon vœu le plus cher, de mourir d'inquiétude.

Je marche, à contrecœur, dans les rues de Klosterneuburg, mais un jour prochain, nous marcherons tous deux sur les avenues de Prague. Nous irons ce jour-là rencontrer tes parents, je crois qu'ils y sont prêts, ta mère sera ravie, et ton père, j'en suis sûre, n'est pas le tyran que tu prétends. Qui sait si, jusqu'alors, il n'a pas éconduit toutes tes prétendantes simplement pour attendre la femme que je suis. Peut-être dans son immense orgueil et sa folle violence est-il seulement mon ange protecteur ? Sait-on seulement de quoi sont capables les pères ? Le mien m'a cherchée dans toute la Pologne quand je me suis évadée de chez lui.

Nous marcherons dans Prague, un jour, main dans la main, j'aurai sur les épaules la robe que nous avons achetée à Berlin, chez ce tailleur, comment s'appelait-il, Friedmann ou Erlbmann, je ne sais plus, je confonds tous les noms lorsque je perds la tête.

La lettre arrivera après-demain, sans doute. Je ne sais pas pourquoi il y avait une telle urgence à me séparer de toi. Quand il y a une urgence, on envoie un télégramme. Je hais Klosterneuburg, autant que je hais Vienne et je hais sœur Anna qui m'éloigne de toi.

Je marcherai dans Prague un jour, tenant ton bras, la princesse de Prague et son prince consort. Nous traverserons la ville, et ce jour-là est proche, le pont Charles et la rue Karlova. Nous emprunterons la route vers la synagogue où ton père m'attendra pour me conduire sous le dais. Et sous les cris de liesse, *Mazel tov* et hourras, nous briserons sous nos pieds le verre, symbole du malheur millénaire, puisque tous les malheurs ont une fin, le malheur de l'Exode et ton malheur à toi.

« Le bonheur, me disais-tu, je pourrais l'avoir si je réussissais à soulever le monde pour le faire entrer dans le vrai, le pur, l'immuable. »

Amour, c'est décidé, je vais te trouver un autre médecin pour te sortir de cette mauvaise passe. Robert est trop jeune, et ce docteur Hoffmann ne me dit rien qui vaille. Ceux de Vienne sont des incapables. Ils se fient à ta maigreur, à tes joues creuses, à ta fièvre, au fait que tu ne peux plus rien manger ni boire et que ta gorge te brûle et t'étouffe. Ils disent « quarante-deux kilos pour un mètre quatre-vingts, où voulez-vous qu'il trouve des forces ? ». Ils pensent tous pareil, ils ont baissé les bras. L'un dit A, l'autre dit A. L'un affirme que le larynx est envahi, l'autre ânonne « le larynx est envahi ». À quoi bon des diplômes, et tant d'années d'études si c'est pour affirmer qu'il n'y a plus rien à faire ? À quoi cela sert-il donc d'être le meilleur spécialiste si on ne sait pas guérir le meilleur des hommes ? Nous avons vidé nos économies pour que l'auguste docteur Beck daigne poser son stéthoscope sur toi. Qu'a-t-il trouvé à dire ? « Il existe un processus de désagrégation tuberculeux affectant en partie l'épiglotte. » À quoi cela nous sert, Amour, de savoir qu'un processus de désagrégation tuberculeux affecte l'épiglotte ! On lui a appris « larynx envahi égale fin de vie » et lui répète : « larynx envahi égale fin de vie ». Ce n'est pas un médecin, c'est un perroquet. Et doublement maudit soit aussi le professeur Hajek ! Oh, Amour, comme la vallée de Klosterneuburg est belle, la forêt de pins embaume et la rivière en bas coule si joyeusement, une vraie féerie ! Où en étais-je ? Ah, oui, maudits médecins ! Ce docteur Hoffmann fait la paire avec Beck. Il recommande d'augmenter les doses de pantopon ! Cela te rend malade, le pantopon ! Cela t'empêche d'écrire, cette cochonnerie ! Est-ce qu'il ne t'a pas vu hier encore corriger les épreuves de ta dernière nouvelle, *Un artiste de la faim*, quel titre magnifique, quel récit admirable ! Un homme pour qui jeûner est le comble de l'art. Et qui finit sans rien pouvoir ingurgiter, si maigre, si petit, si infime qu'un employé balaie son corps malingre sans même s'en apercevoir. Ce livre est un chef-d'œuvre !

Amour, pourquoi m'imposes-tu pareil calvaire ? Hier, tu corrigeais fiévreusement ton texte, et ce matin, immobile dans ton lit de souffrance. La poste risque de fermer, je dois accélérer le pas.

Amour, ma destinée, ne t'en fais pas, je ne baisse pas les bras. Je ne veux toujours pas croire les médecins !

Je sais qu'on peut rester sans boire et sans manger des jours entiers, des semaines même. Ne l'as-tu pas écrit dans ta nouvelle ? Et l'atroce douleur qui embrase ta gorge n'est-elle pas sensible à la morphine que Robert t'administre ? De quoi devrions-nous avoir peur ? Nous avons déjà vaincu plus fort que la mort puisque tu as bravé l'avis de ton père pour venir vivre avec moi à Berlin. Jamais tu n'avais pu vivre avec une femme auparavant. Jamais tu n'avais pu vivre loin de Prague auparavant. Avec moi, tu as accompli l'impossible. Tu as passé seulement quelques jours à Vienne avec Milena. Tu as fui Felice quand les fiançailles s'annonçaient. À mes côtés, Amour, presque un an de pur bonheur dans le froid et la misère de Berlin. Avec moi, les promenades sur l'Alexanderplatz et les bords de la Wannsee. Avec les autres, la terreur de vivre et l'envie de mourir. Auprès de moi, le pur et insouciant bonheur. Et cela, le docteur Beck et le professeur Hajek voudraient y mettre fin ?

Amour, ma tristesse. Quand ta gorge te brûle, je sens au fond de moi comme un brasier sans fin qui dévaste mon corps. C'est pour ça que je pleure, Amour, ma tristesse, que mes larmes coulent pour éteindre le feu de ta gorge qui brûle, que j'inonde ton front et que j'inonde tes lèvres, pour que tu boives enfin, toi qui n'as rien bu depuis bientôt deux jours, Amour, fais un effort, je sais que c'est terrible, que boire une seule goutte d'eau t'étrangle et te torture, et porte le feu en toi, et puisqu'un verre d'eau c'est toute la mer à boire, alors prends donc une de ces fraises que sœur Anna t'a rapportées, une seule, c'est beaucoup, je sais, quand ta gorge devient une fournaise au plus petit contact. Mais tu ne peux survivre sans rien boire ni manger, et cela fait deux jours, ta fièvre te consume et tu as besoin d'eau. Ne donne pas raison à tous ces charlatans qui promettent le pire. Tu t'es si bien battu. Tu as tant résisté. Crie-leur, du plus profond de ta gorge enflammée, que Franz Kafka a trouvé l'amour, Franz Kafka ne veut plus mourir.

OTTLA

Sans doute le facteur ne viendra-t-il pas ce matin. Elle quitte son poste d'observation, traverse le couloir, ouvre la porte de la cuisine. Son père est attablé, le nez plongé dans les pages du *Prager Tagblatt*. Levant les yeux vers elle, il demande si elle veut manger quelque chose. Elle répond non, merci, elle est juste venue se servir un verre d'eau.

« Tu as l'air fatiguée », dit son père.

Elle fait non de la tête, remplit son verre.

« Tant mieux, répond-il avant d'engloutir un grand morceau de tartine qu'il a au préalable trempée dans son café.

— Les nouvelles ne sont pas bonnes, fait-il, le nez à nouveau dans son journal. Cette histoire autour de l'accord d'assistance avec la France ! Notre ministre des Affaires étrangères est en train de provoquer la communauté allemande de Prague. Il a peur de quoi, Edvard Benes, pour solliciter l'aide de la France contre l'Allemagne ? Nous sommes en 1924 ! La guerre a mis l'Allemagne à genoux pour vingt ans. Laisse-moi te dire ce qui va se passer : les Allemands des Sudètes et de Prague vont dénoncer l'accord, s'en prendre à Masaryk et aux autres Tchèques, qui vont leur rendre la pareille. La haine va monter d'un cran dans le pays et cela va retomber sur qui ? »

Il s'interrompt, lève les yeux vers elle dans l'attente d'une réponse puis reprend :

« Tu ne sais pas sur qui cela va retomber ?

— Non, papa, murmure-t-elle.

— Sur les juifs, évidemment, comme à l'habitude ! »

Il laisse passer un silence avant de lancer :

« Tu ne penses pas que tout cela ne présage rien de bon ?

— Tu as raison, bredouille-t-elle, ça ne présage rien de bon. »

Il retourne à sa lecture avec l'air aussi déçu que s'il espérait une objection à ses propos, qui l'aurait autorisé à entamer une dispute sur l'accord d'assistance mutuelle franco-tchèque. Mais elle se moque de l'accord d'assistance mutuelle franco-tchèque, elle se moque du ministre Benes, se moque du gouvernement français, des Allemands des Sudètes, des Tchèques, et même du sort des juifs, se moque qu'il y ait la paix ou que la guerre revienne, et se moque de l'opinion de son père sur le monde, comme de toutes les catastrophes qu'annonceront aujourd'hui les pages du *Prager Tagblatt.* Il n'y a en réalité qu'une seule nouvelle qu'elle souhaiterait lire, étalée à la une du journal, en lettres capitales :

FRANZ KAFKA EST VIVANT.

« Tu ne veux pas t'asseoir qu'on discute un peu ? » insiste-t-il d'un ton doux qui pourrait laisser croire qu'il sollicite là un moment de confidences et d'intimité entre père et fille.

Elle répond qu'elle souhaite aller se reposer dans la chambre.

« Comme tu préfères », consent-il.

Mais avant qu'elle n'ait franchi le seuil de la cuisine, elle entend crier dans son dos :

« C'est à cause de toi... ! »

Elle se retourne, effarée, demande en balbutiant en quoi elle a fauté.

« Ce qui arrive à Franz !

— Sa maladie ?

— L'aggravation de sa maladie, son état d'aujourd'hui ! C'est toi qui l'as encouragé à partir à Berlin ! Moi, je le lui avais interdit. Je savais qu'il était trop fragile. Toi, tu as pris sa défense. Comme d'habitude. Tu es intervenue contre moi, comme d'habitude !

— Je cherchais juste...

— Juste quoi ?

— Son bonheur...

— Ah, oui, son bonheur... Et tu le trouves heureux maintenant où il est ?

— Il tenait à ce voyage...

— Ah, oui, bien sûr, il ne faut pas contrarier ton fragile frère. Toi et ta mère, et tes sœurs, vous l'avez rendu si faible, ce garçon, vous n'avez jamais osé le contrarier. Il a la constitution d'une brindille maintenant, il ramasse le moindre mal qui traîne.

— La tuberculose, papa !

— Ça n'aurait tenu qu'à moi...

— Ça n'a tenu qu'à toi !

— ... j'en aurais fait un roc...

— À l'épreuve de la tuberculose ?

— ... un garçon solide, un *Mensch* ! Un battant, un guerrier !

— Quelqu'un qui a pu te résister *est* un roc, papa !

— Lui, me résister ? Oh, j'aurais préféré ! Mais non, il n'essaie même pas de me résister ! Vous en avez fait une mauviette, de ce garçon. Un enfant de cinq ans dans un corps d'adulte !

— Un corps malade, papa...

— Parce que vous ne l'avez pas endurci, voilà pourquoi !

— Il faut que tu cherches un coupable à tout, n'est-ce pas ?

— J'essaie de trouver une solution !

— Un fautif, pas une solution ! Il te faut toujours un fautif...

— Je connais la rengaine. Je suis un monstre, je sais ! Parce que je dis la vérité ?

— Tu ne dis aucune vérité, tu accuses, papa.

— J'accuse maintenant ! Oh, ce garçon est bien comme vous, tiens. Un sentimental, voilà ce que vous en avez fait, ta mère et toi... Eh bien moi, ne vous en déplaise, je suis l'inverse d'un sentimental. Moi, je refuse de me laisser abattre...

— Peut-être parce que personne ne l'a cherché, à t'abattre... »

Il laisse passer un silence au terme duquel il lance, d'un ton déterminé :

« Je vais retourner le chercher !

— À Kierling ?

— À Kierling ! Je vais l'enlever d'entre les pattes de ses médecins, de tous ces incapables, de ce Robert Klopstock aussi, cette sangsue accrochée aux basques de Franz ! Je vais ramener ton frère ici. Le docteur Mülhstein le remettra sur pied.

— Sais-tu de quoi on parle, papa !

— Et quand il sera enfin sur pied, j'en ferai un homme !

On dit qu'il n'est jamais trop tard. Un homme, un battant qui saura résister aux épreuves de la vie ! C'est une simple question de volonté... Mais ça évidemment, la volonté, ça vous est étranger. On dirait que vous ne l'avez même pas, le gène de la volonté...

— Tu as dû prendre la part qui nous était dévolue...

— Je vais... lui faire donner des cours de boxe.

— Il ne tient plus debout, papa...

— Il tiendra ! S'il le faut, JE le tiendrai ! On ira au club de Joachim Kircher. Crois-moi, dans trois mois, il sera aussi costaud que son cousin Bruno.

— Il ne peut plus rien avaler, papa...

— Et fini ces heures passées à se prélasser dans sa chambre !

— À écrire.

— Il n'écrira plus une ligne.

— Il ne peut *plus* écrire une ligne.

— On dit qu'il faut toucher le fond pour remonter. Quand il aura remonté... Il prendra la direction du magasin. Un capitaine d'industrie, je te dis !

— Franz est mourant, papa...

— Je vais aller le chercher... demain. Non, demain, c'est impossible, jeudi, oui, jeudi matin, je pars, le docteur Mülhstein m'accompagnera et nous ramènerons Franz. Tu me connais, je ne suis pas le genre à faire des promesses en l'air ! Vendredi, il dormira dans son lit ! Et la semaine prochaine...

— Tu pleures, papa.

— Chez les Kafka, un homme ne pleure pas !

— Tiens », dit-elle, en lui tendant son mouchoir.

Il remercie, essuie ses paupières humides, puis quitte la pièce, en murmurant pour lui-même :

« Capitaine d'industrie... »

Elle suit du regard le vieil homme, sa silhouette empesée ayant perdu sa superbe de colosse qui impressionnait tant, lorsqu'ils étaient enfants. Les épreuves de la vie ont creusé son visage et fatigué son cœur. Le tyran domestique est désormais un vieillard de soixante-dix ans, affaibli et malade, qui vit en cet instant les pires heures d'une existence en redoutant de survivre au fils qu'il a aimé et affronté quatre décennies durant.

Mais à quoi bon s'emporter, et reprendre les échanges sur le mode conflictuel d'autrefois ? Elle sortait de ces confrontations défaite, plus abattue que si elle s'était frottée à son pire ennemi. Parfois, il arrivait qu'elle prît le dessus et elle quittait la pièce, euphorique, sa petite victoire, tel un triomphe impérial, faisant d'elle une adulte, une femme vaillante qui avait trouvé la force de vaincre son père. Les éclats de voix d'aujourd'hui ne possèdent que le faible écho des querelles d'antan. La suffisance paternelle qui les indignait tant, Franz et elle, agitait comme un chiffon rouge sous leurs yeux chaque fois que l'homme ouvrait la bouche, la toute-puissance à laquelle ils ne se lassaient pas de se mesurer, a laissé place à un état de fragilité extrême. Et après tout, peut-être son père a-t-il raison de vouloir partir pour Kierling ? Peut-être serait-il préférable de rejoindre Franz plutôt que de se morfondre à attendre de ses nouvelles ?

Elle quitte la pièce et retourne dans la chambre pour s'installer face au buffet et en rouvrir le tiroir parce qu'elle sait y trouver, rangée au fond à droite, la pile de feuilles manuscrites, plusieurs dizaines de pages, qui recèlent, recopié de sa propre main, le texte de la longue lettre que son frère a écrite à son père et dont elle aime parcourir de temps à autre un passage parce que cette lecture fait résonner en elle l'âme fragile et la voix aimée de son frère. Et c'est alors comme un rendez-vous avec Franz, un peu semblable à l'époque où ils dînaient ensemble au café Arco. Elle pleure souvent en lisant cette lettre, comme on pleure à la synagogue en écoutant le Kaddish, cette longue lettre au père sonne comme un long et poignant kaddish, le plus long, le plus beau et le plus poignant, entonné sur la défunte relation entre un fils et son père. C'est le lieu du recueillement, le lieu du souvenir. Chaque phrase comme une prière, une ode au miracle qui n'a pas eu lieu, à la vie qui n'a pas eu lieu, comme il était prévu ou souhaitable qu'elle fût. En ouvrant le tiroir, au fond à droite, elle retrouve ce trésor d'une vie, plus vibrant que tous ses souvenirs d'enfance. Chaque fois qu'elle s'adonne à la lecture, la tonalité de ces écrits lui arrache des larmes. L'encre qui a servi à écrire ces mots a baigné dans l'âme de son frère et infusé dans sa souffrance et trempé dans sa peine. Aucune douleur au monde ne la bouleverse plus que cette douleur-là, rien ne la rapproche plus de son frère que ce monceau de feuilles.

La lettre avait été écrite près de cinq ans auparavant. Elle était destinée au père, bien qu'elle n'eût jamais été remise à l'intéressé. Elle en avait recopié de longues pages, des heures durant. À peine en lisait-elle les premières lignes qu'elle entendait la voix de son frère aussi clairement que s'il était assis en face d'elle, elle l'entendait comme quand, adolescent, devant ses trois sœurs réunies dans sa chambre, les invitant à l'écouter, il faisait la lecture des histoires qu'il venait d'inventer. Chaque épisode évoqué par cette lettre faisait défiler leur vie, ressuscitait les jours d'autrefois, la rendait à nouveau spectatrice d'un épisode de la légende des Kafka. Mais chaque scène se déroulait aussi sous le prisme déformant d'une rancœur filiale qui transfigurait les événements, un grand théâtre d'ombres, une série de duels d'où le père ressortait toujours vainqueur et le fils irrémédiablement défait.

Elle saisit délicatement le paquet de feuilles, s'assoit sur le lit et commence à lire.

Très cher père,

Tu m'as demandé récemment pourquoi je prétends avoir peur de toi. Comme d'habitude, je n'ai rien su te répondre, en partie justement à cause de la peur que tu m'inspires, en partie parce que la motivation de cette peur comporte trop de détails pour pouvoir être exposée oralement avec une certaine cohérence. Et si j'essaie maintenant de te répondre par écrit, ce ne sera encore que de façon très incomplète, parce que, même en écrivant, la peur et ses conséquences gênent mes rapports avec toi et parce que la grandeur du sujet outrepasse de beaucoup ma mémoire et ma compréhension.

En ce qui te concerne, les choses se sont toujours présentées très simplement, du moins pour ce que tu en as dit devant moi et, sans discrimination, devant beaucoup d'autres personnes. Tu voyais cela à peu près de la façon suivante : tu as travaillé durement toute ta vie, tu as tout sacrifié pour tes enfants, pour moi surtout ; en conséquence, j'ai « mené la grande vie », j'ai eu liberté entière d'apprendre ce que je voulais, j'ai été préservé des soucis matériels, donc je n'ai pas eu de soucis du tout ; tu n'as exigé aucune reconnaissance en échange, tu connais « la gratitude des enfants », mais tu attendais au moins

> un peu de prévenance, un signe de sympathie ; au lieu de quoi, je t'ai fui depuis toujours pour chercher refuge dans ma chambre, auprès de mes livres, auprès d'amis fous ou d'idées extravagantes ; je ne t'ai jamais parlé à cœur ouvert, au temple, je ne suis jamais allé m'asseoir à côté de toi, je n'ai jamais été te voir à Franzensbad, d'une manière générale je n'ai jamais eu l'esprit de famille, je ne me suis jamais soucié ni de ton commerce, ni des autres choses qui te concernaient, j'ai soutenu Ottla dans son entêtement et, tandis que je ne remue pas le petit doigt pour toi...

Elle s'interrompt dans sa lecture. Elle ne veut pas pleurer. Pleurer attire le malheur sur soi. Elle se demande si les innombrables lettres de son frère comptaient un autre destinataire que lui-même. N'étaient-elles pas de simples monologues qu'il aurait pu tout aussi bien ne jamais envoyer ? Elle aimait les lettres qu'il lui adressait autant que les histoires qu'il écrivait et dont il lui faisait souvent la lecture. Les récits inventaient des personnages imaginaires, les lettres inventaient des personnages réels. Certains de ses récits tournaient autour de la figure du père, tournaient le père en dérision, tous sonnaient la défaite du faible, la défaite des fils brisés, exprimaient sa manière de résister, sa façon d'exister contre la volonté du père. Quant à elle, elle disposait d'autres moyens de résistance et d'autres moyens de survie, elle parvenait à s'opposer parce qu'elle possédait la force et la brutalité qui manquaient à son frère, cette force, cette brutalité qu'elle tenait sans doute de son père et qui l'autorisaient à s'opposer à la brutalité, à la force. Non pas qu'Hermann Kafka fût le diable en personne, son père était comme tous les pères, démoniaque comme tous, rêvant de domination comme tous les hommes, tous, sauf son frère qui ne serait jamais père. Hermann Kafka n'était pas un monstre et sans doute ne faisait-il que réaliser à la maison les rêves de combat, de guerre, de puissance de tous les hommes : à la maison, le maître de maison, il régentait la vie de sa femme, de ses trois filles, dominait son fils en tous les domaines. Tous les pères ne dominent-ils pas leurs fils avant de les envoyer à la guerre, n'est-ce pas la première raison de la guerre, pour que les pères assoient leur rêve de domination sur leurs fils, à l'heure où ils voient leurs fils relever enfin la tête, et s'opposer à eux, reprendre le flambeau de la domination ? Les fils partent en fanfare à la guerre, vont au sacrifice la fleur au fusil réaliser les rêves de puissance des pères, pères de famille et Père de la Nation unis dans un même assentiment pour sacrifier les enfants de la Patrie et les fils de famille. Les fils ayant réchappé au massacre peuvent devenir eux-mêmes des pères, forger leur propre rêve de domination.

Hermann Kafka n'était pas pire qu'un autre, peut-être un père tout à fait ordinaire que Franz voyait plus cruel que nature, plus grand que nature, parce qu'il le regardait toujours avec des yeux d'enfant, regard avec lequel on dit que les artistes contemplent le monde. Le père de Milena Jesenska, éminent et fort honorable chirurgien, membre de la haute société praguoise, n'avait-il pas fait interner de force sa fille à l'asile à l'annonce de sa décision de se marier avec un juif ? Ne lui avait-il pas fait subir quantité de traitements dans l'espoir de la guérir de sa supposée folie amoureuse ? Hermann Kafka aurait été incapable d'un tel crime. Mais lorsqu'elle, Ottla, avait décidé d'emprunter le même chemin de révolte que Milena, de transgresser l'interdit, de pactiser avec l'Étranger, de vouloir vivre, elle, une fille de la tribu d'Israël, avec un homme de la tribu des Gentils, Hermann avait utilisé d'autres voies, plus humaines certes que l'internement, pour parvenir à la même fin, remettre sa fille dans le droit chemin de la Loi, la loi séculaire des hommes qui interdit à la pure chrétienne Milena Jesenska de partager la couche d'un juif et à la fière juive Ottla Kafka de prendre pour mari un gentil. Hermann n'avait pas la cruauté de M. le professeur Jesenska, il ne l'avait pas fait interner lorsqu'elle avait choisi le gentil Joseph David pour époux, il n'avait pas prétexté la folie, il en avait appelé à la raison, à deux mille ans de tradition et d'histoire qu'elle était supposée trahir. Ce crime de lèse-majesté – « Mais comment peux-tu te marier avec un goy, toi en qui nous placions nos espoirs ? Tu nous trahis, Ottla, tu trahis nos aïeux, tu trahis Moïse et Abraham ! Ton grand-père, mon propre père, Jakob Kafka, le petit boucher casher d'Osek doit se retourner dans sa tombe ! Tu romps l'éternelle chaîne qui nous a construits, qui a fait notre histoire ! Et au nom de quoi ? De l'amour ! Tu parles de l'amour, Ottla, qu'est-ce que tu connais à l'amour ? Ta première bluette, une bluette avec un gentil, tu appelles cela de l'amour ? Et d'ailleurs, est-ce que ce serait une raison de se marier, l'amour ? Le devoir, voilà la seule raison, Ottla ! »

Ce qui rendait Hermann invulnérable, c'est qu'il agissait en victime. Il agissait au nom des brimades, au nom de l'Histoire, au nom de la Foi, au nom du Bien, au nom des persécutions millénaires. Il parlait au nom des victimes, victimes des ghettos, victimes des pogroms. C'est ce qui en faisait un père atroce, un père admirable, un père incontournable, dressé sur votre route, quel que soit le chemin emprunté pour contourner sa présence.

Il se dressait en travers de la route, avec, au-dessus de lui, l'épée de son Histoire avec un grand H, tout le malheur de sa Tribu sur ses épaules, non pas une tribu de vainqueurs, des Wisigoths ou des Vikings, non, ceux-là auraient pu donner matière à détestation, auraient permis de haïr innocemment Hermann Kafka, mais sa tribu de vaincus, de dépossédés, sa tribu juive de deux mille ans, exilée, massacrée. Il parlait au nom de cette tribu, non pas au nom des criminels mais en celui des exilés. Il nous parlait au nom du malheur, à nous qui n'en avions subi aucun, qui n'avions connu que la douceur des choses, puisque jamais plus dans ce XXe siècle, nous ne subirions d'oppression au nom de notre race. Plus jamais il ne serait question d'aller tuer des juifs. Le salon où officiait Hermann était l'antichambre de l'histoire. Il y avait là, assis à table où l'on dînait, Moïse et Abraham et Salomon, et tous les rois qui avaient édicté l'ordre de brûler les juifs ou leurs livres, ou de les enfermer pour l'éternité dans un ghetto, tous les disparus et tous les fantômes de cette histoire d'exil, de brimades, de terreurs et de mort étaient là, assis face à nous à table. Il y avait auprès d'eux le fantôme de Jakob Kafka, le père d'Hermann au nom de qui il parlait, en l'honneur de qui il s'opposait à vous, le grand-père brimé par les édits de toutes sortes qui interdisaient aux juifs toutes sortes de choses, les condamnaient à l'exil, au massacre, à la famine, les accusaient de transmettre la peste noire. Hermann convoquait les témoins du passé, les assassins et les victimes, il y avait tant de monde à la table d'Hermann Kafka, de là où il gouvernait le monde, qu'on n'osait pas ouvrir la bouche de peur de réveiller les morts.

« Toute mon œuvre écrite pourrait s'intituler "Tentative d'échapper au père" », aimait à dire Franz. Hormis dans l'écriture, Franz refusait le combat. La violence du père détruisait toute velléité de révolte. Après chaque dispute, le fils allait demander pardon au père. Il s'excusait d'avoir causé colère et emportement. La victime remerciait son bourreau. Allez savoir quand, dans l'enfance, son père lui avait interdit tout esprit de revanche, un peu comme on coupe les griffes et lime les crocs d'un animal en cage.

Elle reprend sa lecture au hasard d'une autre feuille.

> Tu pris à mes yeux ce caractère énigmatique qu'ont les tyrans... Si je voulais te fuir, il me fallait aussi fuir la famille et même ma mère. Certes, on pouvait toujours se réfugier auprès d'elle, mais c'était rester encore en rapport avec toi. Elle t'aimait trop et t'était trop fidèlement dévouée pour pouvoir à la longue représenter une puissance spirituelle indépendante dans le combat mené par l'enfant... C'est à peine si j'ose parler d'Ottla ; je sais qu'en le faisant je risque de compromettre l'effet que j'attends de cette lettre. Dans les circonstances habituelles, c'est-à-dire quand elle n'est pas spécialement en difficulté ou exposée à un danger, tu n'éprouves pour elle que de la haine.

Elle se rappelle l'instant où son frère lui a parlé de cette lettre, pendant un séjour à Schelesen. Ces pages, avait-il expliqué, étaient sans doute ce qu'il avait écrit de plus important. Rien de ce qu'il avait pu rédiger précédemment ne touchait à un tel degré de vérité. Peut-être même tous ses écrits antérieurs, l'ensemble de ses nouvelles, ses ébauches de romans n'étaient-ils que des brouillons, un simple préambule. Peut-être écrivait-il depuis toujours simplement pour écrire cette lettre à son père ? Mais il ne trouvait pas la force de la lui remettre. Il désirait solliciter leur mère afin de lui donner la lettre. Et il avait besoin de sa sœur pour cette démarche. Elle ne pâtissait pas de ce bégaiement dont il souffrait dès lors qu'il parlait de son père. Il voulait qu'elle lise et lui dise ce qu'elle en pensait.

Ottla avait parcouru le texte le soir même, avec l'impression de sonder les eaux d'un océan de souffrance, ignorant si le plus douloureux résidait dans la détresse abyssale de Franz, dans la violence de son texte, ou dans le fait qu'elle n'ait pas su deviner l'ampleur du martyre que vivait l'être qu'elle chérissait le plus au monde et dont elle partageait les joies et les drames depuis toujours. Un sentiment de honte, de colère, d'impuissance.

Elle n'avait pas trouvé les mots pour lui dire que l'inlassable quête de l'approbation paternelle était peine perdue. Elle n'avait pas voulu contrarier ses espoirs. Il lui avait confié être conscient du danger, était prêt à prendre le risque, persuadé qu'Hermann Kafka valait mieux que la brute épaisse qu'il donnait à voir, que le père ne pourrait que s'incliner devant un tel geste d'amour filial. Elle n'avait pas voulu le contredire. Tu te trompes, Franz, aurait-elle dû lui signifier. Notre père est incapable de poser un pied dans ton monde, d'en soupçonner les beautés et d'en saisir les doutes. Notre père fait partie de ces hommes à qui il manque une part d'humanité, des individus qui, forts de leur sentiment de toute-puissance, croient dominer le monde. Notre père ose dire tout ce qu'il pense de toi, exprimer la moindre monstruosité qui lui traverse l'esprit, voit comme une extrême qualité ce qu'il appelle sa sincérité. Sa sincérité, Franz, aurait-elle aimé lui dire, n'est que la manifestation de son inhumanité, de son insensibilité aux êtres et aux choses. Sa prétendue sincérité n'est que l'autre nom de sa volonté d'assouvir, de dominer, d'abattre. Notre père crie et hurle devant toi parce que l'image que tu lui renvoies lui est insupportable. Masse de chair impuissante, nain dépourvu de sensibilité face au géant d'humanité que tu es. Ne tente pas le diable, Franz ! Ne remets pas cette lettre à notre père, ne mets pas une nouvelle fois ton destin entre ses mains.

Les mots n'étaient pas sortis de sa bouche. Elle avait laissé son frère marcher vers sa défaite. L'après-midi même, elle avait attendu, tétanisée d'angoisse, dans l'appartement familial, la venue de son frère. Sa mère, assise en face d'elle, ignorait tout de la mission qui allait lui être assignée. On discutait du temps. On devait espérer l'arrivée d'un hiver plus clément. La mère espérait sans cesse, espérait pour un oui ou pour un non, sa mère était l'espoir incarné. On frappa à la porte et Ottla alla ouvrir. Son frère était sur le palier, sa sacoche sous le bras, grelottant de froid dans sa veste. D'un ton étrangement calme, il expliqua avoir quelque chose d'important à dire. « Ça ne pouvait pas attendre ce soir ? » Non, maman, ce soir, ils ne seraient pas seuls. « Rien de grave, j'espère ? » Absolument rien, maman, au contraire. Avec une forme d'autorité inhabituelle dans le geste, il avait entraîné sa mère par la taille, l'avait priée de s'asseoir, puis avait sorti de sa sacoche une enveloppe dont il avait tiré précautionneusement un volumineux paquet de feuilles manuscrites qui semblaient glisser entre ses doigts comme les billets d'une liasse. De manière toujours très posée, il avait expliqué, avec fierté, avoir écrit une lettre à son père. « Quelle drôle d'idée ! » avait susurré sa mère. Il avait laissé passer un temps, puis repris ses explications, ces pages condensaient trente ans de vie commune, tiraient les leçons d'un interminable conflit, traçaient un horizon de vie – oui, telle était la haute ambition de la lettre, bâtir un pont entre deux existences irréconciliables. Il fallut que le pont fût solide, il fallut que la lettre fût longue. Quand il eut fini de parler, la mère assura qu'elle comprenait. Elle répéta, « je comprends », « je comprends ». Son regard exprimait plus la compassion que la compréhension et l'on voyait bien qu'elle n'y comprenait rien. On voyait qu'elle était perdue – Julie Kafka avait toujours l'air perdue sur les rares photos d'elle à côté de son colosse de mari. Le fils encouragea sa mère à lire la lettre avant de la donner, son avis lui importait. À cet instant, elle eut une petite moue embarrassée qui signifiait sans doute qu'elle aurait préféré ne pas lire. Servir d'intermédiaire semblait suffire, et peut-être déjà au-dessus de ses forces. Le fils ajouta qu'elle pouvait émettre des réserves sur le fond comme sur la forme mais il avait une doléance à lui présenter.

« Une doléance ? Quelle doléance ? » dit la mère perdue.

À l'instant de remettre la lettre au père, elle ne devrait pas en déflorer le sujet, il comptait sur l'effet de surprise. « Je crois que ton père n'aime pas les surprises », dit-elle. Son père, répondit-il, n'aimait pas les *mauvaises* surprises. « Tu es... vraiment sûr de toi ? » bredouilla la mère perdue, terrifiée par ce qu'on exigeait d'elle, cette idée grotesque de faire lire une lettre de presque cent pages à son mari qui ne lisait jamais rien d'autre que le journal du matin et les bilans comptables du soir. Il posa la main sur son avant-bras, d'un geste doux et apaisant, puis l'assura de sa conviction que son père ne se montrerait pas indifférent à ce texte, qu'il en saisirait la portée. Elle n'aurait qu'une seule phrase à prononcer : « Ton fils t'a écrit. » Et si le père manifestait son agacement, soupirait, levait les yeux au ciel comme c'était prévisible – il connaissait son père... –, elle saurait user de son pouvoir de persuasion. Une fois les premières lignes parcourues, le père ne pourrait plus s'interrompre. Cela, le fils en faisait son affaire. « Puisque tu y tiens... », avait lâché la mère, du bout des lèvres. Il l'avait embrassée en une étreinte qui semblait charrier toutes ses espérances puis avait expliqué qu'il devait retourner à l'Office d'assurances sur l'heure. Il avait pris congé, la mine triomphante.

Une fois la porte refermée, un nouveau silence s'était installé. Puis la mère avait lancé : « Tu as vu, la neige s'est arrêtée de tomber. » Et en effet, la neige s'était arrêtée. « Bien, avait dit la mère, en se levant de sa chaise, ce n'est pas tout mais rien n'est prêt pour le dîner. » Elle avait marché, d'un pas accablé, vers la cuisine. Il y avait eu des bruits d'assiettes que l'on empile, de casseroles que l'on tire. Quelques minutes plus tard, la mère avait lancé :

« Ottla, tu rendras son paquet à ton frère. Que cela ne traîne pas, ton père pourrait tomber dessus. »

Le grand soleil de juin qui éblouit la pièce la contraint à tirer les rideaux. Elle revient, le cœur lourd, parcourir les pages de la lettre, partagée entre effroi et tristesse.

> Je crains de ne pas réussir non plus à t'expliquer mes tentatives de mariage. Et pourtant, le succès de cette lettre tout entière en dépend, car, d'une part, c'est dans ces tentatives que se trouve réuni tout ce dont je disposais en fait de forces positives, et, d'autre part, toutes les forces négatives que j'ai décrites comme le résultat

de ton éducation, c'est-à-dire la faiblesse, le manque de confiance en moi, le sentiment de culpabilité, s'y sont rassemblées avec furie et ont établi une véritable barrière entre le mariage et moi... Maintenant, il t'est loisible de me répondre bien des choses à propos de mes tentatives de mariage, et c'est d'ailleurs ce que tu as fait : tu ne pouvais guère respecter ma décision, alors que j'ai rompu par deux fois mes fiançailles avec F. et renoué deux fois, alors que je vous ai, ma mère et toi, inutilement traînés à Berlin pour les fiançailles, et ainsi de suite. Tout cela est vrai, mais comment en suis-je arrivé là ?

« *Berlin pour les fiançailles* »... Elle revoit le simulacre de cérémonie dans le luxueux appartement des Bauer à Berlin où Franz devait passer la bague au doigt de Felice en présence des deux familles. Les fiançailles devaient sceller une ardente correspondance de plusieurs années, mettre un terme à l'éloignement des deux amants en les unissant pour la vie. À la lueur éclatante des lustres de cristal, Franz arpentait les couloirs et les salons de ce lieu plein de pompe, hagard, le visage fermé, l'air catastrophé. On aurait dit un condamné à la peine capitale. Les participants assistaient, mortifiés, au saisissant spectacle. L'événement censé célébrer le plus beau jour d'une vie virait au drame. Les fiançailles furent définitivement rompues, et le coupable de l'affront fait aux Bauer dûment blâmé, le 14 juillet 1914, à l'hôtel Askanischer Hof.

Ottla n'avait jamais nourri le moindre doute quant à la fragilité de cette union avec Felice. Le mariage, tout comme l'assujettissement filial et la subordination sociale, constituait pour son frère un obstacle à sa vocation littéraire. Le « tribunal de l'Askanischer Hof », comme il le nommait ironiquement, entérinait ses vœux de rupture les plus secrets et les plus chers. Et elle était convaincue que loin d'être la victime expiatoire de ce procès de famille, son frère en avait été comme l'instigateur.

Les centaines de lettres adressées à Felice cinq longues années durant n'avaient fait que travestir sa peur mortifère du mariage et repousser l'heure fatidique. Mais un jour, il fallut enfin passer des mots d'amour aux actes, troquer la fiévreuse correspondance contre l'échange des anneaux, se soumettre aux lois du mariage, donner corps aux désirs, mettre un terme au temps des solitudes pour celui des promiscuités. Un jour, il lui fallut choisir entre Felice et la solitude, entre la vie et l'écriture. Il préféra l'écriture à la vie.

Les lettres, tant à Felice qu'à Milena, en tout cas celles qu'il lui avait fait lire, le rendaient maître du jeu amoureux et lui autorisaient l'esquive, le mensonge, la dissimulation, la manipulation, les faux serments. Si bouleversantes fussent-elles, ces lettres s'adressaient à des inconnues ou presque. Appelaient-elles une réponse ou pouvait-on les lire comme de simples et sublimes monologues intérieurs ? Les jeunes fiancées d'un temps eurent sans doute tort d'y voir la promesse d'une grande suite nuptiale quand c'était seulement l'obscure antichambre d'une conscience agissante. La rage forcenée avec laquelle était criée sa soif d'amour n'était peut-être rien d'autre qu'une manière d'étancher ses fringales d'écriture.

Ottla ne voyait aucune différence entre les correspondances, le Journal, les récits. Il n'y avait pas, pour elle, un Franz épistolier, un Franz romancier et un Franz diariste.

Dans les lettres, la femme devenait un être de papier. C'était l'inverse du processus romanesque – quand un être imaginaire prend vie sous la plume et la fiction des airs de réalité. Franz y transformait le réel en fiction. Felice et même Milena se trompaient en imaginant que Franz s'adressait à elles. Avant de connaître Dora, de s'éveiller chaque matin auprès d'un être de chair et d'os, l'amour restait pour Franz une page à écrire. Les lettres à Felice, à Milena constituaient le plus bouleversant roman d'amour. Auteur et acteur de ce théâtre d'ombres, il s'y donnait toujours le beau rôle, gendre idéal ou écrivain maudit.

Sans doute cette absence de limite entre le réel et la fiction, fût-elle pratiquée au nom du sacré de l'écriture, constituait-elle un symptôme d'une folie douce, une folie admirable et prolifique mais si tourmentée que sa violence dévastatrice avait failli détruire et Felice et Milena. La lettre réifiait le destinataire avec son consentement ébloui. Elle perpétuait pour Franz l'illusion d'appartenir à la communauté des hommes. Le monde était une grande boîte aux lettres dont il s'amusait à changer les noms tour à tour.

Elle retourne à sa lecture. Sa main tremble en saisissant la dernière page de la lettre au père.

> Il m'arrive d'imaginer la carte de la Terre déployée et de te voir étendu transversalement sur toute sa surface. Et j'ai l'impression que seules peuvent me convenir pour vivre les contrées que tu ne recouvres pas ou celles qui ne sont pas à ta portée…
>
> Mais, en l'occurrence, beaucoup plus importante est la

peur que j'éprouve à mon sujet. Cette peur, il convient de la comprendre de la manière suivante : j'ai déjà indiqué que, dans mon activité littéraire et dans tout ce qui s'y rattache, j'ai fait, sans obtenir plus qu'un succès extrêmement limité, de petits essais d'indépendance et de fuite qui, beaucoup de choses me le confirment, n'auront guère de prolongements...

La vie est plus qu'un jeu de patience ; mais avec le correctif apporté par cette objection – correctif que je ne peux ni ne veux exposer en détail –, il me semble que nous sommes parvenus malgré tout à un résultat qui approche d'assez près la vérité pour nous apaiser un peu et nous rendre à tous deux la vie et la mort plus faciles.

Elle relève la tête comme sonnée. Elle aimerait remonter le temps, revenir à un matin de novembre, et au lieu d'attendre un télégramme comme ce matin, attendre la venue de son frère. Elle aimerait que la neige tombe en juin, que la porte s'ouvre, que le garçon avance et que sa joue se tende, qu'elle baise son visage, le couvre de baisers, étreigne ses épaules et serre son corps contre elle. Mais on ne remonte pas le temps. On ne rattrape pas les erreurs du passé. C'est le vide autour d'elle dans le silence du jour. La neige de novembre a cessé de tomber il y a longtemps, un vent froid continue de souffler en son âme glacée. Elle craint que rien ne ramène jamais le garçon à la porte.

Il faut qu'elle sorte maintenant, elle va devenir folle à tourner en rond dans l'appartement familial. Elle entend la sonnerie du téléphone résonner depuis le salon. Elle se précipite hors de la chambre, traverse le couloir et quand elle arrive à la porte, son père a déjà décroché.

« Oui, Robert », fait Hermann avant de laisser passer un long silence, prêtant l'oreille à ce qui lui est annoncé.

Au fil des secondes, le visage de son père se décompose. Il finit par lancer, d'une voix chevrotante :

« Excusez-moi, Robert, je ne comprends pas ce que vous voulez dire... Qu'entendez-vous par : "Nous aurons fait tout ce qu'il était possible de faire" ? »

4 juin 1924

ROBERT

La pluie martèle la route. Un déluge de juin inonde les rues des villages traversés et frappe sans discontinuer le toit du véhicule. Il n'a pas échangé une parole avec sa passagère depuis le départ du sanatorium. Il redoute que le moindre mot prononcé ne vienne dissiper l'image de celui que la mort a emporté la veille, ce grand fantôme entre eux qui les lie, les sépare, cet être qu'ils chérissent, lui comme un frère, elle comme la plus éperdue des amantes. Il n'ose tourner la tête de crainte de ne pouvoir soutenir le regard de Dora.

Quelque chose d'essentiel mais d'encore confus s'est produit, un événement dont il ne parvient pas à mesurer l'ampleur, mais dont il pressent qu'il engloutira sa jeunesse, leur jeunesse à tous deux. À cet instant, il ne saurait mettre un nom sur cette chose qui sera qualifiée plus tard du mot froid de la mort. Pour l'heure, c'est comme si Franz était encore vivant, son corps brûlant de fièvre comme la veille à cette heure. Pour eux, la vie s'est arrêtée à l'instant où le cœur de Franz a cessé de battre.

Dora n'a pas ouvert les paupières depuis le départ. Sa

robe beige unie laisse ses épaules nues. Elle porte autour du cou un foulard de couleur rouge. Malgré l'épreuve de la veille, son visage conserve la sorte d'ingénuité qu'il lui a toujours connue et sous le charme duquel il était tombé à leur première rencontre, à Berlin, quand Franz lui avait présenté celle avec qui, désormais, il partageait sa vie. Une sorte de joie sauvage et cet air triomphant posé sur le visage de la jeune femme l'avaient aussitôt conquis. Six mois seulement ont passé. Cette soirée au milieu des fumées du café Josty semble dater d'un siècle. N'a-t-il pas rêvé tous ces jours d'insouciance et ces bonheurs parfaits quand ils marchaient tous les trois, sur l'Alexanderplatz, Dora, Franz et lui ?

La pluie ne tombe plus. Une brume épaisse déroule un long voile de nacre sur le bitume. Les crissements des pneus de la Vauxhall font craindre l'embardée. Le docteur Hoffmann lui a remis les clés du véhicule, garé au milieu de trois autres, sur le parvis du sanatorium, en assurant que la puissance de son moteur serait la plus à même de les conduire à destination dans les temps les plus courts.

Et si au lieu de Prague, nous partions à Venise ? Il s'imagine à l'arrière de l'un de ces fringants bateaux à moteur qui promènent les riches héritiers dans la lagune. Il se voit, bras dessus bras dessous avec Dora, admirant la ville au loin, enivrés par les senteurs âcres de l'air marin. D'un geste de l'index, il indique le palais des Doges et la place Saint-Marc. Le spasme de sanglots qui secoue la gorge et les épaules de la jeune femme sans la réveiller le ramène bientôt à la réalité.

Sur ses épaules pèse une sensation d'accablement telle qu'il n'en a pas connu depuis des mois. Le combat qu'il a mené pour sauver son ami occupait jusque-là ses pensées, inspirait tous ses actes. La mission qu'il s'était assignée ne tolérait pas le moindre accès de faiblesse, exigeait le rassemblement de toutes les forces, révoquait la peine, le chagrin, le remords. « Vous vous battez contre plus fort que vous », s'était alarmé Hoffmann après avoir dressé l'inventaire des organes envahis. Il avait poursuivi aveuglément, à l'encontre de tous les principes appris à la faculté, et au nom même de ces principes. « C'est une cause perdue ! poursuivait Hoffmann. Laissez-le partir en paix et allez-vous-en, Dora et vous ! Tout cela va finir par vous rendre fous. »

Peut-être est-il un temps où la pensée de l'apprenti médecin, assujettie à la toute-puissance du savoir et à la force irrépressible des idéaux de son âge, l'entraîne à se croire affranchi des lois de la nature et n'est-ce qu'après des années de pratique que l'homme de science s'incline devant la fatalité et met sur le compte de l'expérience ce qui n'est que la faiblesse du renoncement ?

Il avait fini par céder à la supplication et, la mort dans l'âme, avait injecté une dernière dose de morphine.

Tandis qu'il poussait lentement sur la seringue, Kafka avait murmuré :

« C'est bien ainsi, mais davantage, davantage, vous voyez bien que cela n'a pas d'effet. »

Il avait obtempéré.

Son ami implorait :

« Ne vous en allez pas... »

Il avait tenté de le rassurer :

« Je ne m'en vais pas.

— Mais c'est moi qui vous quitte », avait chuchoté Kafka, les paupières closes.

Quelques minutes plus tard, la porte de la chambre s'ouvrait. Dora entrait en courant dans la pièce. Elle portait à la main un bouquet de fleurs rapporté du village. Elle se précipita et, d'un geste réflexe, glissa le bouquet sous le nez de son amant, semblant persuadée que le parfum des fleurs lui redonnerait des forces. Et l'extraordinaire se produisit, Robert vit de ses yeux le miracle se produire : au contact des fleurs, les paupières s'entrouvrirent. Le regard de Kafka se posa une ultime fois sur Dora.

C'est ainsi que Franz Kafka s'était éteint.

« Tuez-moi sinon vous êtes un assassin ! » Parviendrait-il un jour à s'arracher à cette vision de lui-même poussant la seringue censée délivrer son ami de sa douleur en le faisant passer de vie à trépas ? Le rictus de souffrance s'effaçant lentement pour laisser place à un masque d'extase irradiant de paix et que, lentement, tout souffle de vie abandonnait.

Assassin, répète-t-il intérieurement. Ta passagère te cracherait au visage si elle savait. Après quoi elle ouvrirait la portière et sauterait du véhicule en marche. À moins que d'un geste brusque elle ne tourne le volant pour précipiter la voiture dans le fossé.

À Prague, il se ferait un devoir de raconter à la famille les circonstances de la disparition de Franz. Il avait appris un tas de choses à la faculté, mais les faire-part de décès n'étaient pas au programme. Quels mots du vocabulaire ordinaire pouvaient traduire la douleur de la perte ? Au fil des kilomètres, il déroule la liste des phrases de condoléances qu'il pourrait prononcer. Aucune n'exprime avec suffisamment de force et de sincérité la tragédie que représente la perte d'un tel homme, à ses yeux, aux yeux d'une mère, d'un père, d'une sœur, et, il en est convaincu, de l'humanité entière.

Un dimanche qu'il était de garde à l'hôpital central de Budapest, un patient était décédé au beau milieu de la nuit. Comme il s'avérait hors de propos de tirer du sommeil le médecin-assistant, il s'était vu confier la responsabilité de prévenir la famille et s'était retrouvé dans un interminable couloir au bout duquel un type de son âge arrivait dans sa direction – il devinait que c'était le fils du patient pour l'avoir aperçu à de nombreuses reprises dans le service. Le jeune homme quémandait une information auprès du personnel, s'enquérait de l'horaire de la visite des médecins, réclamait instamment une carafe d'eau, une couverture, le changement d'un pansement. Sous la lumière crue des lampes, ils avançaient l'un vers l'autre, le fils, le pas déterminé, lui, tête basse, mûrissant un discours qu'il aurait voulu empreint de dignité, d'humanité, de vérité.

« Il est mort », furent les seuls mots qui sortirent de sa bouche.

Le lendemain matin, alors qu'il avouait, inquiet, au chef de service s'être trouvé totalement démuni face à la tragédie, il s'était entendu répondre par le professeur : « Tu t'y feras, mon garçon ! » Il craignait de ne jamais s'y faire.

Il s'efforcerait de ressusciter auprès de la mère et d'Ottla parmi les plus poignants des derniers mots du disparu, rapporterait la douceur d'avant l'agonie. La veille même, savez-vous, il riait avec nous, il travaillait encore, corrigeait les épreuves de son dernier ouvrage.

Parlait-il de nous ? — Sans cesse, il racontait sans cesse

les rires, les repas dominicaux. — Il parlait de son père ? — Aussi, bien sûr, les parties de cartes avec son père. — A-t-il souffert ? — Non, il n'a pas souffert. — C'est l'essentiel, qu'il n'ait pas souffert.

Tu as trahi ton ami, ton maître et ton mentor. Trahi les idéaux de ton métier. Et tu t'en vas solliciter l'écoute bercée de reconnaissance d'une mère. Recueillir les honneurs et la gloire.

Sept mois auparavant, au milieu du mois de novembre 1923, il s'était rendu dans l'appartement familial et avait rencontré le père et la mère de l'écrivain. Il comptait s'établir à Prague pour y poursuivre ses études, s'opposait en cela à l'avis de son ami qui n'avait de cesse de l'en dissuader, lui prédisant « l'interminable et mélancolique après-midi des dimanches, le désespoir des rues vides ». Mais Prague parlait à Robert, il s'en était fait un monde, il rêvait du pont Charles, des ruelles étroites et des cafés bondés, Prague était habité, un golem se tenait derrière chaque statue, chaque place était hantée par le fantôme d'un romancier ou d'un poète, il voulait quitter Budapest et vivre à Prague quand son ami avait enfin réussi à fuir Prague pour emménager à Berlin plongé dans la tourmente de l'inflation. Le couple y manquait de tout, ne mangeait pas à sa faim, avait besoin d'argent. Et comme à cette époque déjà, le seul dessein avoué de Robert était de sauver Franz, il s'était proposé de lui rapporter de Prague des vivres et de l'argent. Il avait quémandé cette manne alimentaire et financière au domicile familial avec l'espoir que Julie Kafka préparerait un carton plein de victuailles et qu'Hermann mettrait la main à la poche.

Ce jour-là de novembre 1923, il marchait, le cœur léger, sur l'Alstädter Ring, honoré et ravi d'être accueilli par les parents de son mentor, et comme piqué par une curiosité dont il avait conscience du caractère un peu malsain. Ses hôtes lui semblaient déjà familiers. Il possédait un avis tranché sur le père, aimait la mère comme les propos de son ami laissaient entendre que c'était le sentiment général. Parmi les sœurs, il avait sans l'avoir vue une préférence pour Ottla. Il savait que chacun des protagonistes du dîner avait entendu parler favorablement de lui. Il se prenait à rêver que cette famille l'adopterait, qu'il serait comme le deuxième des fils Kafka.

Marchant vers l'appartement familial, il avançait en anthropologue, à la rencontre de ceux qu'il pensait être les inspirateurs des textes que son ami lui avait fait lire. Il remontait à la source de la création, marchait sur les traces du génie. Il avait la naïveté de croire que les éléments qui présidaient aux forces de la création se trouvaient incarnés par les membres de l'entourage. Il nourrissait aussi l'espoir que son ami le prendrait un jour pour modèle. Il rêvait de devenir un héros de roman.

Il demeura longtemps silencieux, il observait les convives autour de la table et c'était comme s'il voyait avec les yeux d'un autre, réinterprétant chaque geste, chaque dialogue à l'aune de ce qu'il avait entendu de la bouche de son ami. Mais bientôt, le souvenir des paroles et des écrits s'effaça derrière les conversations, ses yeux se dessillèrent. Le père, au fur et à mesure qu'il s'exprimait, perdait ses attributs de monstre un peu comme on opère une mue. La mère, si douce et si avenante puisse-t-elle paraître, n'était pas la figure de sainteté qui lui avait été décrite. Les masques tombaient. La réalité supplantait la fiction. Robert assistait à un prodige. Dans ce théâtre intime de la vie familiale joué devant lui, drame dont le héros était le grand absent, les acteurs se voyaient dépouillés de leurs oripeaux, se transformaient sous ses yeux en membres d'une famille bien réelle et tout à fait commune. Une famille ordinaire qui avait connu la chance et l'infortune d'avoir un fils comme Franz.

Comme les Klopstock, mais à Prague au lieu de Budapest, les Kafka étaient passés en moins d'une génération de l'asservissement d'une vie juive misérable sous le joug de la haine au quotidien bien ordonné de la bourgeoisie aisée de la ville, différente de la bourgeoisie native parce que y planaient en permanence l'ombre et le souvenir des temps terribles du passé et la menace encore présente de la haine.

À mesure que la soirée avançait, Hermann Kafka se montrait sous des traits bien éloignés de ceux du tyran domestique. Son autoritarisme naturel prenait des inflexions chaleureuses et affables. Il s'était mis à retracer fièrement – comme Franz l'avait prédit –, avec application et gourmandise, le roman familial, expliquait la façon dont il s'était installé à Prague des décennies auparavant. Il semblait se délecter du récit des malheurs de sa propre enfance, décrivait la succession de calamités qui avaient fait de lui l'homme qu'il était.

Sur le ton un peu docte d'un professeur d'histoire qui aurait vécu tous les faits relatés dans son cours, il racontait avec force détails le monde où il était né, une époque austère et brutale régentée par la violence, vécue sous la menace des pogroms, de la misère et qui ne ressemblait en rien à celle que ses enfants avaient eu la chance de connaître. Mais l'on travaillait dur, on cherchait à s'émanciper, on avait quitté le village natal pour la capitale. Le travail était la valeur essentielle d'une existence, le sens de l'effort, son corollaire. Une valeur pour chacune des trois communautés principales de la ville de Prague, les Tchèques, les Allemands et les Juifs. « Vous me direz, jeune homme, que juif n'est pas une nationalité, eh bien vous vous trompez, les juifs sont classés comme tels par la jeune république de notre Masaryk national et ses lois encouragent les membres de cette communauté à tamponner sur leur passeport *Nationalité juive*, comme un nouveau droit qui lui serait octroyé. Auparavant quand les juifs se prétendaient tchèques, les Tchèques aimaient à leur rappeler qu'en son temps l'impératrice Marie-Thérèse avait pris un décret visant à les expulser de Prague, vous m'entendez, jeune homme, un décret de 1744, semblable à celui qu'avait prorogé deux siècles plus tôt son aïeul l'empereur Ferdinand Ier de Habsbourg qui lui, moins amène, imposait de porter un signe distinctif lorsque l'on sortait du ghetto de Prague. Mais aujourd'hui, en 1923, sachez que la plus fréquente des insultes lancées aux juifs est "vendus aux Allemands", ce qui figure l'ironie de la situation puisque les Allemands nourrissent à l'égard des juifs une haine encore plus tenace que celle des Tchèques – et c'est sans doute là le seul point commun entre Allemands et Tchèques, qui ne manquent pas de se détester tout autant. Je vous apprendrai aussi, pour que vous mesuriez d'où nous venons et le chemin parcouru en un demi-siècle, poursuivait Hermann Kafka, que mon père Jakob, le grand-père de votre ami Franz, était un petit boucher casher de mon village natal d'Osek, et Jakob dut uniquement à l'abrogation de la loi de 1849 de pouvoir fonder une famille. » Et Hermann rappela que la loi scélérate, abolie seulement deux ans avant sa propre naissance, autorisait au seul premier enfant mâle de se marier et d'avoir des enfants. Elle interdisait le mariage au reste de la fratrie, l'objectif affiché étant de limiter de façon drastique la population juive dans l'Empire austro-hongrois. Les juifs n'avaient pas le droit de naître.

« Peut-on pour autant dire qu'ils avaient le droit de vivre ? » ironisa Hermann. Cultiver la terre leur était interdit, tout comme, et c'était là le grand paradoxe, le droit d'habiter les grandes villes, et celui d'exercer la plupart des métiers, et bien entendu d'accéder à l'université, mais ils se voyaient fortement encouragés à s'engager dans l'armée – sans toutefois pouvoir prétendre au grade d'officier. « Mourir au front était donc une de leurs grandes perspectives de vie, si je peux m'exprimer ainsi sans choquer l'étudiant en médecine que vous êtes. »

Robert prêtait une oreille distraite au discours. C'était le même et pontifiant récit maintes fois entendu dans la bouche de son oncle ou de son grand-père, la pénible litanie de la souffrance juive. Robert en avait soupé de la souffrance juive. Elle appartenait au passé, cette souffrance. La Russie, en cette année 1923, en avait fini avec le tsarisme et avec les pogroms. La révolution soviétique ouvrait les perspectives d'un monde nouveau. L'Empire austro-hongrois et l'Empire prussien démantelés, la Hongrie, la Tchécoslovaquie, l'Allemagne avançaient sur le chemin de la démocratie. Aujourd'hui, songeait Robert, les juifs ne sont plus un cas à part. Pour eux, comme pour le monde entier, le XXe siècle offrait un avenir radieux. Le soleil qui se levait sur les décombres de la guerre éclairerait bientôt toute l'humanité.

« Franz a tendance à oublier d'où il vient, reprit

Hermann. C'est que moi, cher Robert, je n'ai pas grandi dans les beaux quartiers de Prague ! Enfant, je n'ai pas essuyé mes fonds de culotte sur le Graben ! »

Écoutant Hermann Kafka radoter, Robert songeait à ce que lui avait confié Franz : « Récemment, je me suis figuré que j'ai été vaincu par mon père étant petit enfant et que l'ambition m'a empêché de quitter le champ de bataille durant toutes ces années, bien que je sois constamment vaincu. »

« Chéri, intervint Julie Kafka, tu ne vas pas recommencer, laisse donc ce jeune homme tranquille !

— Recommencer ? Je n'en suis qu'au début ! Il faut qu'il sache d'où nous venons et le chemin parcouru, c'est important, je suis sûr que Franz ne lui a rien dit. Franz vous en a parlé ?

— Parlé de quoi ?

— De l'enfance de son père.

— Pas vraiment.

— Pas vraiment ? Mais alors de quoi parlez-vous avec Franz ?

— Chéri ! »

Et Hermann Kafka, sans qu'il y fût convié, raconta son enfance, sa terrible enfance, dans le village d'Osek, en Bohême, près de Strakonitz, au 35 de la rue des Juifs, où il était né, où il avait grandi, cette maison constituée d'un couloir et de deux chambres, dont l'une était occupée par les six enfants de Franziska et Jakob, abatteur de profession, boucher casher pour le dire autrement, et que faisait-il à dix ans, à l'âge où Franz, qui se plaint tout le temps de sa propre enfance, jouait sur les bords de la Vltava ? À dix ans, lui, Hermann, poussait une carriole de village en village, même en hiver et tôt le matin, les jambes broyées par le gel, il portait les carcasses des animaux qu'avait abattus son père, Jakob Kafka, le petit boucher casher d'Osek, le grand-père du Grand Écrivain de l'Office d'assurances !

« Hermann, ça suffit !

— Oh, évidemment, dès qu'il s'agit de ma jeunesse, cela agace ! Il faut dire qu'elle n'avait pas les fastes de la tienne, ma jeunesse, et que, moi, je ne suis pas né à Podebrady !... Mon père à moi n'avait pas un commerce de tissus comme Jakob Löwy ! Moi, je ne vivais pas sur la grand-place de la ville, comme ta mère, Esther Borges !

— Toi, toi, toi !

— Et nous n'habitions pas une maison à un étage, au 17 de la place du Marché !

— Veux-tu que je te rappelle, Hermann, que ma mère est morte du typhus à vingt-huit ans, quand j'en avais trois ? Et que, de désespoir, ma grand-mère s'est suicidée en se jetant dans l'Elbe, un an plus tard.

— Je veux simplement expliquer à ce jeune homme que si Franz mène la belle vie aujourd'hui, c'est grâce aux sacrifices des siens... Et l'on ne peut pas dire que la reconnaissance soit le point fort de mon fils.

— Tous les jeunes sont ainsi, Hermann.

— Eh bien j'aurais aimé que Franz soit différent des autres, était-ce trop demander ?

— À un homme de quarante ans ? intervint Ottla.

— Est-ce une question d'âge ?

— Robert, poursuivit Ottla, parlez-nous plutôt de vous. Vous venez de Budapest, n'est-ce pas ? Et vous êtes étudiant en médecine.

— Ah, si Franz avait pu poursuivre de telles études !

— Mais Franz a fait de magnifiques études !

— Si c'était pour finir dans un office d'assurances, il aurait pu s'en dispenser. Avec ces dispositions, avec son intelligence..., s'il avait travaillé, Franz aurait pu... devenir avocat, ou mieux, reprendre notre magasin du palais Kinsky, ou bien...

— Quoi encore ?

— Devenir capitaine d'industrie, voilà ! Et là...

— Quoi, là ?

— L'Office d'assurances... Tu ne crois pas que c'est du gâchis ?

— Du moment qu'il est heureux.

— Mais il n'est PAS heureux ! Je crois que je ne l'ai jamais vu heureux, ce garçon ! Avec tout ce que j'ai fait pour lui... Robert, vous l'avez vu heureux, vous ? Il est heureux à Berlin ?

— Heureux comme jamais, je crois.

— Comment ça, heureux comme jamais ?

— C'est ce qu'il laisse entendre et aussi ce qu'il laisse voir.

— À Berlin, dans le froid, avec cette misère !

— Il me semble.

— Mais s'il était si heureux que cela, vous n'auriez peut-être pas besoin de lui apporter de la nourriture et de l'argent...

— Hermann !

— Je mens ? Oh, évidemment, aussitôt qu'il est loin de chez nous, monsieur est heureux ! Mais il a quand même besoin que je lui paye son bonheur, n'est-ce pas ? Il n'est pas capable de se l'offrir tout seul, son bonheur !

— Hermann !

— Son bonheur, d'ailleurs, je me demande si ce n'est pas seulement d'être loin de nous, loin de son père !

— Peut-être..., murmura Ottla.
— Comment cela, peut-être ?
— Peut-être que tu as raison, papa.
— Ah, maintenant tu me donnes raison ! Tu entends ça, Julie, ta fille me donne raison. J'aurai tout entendu dans ma vie !
— Hermann, conclut la mère, arrête avec tes histoires, laisse-nous manger tranquillement, et dites-nous, Robert, racontez-nous plutôt comment vous avez rencontré Franz. Comment êtes-vous devenu son ami ? »

Il avait été l'ami, le confident, le médecin d'un homme dont la sensibilité et l'intelligence marqueraient de façon définitive sa propre pensée. Cette amitié possédait une tout autre saveur que celle qui unissait Kafka à Brod, elle ne s'était pas construite sur les fonts baptismaux des bancs de la faculté, mais à l'aune de la maladie et de la mort. Loin de la nonchalance des amours de jeunesse, des controverses philosophiques et idéologiques, des jardins de l'université de Prague où Max et Franz s'étaient rencontrés, elle était plongée dans l'amère solitude des chambres du sanatorium, les journées qui ne semblaient interminables en rien. Déjeunant et dînant avec Kafka, recueillant son savoir, ses conseils, chercheur d'or glanant les pépites, Robert partageait ses souffrances et souffrait lui-même, aspirait d'une même avidité l'air pur censé sauver, ingurgitait les mêmes litres de crème fraîche, les quintaux de lait devant prétendument délivrer de la maladie. Ils marchaient côte à côte sur les chemins de montagne, s'encourageant tour à tour à ne pas renoncer, puisque chaque pas était destiné à prolonger la vie, dans la neige des Hautes Tatras, à assurer une meilleure santé. Tous les deux convoitaient d'un même désir inavouable les jeunes femmes malades, voulant jouir des forces vives de leur jeunesse, empêchés comme elles de se livrer, de s'abandonner, de crainte, comme elles, de se surinfecter, d'attraper la mort de l'autre, s'observant en chiens de faïence, sourires et sous-entendus, regards embrasés, yeux fiévreux. Tous deux compatissaient d'un même élan pour le voisin, décédé la veille, dans d'ignobles souffrances, ayant entendu ses cris atroces emplir la nuit, et pour le vieillard mort l'avant-veille, silencieux et digne jusque dans sa discrétion à disparaître, son grand tact de vieillard malade ne voulant pas que sa mort dérange le quotidien bien établi de la jeunesse environnante. Robert avait partagé durant des mois avec son ami, son mentor, son frère la peur de la mort, la peur de la fièvre, la peur de l'essoufflement, la peur de la toux, la peur de l'amaigrissement, avancé main dans la main avec lui au bord de l'abîme, dansé dans ses cauchemars sur les cendres des agonisants, dansé avec les anges noirs tournoyant dans le ciel bleu et pur du sanatorium de Matliary, dansé avec la mort et avec Franz Kafka.

Il conduit sur cette route qui va de Vienne à Prague, épilogue à l'incessant va-et-vient de ces dernières années entre Budapest et Prague, Prague et Berlin, Berlin et Vienne. L'Europe était un grand manège dont il montait les chevaux tour à tour. Le manège est arrêté. La kermesse est terminée. Il doit descendre de cheval. Quitter le centre abîmé de l'Europe. Sans Kafka, Prague est une ville fantôme, qui ne vaut pas mieux que Budapest, rien d'autre qu'une Vienne alanguie, la sage province de Berlin. Aller vivre à Paris, ou pourquoi pas à New York. Explorer un nouveau continent après la traversée du continent Kafka.

La pluie s'est remise à tomber, l'épuisement le gagne, les forces lui manquent, le sommeil lui manque, son ami lui manque. « *Cher Robert,* lui avait écrit Franz, *je vous en prie, ne soyez pas fâché, ou ce qui revient au même, inquiet, la situation est claire, les Dieux se jouent de nous, mais ce ne sont pas les mêmes pour vous et pour moi, cela, il nous faut tâcher de le compenser au prix d'un effort surhumain.* » Optimiste et désespéré, c'est la même chose, songe-t-il, c'est l'imaginaire qui agit, et agit à l'excès comme toujours chez nous, son ami disait « nous » en l'associant à son auguste personne, et cela suffisait à son bonheur, cette communauté qu'ils formaient – j'appartiens à un groupe de deux êtres humains, Klopstock, Kafka, l'harmonie des K. Lisez Kierkegaard, lui avait conseillé son ami, son maître, toujours plongé dans les ouvrages du philosophe. Il disait avoir trouvé en lui comme un miroir et comme un phare, et il avait même confié à Robert son exemplaire du *Traité du désespoir*, avec un passage annoté de sa main dans le Livre II, « L'universalité du désespoir » :

> Comme il n'y a, aux dires des docteurs, personne d'entièrement sain, on pourrait dire aussi en connaissant bien l'homme qu'il n'en est pas un seul exempt de désespoir.

Et cette phrase également annotée de la main, sa préférée :

> Le désespoir qui se perd dans l'infini est de l'imaginaire.

Oui, c'est cela, simplement cela, il souffrait – *nous* souffrons – d'un trop-plein d'imaginaire, le grand coupable était son imagination, il imaginait toujours le meilleur ou encore plus souvent il imaginait le pire, c'était cela la maladie dont ils souffraient, la maladie de l'imaginaire. *C'est l'imaginaire qui transporte l'homme dans l'infini*, expliquait Kierkegaard, ou était-ce Kafka, tout s'entremêle dans son esprit fatigué et las de cette route. Tous deux souffraient, *nous souffrons*, d'une hypertrophie de l'imaginaire. D'aucuns souffrent d'une hypertrophie de la glande thyroïdienne, d'autres d'une hypertrophie du moi, nous, Franz et lui, c'était l'imaginaire, un imaginaire trop développé avait envahi une partie de leur lobe, le lobe temporal, celui des émotions, c'est cela, une vraie tumeur de l'imaginaire, cette saloperie d'imaginaire qui nous porte au désespoir via l'infini. Il fallait combattre cette hypertrophie, en appeler aux frontières intérieures, mettre son cerveau au repos, se soumettre à la nécessité du réel, cesser tout bonnement d'imaginer, cela ne devait pas être si compliqué, le jeu en valait la chandelle, mettre un frein à son désespoir, ne plus plonger dans les abîmes, devenir un homme libre, contraindre son imaginaire pour restreindre le domaine des possibles, clamer : *À Dieu seul tout est possible !* Mais il ne croit pas en Dieu, Robert Klopstock est un juif athée, même si croire en l'inexistence de Dieu, c'est peut-être déjà croire en Dieu – « *perdre la raison pour gagner Dieu, c'est l'acte même de croire* », écrit Kierkegaard, mais perdre la raison sans rien gagner, c'est l'acte d'un fou, et en dépit de ce que répétait Max Brod à qui voulait l'entendre, Robert Klopstock n'était pas fou, il avait simplement trop d'imagination, il était pris par la fatigue, l'épuisement le faisait divaguer au volant, excitait son imagination, « tu as trop d'imagination », lui reprochait déjà sa mère quand il était enfant, « vous avez trop d'imagination », lui expliquaient ses professeurs de médecine lorsqu'il remettait en cause leur diagnostic, heureux les hommes qui ne doutent jamais et les crétins pleins d'assurance, le salut est dans l'impossible humain. Il devait en terminer avec l'infini de son imaginaire pour rompre avec l'infini de son désespoir.

Il avait gâché sa jeunesse sur les bancs des amphithéâtres de la faculté de Budapest. Trop de temps avait été perdu. Il voulait désormais voir le monde. Il se moquait d'obtenir son diplôme, se contrefichait de la reconnaissance officielle. Il en savait plus que bien des médecins. Il avait un livre à écrire. Une vie à la Tchekhov, rêvait-il. Les déchaînements tourmentés d'une solitude créatrice et le sérieux appliqué au chevet des misérables de Sibérie. « Dieu ne veut pas que j'écrive mais moi, disait Kafka, il me faut écrire. En fin de compte, Dieu est toujours le plus fort. »

Dieu est toujours le plus fort, répète Robert pour lui-même, au volant de la Vauxhall sur la route qui va de Vienne à Prague.

DORA

Robert croit que je dors. Où trouver le sommeil quand son amour n'est plus ? Les paupières closes, je vois mieux le malheur éclairer ma route, je veux voir le malheur se lever chaque jour, me réchauffer à l'aube et habiter mon âme jusqu'à la nuit des temps. Je ne veux accomplir d'autre mission sur terre, que graviter lentement autour du souvenir et consumer mes jours près du trou de ta tombe.

Ne m'en veux pas, chéri, d'être encore de ce monde. Sur ton lit de souffrance j'avais fait le serment de ne pas te survivre. En te disant adieu, je songeais au revoir, à tout à l'heure, Aimé, rendez-vous dès demain, depuis le pont Charles, pour aller te rejoindre dans l'abîme des flots. Attends-moi, grand chéri, c'est Robert le coupable de mon triste retard. À l'instant où j'enjambais la balustrade pour aller te rejoindre, ton ami a cru bien faire en me retenant par le bras. Il m'a abreuvée de paroles grotesques censées me retenir. Maudit soit Robert Klopstock qui brise les serments d'éternité et retarde l'heure des retrouvailles.

Survivre à ton absence, m'en croirais-tu capable ? T'ai-je laissé une si piètre opinion de moi au long des quelques mois que nous avons vécus ? Promis, nous nous baignerons, Amour, dans le même fleuve. Rendez-vous dès demain, Robert ne sera plus là pour m'agripper le bras. Quand l'église Saint-Nicolas sonnera ses douze coups, je m'élancerai, Amour, du grand pont de pierre, pour te rejoindre enfin. Heureux les amants du fleuve sans retour.

Que signifie d'être si ton amour n'est plus ? Le monde est une ruine si tu n'es plus là pour le dire. Le monde est un désert où mon âme s'assoiffe.

Je ne crois pas à l'amour, je crois qu'on est choisi. Ce soir j'irai dans Prague marcher où tu allais. En frappant le pavé, l'air bruissera de ton nom. Je suis sûre que ton âme plane au-dessus des toits.

Amour, ma tristesse, avant la délivrance, je veux aller prier aux rues qui t'ont vu vivre, faire un grand pèlerinage, apôtre de ta foi, courir les avenues, dire à chaque passant quel homme il a manqué, un génie, un poète, demi-dieu et demi-homme, un prophète moderne, dire quel homme admirable nul n'a su accueillir et nul n'a su retenir, nul n'a su guérir. Nul n'a su entendre la vérité du monde, la grandeur de l'homme, son infinie misère.

À ta mère, je dirai combien son fils a été aimé et comme il a aimé, et pour la consoler de ce malheur immense, je tairai ton calvaire, tairai la faim et la soif, tes gémissements et tes appels à l'aide, la douleur atroce qui t'enflammait la gorge, je dirai que tu es parti sans le moindre mal, l'âme sereine. Je veux voir son visage me rappeler le tien, serrer contre mon corps ce corps qui t'a nourri, mêler mes larmes aux siennes.

J'irai voir ton père puisque j'ai à lui dire que tu lui as pardonné, qu'il n'y a nulle part de faute, qu'il n'est coupable de rien, tout cela, cette affaire des pères et des fils, c'est un simple et terrible malentendu. Et après tout les pères ne sont-ils pas des fils comme les autres ?

Si j'en avais le temps, mais le temps m'est compté, j'irais à la rencontre de ceux qui t'ont connu, respirer ta présence au fond de leur mémoire. Je les rassemblerais place de l'hôtel de ville, ils viendraient témoigner, devant la ville entière, tout le peuple entendrait leurs récits rappeler l'aventure homérique de l'Ulysse de Prague.

Si j'en avais le temps, mais le temps m'est compté, je prendrais le train, j'irais jusqu'à Madrid voir cet oncle, dont tu étais si fier, qui s'appelait Löwy, Alfred Löwy, tu aimais à prononcer son titre : directeur général des chemins de fer espagnols, et l'autre frère de ta mère, le grand aventurier, fondateur émérite d'une compagnie congolaise – quand tu évoquais son histoire, on était à l'Exposition universelle –, et j'aimerais passer un instant devant la brasserie de Kosir, où ton oncle Rudolf travaille peut-être encore, ton père le surnommait le Déglingué parce qu'il s'était converti au catholicisme.

Mais je n'ai pas le temps, je n'ai de temps qu'à toi et pour nos retrouvailles.

Hier, à la même heure, tu étais vivant, et maintenant plus rien. Comment imaginer, aujourd'hui tu n'es plus, hier tu étais, comment est-ce possible, un monde illuminé et soudain les ténèbres ? ? Nous vivons onze mois d'un amour fervent, d'un amour absolu tel que tu n'en avais jamais vécu, toi-même me l'as dit, Milena c'est autre chose, et Felice n'est rien, quant aux autres..., le plus grand amour qui fût jamais vécu dans le froid et la faim de cet hiver hostile, cette vie de misère qui nous affamait, mais, disais-tu, la vie ne t'avait jamais rien offert de tel.

Comment osé-je être ici quand tu n'es plus au monde ? Tu m'as laissée aux prises avec cette terre hostile et détestable où plus rien n'est désirable quand tu n'y marches plus. « Franz restera par ses écrits », m'a dit Brod à Kierling. Comme si tes écrits te valaient. J'offre tous tes écrits, pour une seule seconde de ta présence.

Te souviens-tu, Amour, sur la route de Vienne, nous roulions en voiture, il y a moins d'un mois, en avril, le 10, notre voyage, nous quittions le Wiener Wald et son sanatorium, nous nous rendions à Vienne pour te sauver la vie. Le professeur Hajek, m'avait-on assuré, était le seul capable de pouvoir traiter ton état qui empirait sans cesse. Sur la route de Vienne, unis dans ta douleur, mais gorgés d'espérance, toi et moi côte à côte pour le dernier voyage, ensemble, mon amour, ma peine, mon grand tracas. Brod était au volant, la pluie tombait déjà, voilà quatre semaines, et Max n'avait pu dans l'urgence trouver qu'une décapotable, je n'avais, mon amour, pour te protéger de la pluie qui tombait qu'une couverture en laine, nous roulions si vite, mon amour, ma peine, la pluie tombant sur nous, et ruisselant du ciel et glissant de mes larmes, nous roulions au plus vite, pour te conduire au sec, à l'abri du malheur et des torrents de pluie, vers le service du professeur Hajek. Je murmurais son nom, comme celui du sauveur, et son nom martelé couvrait le martèlement de la pluie, le malheur s'abattait, le ciel pleuvait sur nous, nous pensions te guérir, mon amour, ma peine, silencieux, à l'arrière, Max nous conduisait, tes poumons ravagés et ta gorge atteinte, mais tous pleins d'espérance.

Et maintenant, sans toi, quatre semaines plus tard, dans ce grand corbillard, et Klopstock au volant, sur la route de Prague.

Nous feignions de l'ignorer, toi et moi côte à côte, nous mentant à nous-mêmes, certains que tu passerais outre cette fois encore, n'avais-tu pas déjà vaincu la grippe espagnole ? Toi, tu savais déjà sur la route de Vienne, tu savais depuis Berlin, le premier informé des morsures de la mort, la mort mordait ta gorge, après s'être fait les crocs sur tes poumons, à Berlin, tu savais, à l'instant où tu m'as dit, dans l'appartement de la Springgasse, « ma gorge me fait mal depuis plusieurs jours ».

À tombeau ouvert, sur la route de Vienne, Max roulait si vite sous la pluie qui tombait, j'avais enroulé autour de toi la couverture en laine pour te protéger, protection dérisoire, protéger tes poumons et protéger ton cœur, Amour, ma grande peine.

Il pleuvait à torrents mais nous gardions espoir. À Vienne, c'en serait fini des craintes, le professeur Hajek fait des miracles, nous avait-on promis, mon amour, mon âme. Nous ignorions alors que le professeur Hajek était un imposteur. Le professeur Hajek a usurpé son titre et n'a sauvé personne. Nous t'avons laissé, mon amour, ma peine, neuf jours entre ses griffes. Cet imbécile, ce criminel entouré d'assistants imbéciles et criminels refusait de te sauver. Le professeur Hajek, prince des imposteurs. Qui l'a autorisé à exercer ? Qui donc autorise les médecins à affirmer pouvoir sauver nos vies quand ils ne font que ruiner nos espérances ?

Maître de mon amour, esclave de ma foi, j'arrive en pèlerinage là où tu as vécu. Je veux fouler chaque trace de ton passage dans cette ville, aller me recueillir où la vie t'a connu, arpenter les trottoirs que tu as foulés pour m'enivrer de l'air insufflé à tes lèvres. Avant de te rejoindre dans le grand au-delà, je veux toucher les murs où ton ombre est passée.

Je t'ai veillé, hier, Amour, mon prince juif, dans la chapelle. Je t'ai accompagné vers la nuit éternelle. J'ai pris ta main froide entre mes doigts gelés, j'ai caressé tes lèvres et embrassé ton front. J'ai célébré ta vie. Une fois terminées toutes mes actions de grâce, j'ai entonné pour toi la prière des morts, j'ai chanté tes louanges en un si long kaddish. La loi juive veut que l'âme des disparus plane entre ciel et terre avant de rejoindre l'au-delà éternel. J'ai vu ton âme pure flotter dans l'air, ton souffle me réchauffait dans le vent froid du soir. Pour retenir ton âme auprès de moi toujours, j'ai fredonné les strophes du *Cantique des cantiques* que tu aimais m'entendre dire au temps où nous chantions.

Dis-moi, ô toi que mon cœur aime, où tu mènes tes brebis, où tu les fais reposer, pour que je n'erre pas comme une égarée autour des troupeaux de tes amis.

Je marcherai dans Prague en chantant tes louanges. Mon prince, mon seigneur, c'est pour nous que Salomon a écrit son cantique. J'entends la voix des chœurs répondre :

Où est parti ton bien-aimé, ô belle entre les femmes ? Où s'en est allé ton bien-aimé que nous le cherchions avec toi ?

Je répondrai à tous ces chœurs :

Mon bien-aimé est descendu dans son jardin pour cueillir des lis. C'est lui, il vient. Il bondit sur les montagnes, il court sur les collines, mon bien-aimé. Le voici, qui se tient derrière notre mur : il regarde aux fenêtres, guette par le treillage.

Je t'entends me dire, mon tendre et grand amour, ta voix résonne encore depuis notre appartement berlinois de la Grunewaldstrasse :

Qu'elles sont belles, tes amours, ma sœur fiancée ! L'odeur de tes parfums, une exquise senteur ! Un miel pur coule de tes lèvres, ô fiancée, le miel et le lait.

Mais le roi Salomon écrit moins bien que toi. La grande sérénade qui célébrait l'amour se met à chanter faux entre mes lèvres. Les arbres de la place Steglitz ont les feuilles sèches, Berlin est un désert sans toi pour y marcher. À les prononcer sans que tu les entendes, les mots que je murmure ont perdu tout leur sens. Ces mots errent, sonnent creux et vides, ils tournent sur eux-mêmes. Le *Cantique des cantiques* n'est qu'un gravat de psaumes, une romance sans grâce où rien de grand, de beau, d'illustre ne s'entend plus. Le grand roi Salomon n'est plus qu'un roitelet. Sur la terre comme au ciel, c'est toi, le Roi des rois.

J'ai pris dans ma valise juste l'indispensable, deux robes inutiles, une chemise de nuit, j'ai préféré qu'elle soit presque vide pour pouvoir accueillir les souvenirs de toi. J'emporte avec moi tes cahiers, mon amour. Ton écriture me suit, ton âme m'accompagne. Je me souviens, Amour, de ces jours fous à Berlin, où toi et moi d'un même regard froid regardions brûler dans la bassine de fer les pages, les cahiers entiers que tu ne voulais plus lire, la flamme consumait ton œuvre, mon amour, sous tes yeux amusés, combien de tes récits avons-nous regardés partir en fumée ? Je regrette aujourd'hui, Amour, ma détresse, de ne pas avoir refusé ce désastre. Tes écrits qui brûlaient. Pourquoi n'ai-je pas arrêté ta main quand elle allumait le brasier ? J'aurais dû te dire non, ton œuvre est sacrée, mon prince. Fallait-il que l'on soit fous, fallait-il que je t'aime, que je sois l'esclave de tes moindres pensées pour contempler ainsi tes écrits qui brûlaient. Ceux que j'ai gardés, Amour, je jure qu'ils survivront à tous les cataclysmes et à tous les incendies que l'homme allumera. J'ai pris dans ma valise ce qu'il reste de toi, une œuvre tout entière, des pages et des pages, des cahiers de ta main qui m'accompagneront le jour comme la nuit comme des rescapés des folies de notre âme, et qui me tiendront chaud à seulement les relire. À seulement les relire, ces centaines de pages, j'entendrai ta voix, je sentirai ton souffle, je lirai dans ton âme. Ma valise est l'écrin d'un diamant gigantesque, grand comme l'Himalaya, brillant comme la lune. Ma valise recèle une partie de ton âme que Dieu ne m'a pas prise, que dans sa mansuétude il a bien voulu me laisser. Une partie de ton âme, ton regard sur le monde, le goût de tes pensées. Tu m'avais dit, Amour, qu'il y avait là une pièce de théâtre, et quatre ou cinq récits, des nouvelles, je crois, des pages de ton Journal aussi, ton Journal est une œuvre plus grande que la Bible, plus belle que l'*Iliade*. J'ai au fond de ma valise tout le génie d'Homère et la meilleure part de la grâce divine. Tu avais fait promettre à Max qu'il brûle tout ce qu'il avait en sa possession. Ce que tu pensais indigne d'être lu par les hommes, mon fol amour – comment imaginer qu'une seule ligne de toi soit indigne des hommes ? Une seule ligne de toi vaut tout Goethe et Gogol, et Pouchkine et Tolstoï. Amour, j'ignore si Max a obéi au serment qu'il t'a fait. Moi, je n'ai rien promis. Je garderai vivantes ta pensée et ta voix. Et rien, ni la mort ni les hommes, ne viendra me voler ce qu'il reste de toi, de ta voix, de ton âme. Je veux que l'on m'enterre avec tous tes cahiers. On trouvera aussi, au musée de ton âme qu'est ma pauvre valise, la brosse à cheveux qui ne te quittait jamais. Celle que tu utilisais à Berlin. À l'aide de son bois et de ses poils de soie, j'ai brossé tes tempes hier si longuement quand tu m'as fait l'offense de quitter ce monde.

Ce qui reste de toi, Amour, prince éternel, ne sera pas enterré dans le cimetière de Prague. Je le garde avec moi, ce qui reste de toi, au fond de ma valise, et ton caveau repose tout au fond de mon âme.

ROBERT

La pluie a cessé de tomber, le ciel s'est éclairci. La route traverse maintenant un village. La rue centrale est bordée d'arbres en fleur et de maisons à colombages aux façades rayonnantes de clarté. Ici, il doit faire bon vivre, songe-t-il. On dépasse une place où s'élève la statue d'un officier à cheval, sabre au clair, qui semble défendre le bâtiment de l'église érigée en contrebas. Une auberge se dresse au milieu d'un alignement de bâtisses. Il n'a rien avalé depuis la veille. Il stoppe le véhicule quelques mètres plus loin. À peine le moteur est-il coupé que Dora ouvre les yeux. Elle tourne la tête en sa direction. Pourquoi s'arrête-t-il ? Il répond que ce serait bien de manger quelque chose.

« Bien pour qui ?

— Pour nous, dit-il du bout des lèvres, ce serait bien que nous mangions quelque chose. »

Elle répond que cela serait obscène.

« Obscène ? répète-t-il sans comprendre.

— Tu ne trouverais pas obscène de manger sans Franz ! »

Il répond d'une voix calme qu'il espère persuasive :

« Tôt ou tard, il va falloir se contraindre à faire toutes sortes de choses sans Franz.

— Des choses comme vivre ? » elle demande.

Il garde le silence.

« N'imagine pas ça une seule seconde ! » reprend-elle, avant d'ajouter en le fixant dans les yeux : « Je connais les médecins, ils se croient tout permis ! »

Il proteste qu'il n'est pas son médecin mais son ami.

« Médecin, ami, tu joues sur les deux tableaux ! N'espère pas me convaincre de continuer sans lui !

— Je n'espère rien du tout.

— Oh, si, tu espères, Robert. Tu espères tout le temps ! Tu ne fais qu'espérer ! Tu es d'un optimisme forcené ! Jusqu'au bout tu espérais le sauver ! Et tu m'avais convaincue. Tu m'as fait espérer. Même maintenant, j'espère que je vais me réveiller de ce cauchemar et qu'il sera à mes côtés. Mais non, c'est toi qui es à côté ! »

Elle lui martèle l'épaule de coups de poing.

« Sale type plein d'espoirs ! »

Elle s'effondre en sanglots.

Il ne parvient pas à prononcer un mot de consolation. Il ne peut qu'observer ce visage dévasté par la peine. Mais elle a raison, il est un type plein d'espoirs. Rien, pas même la mort de son ami, ni même les circonstances atroces de cette mort, n'a affaibli son optimisme.

« Tu as faim ? » demande-t-elle, comme si ce n'était pas la même personne qui fulminait à la seconde. « Si tu as besoin de forces pour conduire, c'est différent.

— Oui, j'ai besoin de recouvrer des forces, répond-il avec douceur.

— Alors je veux bien t'accompagner », poursuit-elle, une main se posant sur son poignet d'un geste apaisant.

« À la condition que tu n'exiges pas que je mange quoi que ce soit...

— Je n'exigerai jamais rien de toi, tu le sais, lance-t-il le plus sincèrement du monde.

— Ne sois pas toujours si sûr de toi », conclut-elle, en retirant sa main.

Ils sortent du véhicule. Ils longent le trottoir jusqu'à l'entrée de l'auberge, poussent une porte entrouverte, parcourent un long vestibule. Ils pénètrent dans une pièce immense aux murs tapissés de boiseries et emplie d'un bourdonnement de voix. Une vingtaine de tables sont dressées sous la lumière crue de lustres en métal. À peine sont-ils entrés que le silence tombe. Ils traversent la salle sous des regards hostiles. Ils avancent vers la seule table libre, au centre de la pièce. C'est une table de dix, de part et d'autre de laquelle ils prennent place. Un homme vêtu d'un tablier gris et coiffé d'une petite toge vient déposer devant eux un bol et une cuillère en bois. Il revient quelques instants plus tard une marmite entre les mains. Il sert à Robert une louche de soupe d'où émane une forte odeur de chou. Il tente de faire de même avec Dora. La jeune femme l'arrête d'un geste de la main.

« Madame ne veut rien ? fait l'homme, décontenancé.

— Absolument rien !

— Si monsieur en veut à nouveau, je peux laisser la marmite sur la table.

— Je crois que cela suffira, merci.

— Ici, on en reprend toujours.

— Nous ne sommes pas d'ici, fait-il.

— J'avais bien remarqué.

— C'est écrit sur notre front ? lance-t-elle.

— Je dois retourner en cuisine, dit-il sans relever. Mademoiselle est sûre qu'elle n'en veut pas ? Je n'y mets que du chou, et un peu de jarret pour le goût.

— Je n'en veux pas, il faut vous le dire en quelle langue !

— Vous n'aimez pas le chou... ou bien c'est le jarret ?

— Je déteste le chou et je ne mange pas de viande !

— Alors, je n'insiste pas.

— Mais si, vous insistez ! Vous ne faites même que cela, insister !

— Du calme, s'il vous plaît ! » tonne une voix de femme. Une dame d'allure un peu forte, vêtue d'un tablier blanc et coiffée d'un chignon, vient dans leur direction. Après avoir imposé le silence à l'assistance que les exclamations de Dora ont agitée d'un murmure d'indignation, elle poursuit :

« Cette auberge est vieille de plus de cinq siècles. Pierre le Grand est venu s'y restaurer. L'empereur François-Joseph a assis ses vénérables fesses à l'endroit même où vous posez les vôtres. Il a goûté de cette soupe que vous dédaignez, une soupe dont la recette s'est transmise de génération en génération. Pensez-vous que nous allons laisser plus longtemps insulter nos traditions, outrager nos pères et les pères de nos pères ? Sachez-le, ici, nous n'aimons pas les étrangers, nous préférons les gens d'ici. Les étrangers ne savent pas ce qui est bien, ce qui est beau et comment l'auraient-ils appris puisque ce qui est bon et beau vient d'ici. Ne se bat-on pas depuis la nuit des temps pour le seul honneur de vivre ici ? N'avons-nous pas envoyé mourir à la guerre tout au long des siècles nos enfants pour la seule fierté de continuer à nous sentir meilleurs, plus forts, plus humains que nos ennemis ? Les étrangers qui sont nos ennemis ne peuvent comprendre cela. Nos ennemis nous sont étrangers, c'est à cela que nous les reconnaissons. Comment un étranger pourrait-il comprendre la fierté d'être ici alors qu'il semble si fier de venir d'ailleurs ? Regardez tous ces gens qui vous dévisagent d'un air hostile. Nous vous avons accueillis parce que l'hospitalité est une tradition séculaire comme cette soupe au chou et notre détestation des étrangers. Mais notre patience a des limites ! Alors déguerpissez, ou il pourrait vous en coûter ! »

Une clameur d'approbation s'élève. Des applaudissements claquent. Quelques « Vive Olga ! » fusent. Ils se lèvent, quittent la salle sous les huées et marchent jusqu'à la voiture. Robert met le contact et démarre. Le village est bientôt derrière eux. La route traverse une forêt, se poursuit en lacet le long d'une colline. Dora n'a pas dit un mot. Elle semble replongée dans son mutisme. Il redoute qu'elle ne demeure silencieuse jusqu'à la fin du voyage. Mais elle finit par lancer :

« La grosse dame... Sur sa joue...

— Le... poireau ? souffle-t-il dans un demi-sourire, un peu surpris.

— L'énorme poireau ! surenchérit-elle.

— Le gigantesque légume ! tente-t-il.

— Une plantation tout entière !

— Une forêt de poireaux !

— Qu'elle arrose en reniflant !

— Des tonnes de poireaux !

— Voilà ce qu'il y avait dans ta soupe froide, Robert Klopstock. »

Elle éclate de rire, d'un grand éclat vibrant qui la saisit tout entière, et semble une autre façon d'exprimer sa douleur. Il se met à rire avec elle. On dirait deux adolescents qui ont joué un bon tour à la vie, chapardé dans un champ de poireaux de quoi manger pour trois jours, pincé les impériales fesses de François-Joseph et dit merde à Pierre le Grand. Après quoi, elle le regarde fixement et lance d'un ton glacial :

« Je te hais, Robert Klopstock ! »

Puis elle ferme les yeux.

Dans quelques jours, sur la grande allée du cimetière de Prague, il tiendra son bras pour éviter qu'elle ne tombe sous le poids de sa peine, comme hier, à cette heure, devant la balustrade, il saisissait son poignet pour l'empêcher de rejoindre son amant dans l'au-delà. Il n'a pas vingt-cinq ans. Il pense avoir déjà vécu le plus fort d'une existence. Mais, au hasard d'un virage, quand se dévoile sous ses yeux la féerie d'une vallée verdoyante baignant sous des nappes de lumière, il est parfois saisi du pressentiment que tous les drames peuvent être surmontés et que les amours passent.

OTTLA

Elle avance, tête et épaules basses, vers l'endroit où bientôt sera enterré son frère. Une petite foule se presse devant les grilles de l'entrée du cimetière de Strasnice. Elle reconnaît de loin des visages familiers, Max, au centre d'un groupe, Dora au bras de Robert, Felix Weltsch, Rudolf Fuchs, Hugo Bermann et Johannes Urzidil au milieu d'autres hommes et de femmes, tous vêtus de sombre, portant des parapluies sous l'orage qui menace.

Max, à peine l'a-t-il vue, vient dans sa direction, aussitôt suivi par Rudolf et Felix, Johannes dans leurs pas. On l'entoure, on l'étreint, on vient la consoler. Chacun avec ses mots, la vigueur chaleureuse d'une longue étreinte, lui présente ses condoléances. Chacun vient rappeler l'évocation d'un moment heureux du passé. Elle croule sous les civilités et les marques d'affection. Elle voudrait le silence, qu'on lui laisse le passage afin qu'elle puisse se rendre dans la salle mortuaire. Mais le même manège s'opère chaque fois : au fur et à mesure des propos qu'on lui tient, le chagrin et la peine de son interlocuteur semblent se dissiper, son visage s'éclaire, il semble oublier qu'il parle à la sœur d'un défunt. Elle aimerait interrompre ce flot intarissable, crier assez ! je ne veux plus vous entendre ! je suis pressée, je dois retrouver mon frère avant qu'on ne l'emporte, prononcer mes adieux à qui fut tout pour moi, j'ai mon grand rendez-vous avec l'éternité. Mais à peine est-elle parvenue à se défaire de l'un qu'un autre l'interpelle. On lui presse la main, on s'apitoie sur elle. On lui donne l'aumône d'anecdotes sans chair, on l'abreuve de souvenirs qu'elle se moque d'entendre. Elle passe de l'un à l'autre comme passent les ombres, affichant chaque fois un masque de façade, tout entière rétive à la compassion ardente des hommes. Elle subit le discours d'une foule qui parle d'une même voix, qui murmure à son oreille, chacun croyant détenir un brin de vérité, chacun persuadé que son frère lui appartient et appartient à tous, alors que Franz Kafka n'appartient à personne, ou n'appartient qu'à elle. Taisez-vous, crie-t-elle en pensée à chacun, mais nul ne veut lire dans ses regards noirs et nul ne veut entendre ses lourds et longs silences. On lui assène tour à tour :

« Il demandait à la vie plutôt trop que trop peu. Il exigeait d'elle la perfection, dans l'amour comme ailleurs, la perfection ou rien... Une nuit d'hiver, nous étions à Vinohrady, il faisait terriblement froid, Franz avait un pardessus léger. Werfel le blâma. Franz expliqua qu'il prenait des bains froids même en hiver... Je vivais dans une maison bruyante au coin de la Stephansgasse et de la Georgenstrasse. Je souffrais beaucoup du bruit. Nul ne pouvait comprendre mieux que Franz. Lui se protégeait du bruit en se mettant de l'ouate dans les oreilles. J'ai suivi son conseil et aujourd'hui encore je ne peux m'endormir sans... Ses paroles étaient rares, laconiques, souvent brusques. Parfois il se contentait d'un silence éloquent… Lorsque son premier livre est paru aux éditions Wolff, il m'a dit : "Onze livres ont été vendus à la librairie André. J'en ai acheté dix moi-même. Je voudrais bien savoir qui est l'acquéreur du onzième"… Je l'ai vu ces derniers temps, il avait tellement maigri. Sa voix était rauque. Il respirait difficilement… S'il n'était pas né juif, n'avait pas grandi comme juif, il n'aurait pas été Kafka… C'était un solitaire, un homme qui savait… *La Métamorphose* est le livre le plus fort de la littérature allemande moderne… Un jour, comme je lui avais indiqué que Dickens était ennuyeux, il vint me lire quelques pages pleines de gaieté, les premières fiançailles de David Copperfield. Il lisait incomparablement… À l'époque, Franz passait par une phase d'athéisme et il voulait me faire abandonner ma foi juive. C'était un très bon dialecticien. Cela se passait juste avant la Pâque et la nuit du séder que j'aimais beaucoup à cause de mes parents. Je voulais résister à ses arguments. Je réussis à tenir bon. Beaucoup plus tard, il chercha à retrouver la foi qu'il avait vainement essayé de me faire perdre… Par nature, c'était un exalté, plein d'une imagination débordante, mais il tenait la bride à ses ardeurs, il surmontait ses élans de sentimentalisme… J'ai assisté avec lui à une séance de tables tournantes chez Berta Fanta, il m'a dit : Le fait qu'une table bouge quand des gens ont poussé dessus n'est pas un miracle… Avez-vous vu le magnifique article nécrologique de Milena Jesenska dans le journal ? L'article prétend qu'un roman intitulé *Devant le tribunal* attend un éditeur depuis des années, avez-vous lu ce livre ?… Partout il s'entendait à dégager la clarté cachée des choses… Aucun des auteurs avec lesquels j'ai été en relation n'a donné à tel point le sentiment que le sort matériel des œuvres lui était indifférent... Vers 1917-1918, j'étais à Vienne. Franz m'avait demandé de lui louer une chambre d'hôtel tranquille. Il m'avait laissé pressentir que le sort de ses fiançailles allait se jouer à Budapest. À Vienne, il me dit qu'il avait rompu avec sa fiancée. Il était parfaitement calme. Il paraissait même se sentir à l'aise. Il m'accompagna au Café central. Il était tard, il y avait peu de monde. Il trouva tout à son goût... Il connaissait les hommes comme seuls sont capables des voyants, des prophètes... Cette dernière année, j'ai vu Franz véritablement heureux. Son état physique empirait, il est vrai, mais pas encore assez pour inspirer des craintes sérieuses. À Berlin, avec sa compagne, je lui ai trouvé une vie idyllique. Il n'était plus le fils, mais dans une certaine mesure le pater familias... »

Elle a réussi à s'extraire de la litanie des hommages, la mâchoire crispée de demi-sourires, la tête emplie de mots vides de sens. Elle n'a pu rester qu'un bref instant dans la salle mortuaire. On ne lui a accordé aucune intimité avec son frère. Elle a manqué son rendez-vous avec l'éternité. Il est trop tard désormais. Quatre hommes en noir portent son frère, à la force de leurs bras, d'un pas régulier et lent. Le vent souffle sur le cimetière. Le cercueil avance devant elle. Les souliers crissent sur le gravier. Le printemps a passé, et c'est l'hiver en juin. Franz n'est plus de ce monde, ou le monde n'est plus ?

Dora marche près d'elle. À chaque pas qu'elle fait, elle manque de tomber. Elle perd l'équilibre, ou est-ce la raison ? « Qui n'a pas vu Dora ne sait pas ce qu'aimer veut dire », a dit Robert. Depuis une semaine qu'elle vit à la maison, n'est sorti de ses lèvres qu'un même et long sanglot.

« Mais toi, Ottla, comment fais-tu pour ne pas pleurer ? » s'est inquiétée à plusieurs reprises sa sœur Valli. Comment expliquer que les larmes ne lui viennent pas ? Au fond de son cercueil, Franz a tout emporté, son chagrin et sa peine. Quant à son désespoir, il est sec à jamais.

Son père marche quelques pas devant elle, enfermé dans son silence. Il se tient droit et digne, le visage absent, plongé dans ses pensées. À quoi peut-il songer, ce vainqueur inutile du duel éternel ? On le croirait pressé de rejoindre son fils, rattraper dans la mort qui il empêchait de vivre. Père, je ne veux pas te perdre, emporté par le remords. Un malheur à la fois, je te prie.

Sa mère enterre pour la troisième fois un fils, les deux autres enfants étaient si petits et si jeunes, à peine trois et cinq ans, on l'avait laissée seule face aux petits cercueils, et voilà que le sort vient lui prendre le troisième, le sort vient lui ravir le cadeau qu'il avait fait. Cette fois, une foule l'accompagne au cimetière, mais elle avance seule dans son malheur de mère, ils pourraient être cent mille à prier autour d'elle, rien ne peut consoler de la perte d'un fils.

En tête du cortège, il y a Max bien sûr, et la foule qui suit, qu'elle ne veut pas regarder. Connaîtrons-nous jour plus triste en nos vies ? Le monde est un caveau sans son frère auprès d'elle.

La voilà arrivée à l'endroit des adieux. Le cercueil est posé sur le gravier. Tous ses rêves s'achèvent à un mètre devant elle. Cela est-il possible, l'immensité, la force, la richesse d'une existence, condamnées à finir dans un trou si petit ? Ce cratère béant va engloutir sa vie, les balades dans les jardins du parc Chotek, les promenades en traîneau au château de Friedland et les promenades en barque sur le lac de Lugano, les cartes postales de Marienbad, les livres que l'on choisissait au 8 de l'Eisengasse, les almanachs que l'on feuilletait, et le Gabelfrühstück au café Louvre, les rires avec Irma et Mlle Werner, le vieux Weltsch au café Arco que l'on écoutait conter les histoires juives du temps du vieux ghetto, la maison de poupée de l'Alchimistengasse dont la fenêtre donnait sur le Hirschgraben où l'on n'entendait guère que le chant des oiseaux, les visites à Zürau où l'on s'occupait joyeusement de l'entretien du jardin, on bêchait avec fougue, les soirées où l'on allait au Théâtre national voir une pièce de Schnitzler, puis du Belvédère contempler les méandres du fleuve, ou au café Lucerna rire aux éclats d'entendre la troupe yiddish jouer *Hamlet* et massacrer Shakespeare, les rendez-vous le samedi sur la place Venceslas – à les entendre rire au milieu de la foule, les passants croyaient deux amants –, le *Kol Nidré* à la synagogue Alt-Neu dont on ne comprenait pas un mot mais qui nous émouvait jusqu'aux larmes et le spectacle de travestis au café Savoy qu'on regardait un peu honteux, les soirées joyeuses chez Baum ou bien chez Max, les mauvais poèmes qui nous faisaient sourire. Ainsi étaient nos vies quand nous allions dans Prague, boire l'eau des fontaines.

« *Il est parfaitement concevable que la splendeur de l'existence se tienne prête à côté de chaque être dans sa plénitude mais qu'elle soit enfouie, invisible, lointaine. Il suffit qu'on l'invoque par le mot juste, elle vient.* »

La vie a-t-elle un sens sans son frère pour l'embellir, pour sourire à la vie et dire ce qui est beau ?

Les grands cyprès autour ressemblent à des géants. Le rabbin entonne la prière des morts, reprise par quelques-uns vêtus d'un long cafetan, leur chapeau vissé sur la tête, éperdus de croyance, fidèles de la foi, des étrangers, ces pieux juifs de l'Est dont leur père se moquait, et que Franz adorait, quand on allait les voir au théâtre yiddish. Leurs voix s'élèvent dans ce théâtre d'ombres qu'est devenu le monde sans son frère pour y voir.

« Amen », répond l'assistance au Kaddish des morts.

« *Nous ne mourons pas, voilà la vérité,* disait-il. *Nous sommes morts de notre vivant, nous sommes des survivants. Notre combat pour vivre est un combat qui ignore qu'il combat pour mourir.* »

Les prières sont finies, c'est le temps de l'adieu. Les quatre hommes reviennent pour le porter en terre. Dora se précipite sur le cercueil. Elle tente de l'envelopper de ses bras, elle s'accroche, manque de glisser au fond du trou. Robert vient la retenir. Lentement, les quatre hommes descendent le cercueil.

Voilà l'heure. Chaque femme, chaque homme qui a connu son frère jette une pelletée de terre. Elle patiente sagement derrière son père, sa mère.

Vient son tour maintenant.

ROBERT

« Avez-vous décidé de ce que vous allez faire à l'avenir ? » lui demanda Max Brod quand ils se retrouvèrent face à face, devant les grilles du cimetière désormais déserté par la foule, sous l'alignement des cyprès courbés par le vent. Auparavant, Brod avait consacré son temps à s'entretenir avec chacun des participants au cortège funéraire. Robert avait usé du sien pour soutenir Dora après qu'elle s'était effondrée sur le cercueil sous les exclamations de stupeur de l'assistance. Avec l'aide de l'un des fossoyeurs, il l'avait transportée à l'abri des regards. Ottla et Valli étaient ensuite venues le seconder et il avait pu dire un dernier adieu à son ami. Devant la fosse, sur laquelle une pluie fine s'abattait, lui étaient revenues à l'esprit les paroles de Franz :

« *Je suis ma propre tombe, sans la moindre faille pour le doute ou la foi, l'amour ou la haine, l'angoisse ou le courage. Ne vit en moi qu'une vague espérance mais pas mieux que vivent les inscriptions sur les pierres tombales.* »

La dernière fois qu'il avait vu Max Brod, c'était un mois auparavant, Franz était encore de ce monde. Brod s'était rendu précipitamment au sanatorium de Kierling, répondant à une supplique de Dora : « Si tu veux revoir Franz une dernière fois, c'est maintenant. » Et maintenant, ils se retrouvaient tous les deux aux portes du cimetière et parlant d'avenir.

« Je vais reprendre le cours de ma vie, finit-il par répondre.

— Comme si rien ne s'était passé ? » demanda Brod.

Non, bien sûr que non. Quelque chose de majeur s'était produit, un événement qui marquerait sa vie à jamais. Il se sentait perdu. Non pas qu'auparavant on eût pu dire de lui que c'était un jeune homme déterminé, sachant où il allait, un étudiant en médecine avec son plan de carrière universitaire ou sa place réservée dans le grand cabinet familial. Il s'était toujours laissé porter par les événements. Mais depuis sa rencontre avec Franz sur les hauteurs de Matliary, s'était forgé comme un point fixe, un horizon.

« ... qui barrait tous les autres horizons ? » suggéra Brod.

Et qui en ouvrait quantité d'autres. Entrer dans l'intimité d'un tel monument de la pensée avait ébranlé toutes ses croyances. Et comment la confrontation avec un tel sommet d'humanité et d'intelligence pouvait-elle agir autrement ? Bien entendu, le souvenir de l'homme et l'écho de son œuvre continueraient d'agir sur la moindre de ses pensées, mais il espérait, maintenant, parvenir à y voir clair dans son esprit. À presque vingt-cinq ans, il était peut-être temps...

« Vingt-cinq ans ! s'exclama Brod avec un haussement d'épaules bienveillant. Vous avez la vie devant vous pour y voir clair ! Et sans doute êtes-vous dans le vrai. Le privilège d'avoir côtoyé Kafka, même dans de semblables circonstances, dispensera une lumière vive sur le reste de vos jours. »

Brod parlait comme un prêtre dès qu'il s'agissait de Franz.

« Peut-être... Je l'espère, en tout cas. »

En réalité, il n'y croyait pas. En son for intérieur, il imaginait que la vie serait désormais fade, sans passion, obscurément commune. Il allait devoir retourner à ses études, reprendre le pathétique train-train de la vie des étudiants en médecine, la soumission à l'ordre établi, la mascarade des visites hospitalières, la sérénade des professeurs, les interminables nuits de garde, la vie dans les livres d'anatomie ou au milieu des corps malades ou de ceux décharnés des séances de dissection.

« Savez-vous, intervint Max avec un sourire, comment Franz vous a décrit dans la première lettre où il parlait de vous ? »

Robert sentit ses joues s'empourprer.

« Je le cite de mémoire, le propos m'avait marqué : "*Un jeune juif de Budapest, très ambitieux, intelligent, un médecin né, antisioniste, Jésus et Dostoievski sont ses maîtres.*" »

Ils éclatèrent de rire.

« Et vous, demanda Robert, las d'être la cible des questions, qu'allez-vous faire maintenant ? »

Brod répondit qu'il comptait aussi prendre son temps. Il avait à se remettre de cette épreuve, la mort de son meilleur ami, un ami de deux décennies, dont la présence avait inspiré et nourri son travail d'écrivain, inspiré et nourri sa vie d'homme. Un maître, un tuteur, un modèle qui, dans son esprit, ne faisait qu'un avec son œuvre, abritait un monde en soi à la fois clos sur lui-même et ouvert sur l'infini. Oui, une sorte d'astre dans l'univers avait disparu en ce jour.

« Et vous avez pour mission que l'étoile morte continue

d'émettre sa lumière ? » lança Robert, avec une pointe d'ironie.

Oui, répondit Brod sans relever l'intention de malice, il espérait continuer ce qu'il avait entrepris des années auparavant en permettant la parution du premier recueil de nouvelles aux éditions de son ami Ernst Rowohlt.

« Dora et vous aurez vu Franz comme personne n'aura pu le voir, poursuivit-il, sous les traits d'un homme ayant réussi à rompre avec son passé, un homme qui ne voulait plus en finir, désirait enfin et farouchement vivre. Quelqu'un qui avait fini par faire la paix avec lui-même. »

Il y eut un long silence, que Brod rompit en lui demandant jusqu'à quand il comptait rester à Prague. Apprenant que son train pour Budapest était pour le surlendemain, l'écrivain lui proposa de se retrouver au café Savoy le lendemain, en fin d'après-midi. Le matin, il devait se rendre à l'Office d'assurances afin de rassembler, à la demande d'Hermann Kafka, les dernières affaires laissées par son fils à son bureau. Sur ce, on se sépara.

Assis dans le jour déclinant à une table du café, Robert attend devant une bière Brod qui est très en retard. Il n'a pas osé lui proposer de l'accompagner à l'Office d'assurances. Il aurait pourtant aimé ressentir en ces lieux un peu de la présence de Franz. Il connaît l'endroit pour s'y être rendu quelques mois auparavant pendant son séjour à Prague. Il allait déposer, à la demande de Franz, un courrier destiné à la direction, un certificat médical prononçant l'incapacité à venir travailler en raison de l'extension de la maladie. Il s'était alors attardé, face au somptueux édifice du 7 de la rue Poric où avait officié Franz une quinzaine d'années durant, impressionné par sa façade haute et sa large coupole. Il se revoit appuyer sur la sonnette disposée à droite de l'immense porte d'entrée. Un huissier, vêtu d'une redingote et d'un chapeau haut de forme, lui avait ouvert et demandé, d'un ton cérémonieux, l'objet de sa visite tandis que des employés en costume gris, leur cartable à la main, l'air pressé, s'engouffraient à l'intérieur du bâtiment.

« Je viens déposer un document à la direction de la part du docteur Kafka, avait-il dit.

— Veuillez me suivre s'il vous plaît. »

Des employés continuaient de le dépasser en montant les marches du large escalier qui conduisait aux étages, ôtant d'un geste machinal leur chapeau. Le palier du deuxième s'ouvrait sur une salle que des hommes traversaient, l'air absorbé, des dossiers à la main. Une ruche, avait-il songé. La pièce était occupée de chaque côté par une rangée de pupitres derrière lesquels s'affairaient de jeunes dactylographistes. Il s'était alors souvenu d'une Mlle Kaiser, dont Franz avait parlé comme de sa secrétaire. Et Robert avait alors interprété certaines intonations de voix de son ami comme des soupçons de preuve qu'il s'était peut-être noué autre chose qu'une simple relation professionnelle entre Mlle Kaiser et lui. Au-delà des pupitres s'alignait une succession de portes où étaient gravés une série de noms, la plupart précédés du titre de « Docteur ». Un homme, vêtu d'une blouse bleue, poussait un chariot où s'accumulaient des piles de dossiers. L'homme s'arrêtait à chaque pupitre pour déposer un tas de feuilles que prenait aussitôt un autre employé avant d'en consulter la première page et de le reposer au-dessus d'une pile déjà existante. De temps à autre, une porte s'ouvrait, un homme entrait ou sortait.

L'ensemble opérait une sorte de ballet comique orchestré par le murmure des voix et le cliquetis des machines à écrire. Et Robert s'était demandé comment un homme tel que Kafka qui n'aspirait qu'à la solitude de sa chambre parvenait à supporter une telle atmosphère. L'huissier s'était immobilisé devant une porte sur laquelle était indiqué : « Direction adjointe ». Il avait frappé, puis, sans attendre de réponse, avait ouvert et d'un geste de la main, se courbant légèrement, avait invité Robert à entrer. Un lustre en fer dispensait une lumière glaciale. Le bureau, vaste et bas de plafond, s'ouvrait sur une petite fenêtre qui semblait ne donner sur rien. Le plancher était parqueté de panneaux clairs au vernis un peu passé. Une bibliothèque tapissait les murs, emplie du sol au plafond d'épais ouvrages, tous identiques, reliés d'une couverture en mauvais cuir noir et classés par années. Derrière un large bureau, un homme entièrement chauve, avec un monocle, avait relevé la tête du dossier dans lequel il était plongé et, avec un sourire un peu forcé, lui avait proposé de s'asseoir sur le siège face à lui. Après s'être enquis de l'objet de la visite, il avait commencé à lui parler de Franz, dit combien ici on déplorait que la maladie empêchât le retour d'un des meilleurs éléments de l'Office, un homme pour qui lui-même n'avait toujours éprouvé que sympathie et admiration, un véritable talent des assurances apprécié par tous ses collaborateurs, un travailleur infatigable, aux compétences multiples, doué et fidèle à la tâche, l'employé modèle avec un grand E et un grand M. Évidemment, avait poursuivi le directeur adjoint, les dernières années du docteur Kafka s'étaient révélées plus compliquées pour les raisons de santé que l'on savait. Mais sa compétence, sa gentillesse, sa disponibilité étaient telles que lorsqu'il avait réclamé un mi-temps, on le lui avait accordé. Et ce simple mi-temps avait été un manque cruel pour la compagnie d'assurances, en particulier pour la protection et la prévention contre les accidents du travail, domaine dans lequel le docteur Kafka excellait et où son talent de rédacteur et ses connaissances juridiques faisaient merveille. Tandis que l'homme prononçait ces mots, Robert songeait à la manière dont Franz lui avait décrit ses conditions de travail à l'Office.

« *C'était pour moi une double vie effrayante dont l'issue ne pouvait être que la démence. Au bureau, je devais, au nom d'une lamentable paperasserie, arracher un morceau de ma chair.* »

Le directeur adjoint avait eu un moment de réflexion silencieuse puis avait confié : « Je conserve toujours, dans mes propres dossiers, le magnifique article du docteur Kafka qui avait pour titre, écoutez bien jeune homme : "Extension de l'obligation d'assurance dans les professions du bâtiment et les professions annexes". » Il avait prononcé ces mots sur un ton de nostalgie admirative. « Cet article restera, aux yeux de tous, un modèle du genre. Et il m'arrive d'en lire un extrait aux nouveaux venus pour qu'ils s'inspirent de sa prose, sa rigueur, son intelligence de l'assurance. » Après quoi, il avait sorti de son tiroir un petit dossier, qu'il avait déposé sur la table, en avait tiré une feuille volante, d'un geste délicat, comme s'il agissait en notaire tenant dans ses mains le testament d'un client. Il avait ôté son monocle pour chausser une paire de lunettes, approché la feuille de ses yeux et dit : « Je ne peux résister à la tentation de vous lire quelques extraits de ce texte qui, à mes yeux et à ceux de mes collaborateurs, atteint les sommets de l'art de l'assureur. » Avec des manières de mauvais acteur, il avait pris une inspiration, expiré profondément puis lu, ou plutôt déclamé, le texte rédigé par Franz plus de dix ans auparavant :

« *Dans la loi d'extension avec les tailleurs de pierre, les puisatiers et les entreprises de construction métallique, sont comprises des formes d'activités qui auparavant n'étaient pas soumises à l'obligation d'assurance. Or, comme les professions en question constituent des professions annexes du bâtiment, il faut admettre que, selon la loi principale, différentes catégories d'entreprises du bâtiment n'étaient pas encore soumises à l'obligation d'assurance. Et, comme l'obligation d'assurance n'a été étendue qu'à ces seules professions dans l'amendement, il faut en conclure que cette extension ne s'applique pas aux autres professions. Or, comme il ressort de la loi que l'obligation d'assurance pour ces trois professions est étendue aux travaux en atelier, il faut admettre – conclut l'arrêt cité – que les travaux en atelier des autres professions et professions annexes du bâtiment ne sont pas soumis à l'obligation d'assurance.* »

Le directeur adjoint s'était interrompu, s'était saisi d'un mouchoir dans la poche intérieure de sa veste, s'était essuyé le front, avait murmuré comme pour lui-même : « Je n'ai jamais rien lu d'aussi beau », puis avait lancé, regardant cette fois Robert dans les yeux :

« Attendez, ce n'est rien, écoutez la conclusion ! »

Il avait repris :

« *On peut donc affirmer que le législateur, par l'article 1er, ligne 10 de la loi d'extension, n'a pas eu en premier lieu d'autre intention que de créer de nouveaux titres légaux pour l'obligation d'assurance ; sinon, il serait inexplicable qu'il n'ait pas introduit aussi dans l'obligation d'assurance le travail en atelier du charpentage ou du terrassement, alors que ces travaux présentent de bien plus grands dangers que les professions considérées.*

Cet arrêt est complété par l'arrêt numéro 10674 ex. 1907 du tribunal administratif du 1er juin 1908 (Communication officielle 1908, page 296). »

Il s'était arrêté, avait posé la feuille sur son bureau, levé la tête, et avait lancé d'un ton définitif :

« Tout est dit, n'est-ce pas ? »

Robert avait hoché la tête poliment.

« Mais le docteur Kafka n'était pas exemplaire qu'à l'écrit. Quelle que soit la mission que nous lui assignions, évaluation des cotisations patronales, suivi des conflits entre ouvriers et patrons, revalorisation des indemnités ou des assurances-invalidité, il donnait satisfaction. Comme vous le savez sans doute, l'Office d'assurances contre les accidents du travail pour le royaume de Bohême est une institution nationale. Si vous permettez un peu d'histoire, c'était un empire dans l'Empire à l'époque bénie des Habsbourg, depuis l'instauration de l'assurance obligatoire contre les accidents du travail et son corollaire, l'assurance-maladie. L'Office de Prague à lui seul a aujourd'hui la charge de trente-cinq mille entreprises et se trouve responsable du versement des primes d'assurance accident et maladie pour tous leurs ouvriers. Nous sommes à ce jour deux cent quatre-vingt-quatorze à y travailler. Le docteur Kafka a répondu présent à tout avec son savoir encyclopédique sur les méthodes de production, en particulier dans l'industrie du bois de charpente de Bohême. Son zèle, son intelligence, sa disponibilité lui ont permis de franchir tous les échelons avec brio, depuis sa titularisation en 1910, sa nomination comme vice-secrétaire en 1913, comme secrétaire en 1920, et secrétaire en chef en 1923, jusqu'à, il y a quelques mois seulement, sa malheureuse retraite anticipée pour les tristes raisons que l'on sait. C'est ce qui avait fait dire à l'inspecteur en chef Pfohl : "L'Office s'effondrerait sans notre bon docteur Kafka." Et pourtant, son admission ne fut pas sans débat. Chacun sait que notre institution se refusait à employer des juifs. Ne m'en demandez pas la raison exacte, la compagnie est fermée aux juifs, voilà tout. Si vous êtes juif, vous pouvez être choqué par de telles pratiques, et même du point de vue d'un homme qui n'est pas juif, comme moi, ou l'inspecteur en chef Eugen Pfohl, ou même un autre employé modèle comme Wolfgang Markus, la pratique peut également surprendre, mais elle date de plusieurs décennies, elle s'inscrit dans une tradition, et comment une compagnie comme l'Office d'assurances contre les accidents du travail pour le royaume de Bohême pourrait-elle s'affranchir des traditions ? Ce serait se renier elle-même. Le docteur Kafka, qu'il m'arrivait d'appeler Franz passé dix-huit heures, a pu enfreindre l'interdit qui pesait sur sa race parce que sa candidature était appuyée par le docteur Otto Pribram, qui bénéficiait d'un siège au conseil d'administration de notre office et dont le fils, à ce que j'ai appris plus tard, était un intime du docteur Kafka. D'ailleurs, quand je dis que l'Office était interdit aux juifs, j'exagère considérablement, puisqu'un deuxième membre de cette communauté, le docteur Fleischmann, a également été embauché, au service "Accidents dans l'industrie", où l'honnêteté me contraint à signaler qu'il n'a pas démérité. Vous me direz que deux sur deux cent trente, comme nous l'étions à l'époque, ce n'est pas beaucoup. Tout dépend du point de vue d'où l'on observe. Ainsi pour le docteur Herman Vogel, qui siège aussi au conseil d'administration, eh bien, deux, c'est déjà beaucoup trop. Pour en revenir au docteur Kafka, et comme pour le docteur Fleischmann d'ailleurs, la compagnie n'a jamais eu à regretter la hardiesse de son choix. Je vous donnerai d'autres de ses articles si vous le souhaitez, vous verrez comme sa prose est juste, précise, syncrétique. On m'a dit qu'il était écrivain par ailleurs mais pour être honnête je n'ai pas lu ses autres écrits, l'assurance m'occupe beaucoup, s'il est permis d'évoquer ma propre personne. Mais je ne suis pas certain qu'un quelconque récit de sa main puisse égaler la qualité de sa prose concernant la lutte contre les accidents du travail dans l'industrie du royaume de Bohême. Allez, il vous faut me laisser maintenant, l'assurance est un ogre qui vous dévore la vie. Remettez-moi le document pour lequel vous êtes venu, un assesseur vous reconduira à la porte. Mais, si je peux me permettre, revenez un jour faire le ménage dans le bureau du docteur Kafka, notre bon Ernst Grulig s'est plaint à la direction qu'il ait pu laisser dans les tiroirs et les armoires un grand nombre de paperasses, et régulièrement, il s'en faut de peu pour qu'il ne jette le tout à la poubelle. Vous savez comme moi que les chances que notre bon docteur Kafka revienne ici sont quasiment nulles. La porte vous est donc ouverte pour faire le ménage dans son bureau. »

L'homme avait appuyé sur la sonnette devant lui. Un assesseur avait aussitôt passé la tête dans l'entrebâillement et proposé ses services.

« L'écriture est mon unique but, il ne connaît qu'un

obstacle mais il est de taille : le bureau », lui avait confié Franz à Matliary.

Brod arriva enfin. Il s'excusa platement. Il s'assit, le regard dans le vague, héla le serveur, commanda une bière qu'il vida d'un trait, en demanda une autre. Puis il commença à parler, d'un débit rapide et saccadé. Il expliqua revenir de l'Office d'assurances où il avait été récupérer les affaires de Franz. Il était arrivé à huit heures au 7 de la rue Poric, expliqua-t-il, de plus en plus nerveux. Un assesseur l'avait conduit jusqu'au bureau de Franz, et l'avait laissé seul à l'intérieur de la pièce. À l'entrée, accroché au porte-manteau, il y avait encore le pardessus gris, au col un peu râpé, de Franz, ainsi que son parapluie. Il avait tiré les rideaux pour faire de la clarté dans la pièce, et ouvert la fenêtre pour laisser pénétrer un peu d'air. Il avait résisté à la tentation de s'asseoir sur la chaise face au bureau où il s'était tenu cent fois quand il allait voir Franz au travail, avait contemplé un instant le siège en acajou, le bureau couvert de moleskine sur lequel l'encrier était encore plein. Il n'avait touché à rien, osant à peine respirer.

Brod poursuivit son discours enfiévré, et c'était comme s'il était entré dans le saint des saints. Il expliqua être resté un long moment, comme paralysé, posté devant la grande armoire de fer de la pièce, hésitant à l'ouvrir, comme s'il risquait d'accomplir un acte de profanation. Il avait fini par tourner la poignée. C'est alors qu'il avait découvert sur les étagères le spectacle inouï d'un empilement de carnets, toutes sortes de carnets, des cahiers d'écolier, des carnets à spirale, de petits carnets de notes, certains usés jusqu'à la tranche.

« Poursuivez ! » finit par demander Robert. Brod avait interrompu son récit pour boire, trop lentement au goût du jeune homme.

Brod posa son verre. Il sortit de la poche intérieure de sa veste un petit carnet, le tendit sans un mot. Robert l'ouvrit et lut au hasard d'une page :

> L'écriture se refuse à moi, je nourris l'idée d'une investigation autobiographique. Pas une biographie mais une investigation, l'éclairage précis d'éléments minuscules.

Il se mit à feuilleter le carnet, son cœur battant à tout rompre. L'écriture s'étalait, tantôt ample et irrégulière, tantôt resserrée et plus ordonnée. Ici, une feuille vide de mots, là, des lignes entières biffées, plus loin, une page entièrement noircie, une autre à demi arrachée. Il s'attarda sur un nouveau passage :

> La figure la plus défavorable que j'ai toujours rencontrée n'était pas celle qui disait : « Je ne t'aime pas » mais celle qui affirmait : « Tu ne peux pas m'aimer. Si fort que tu le veuilles, ce que tu aimes pour ton malheur c'est l'amour pour moi. L'amour pour moi ne t'aime pas. »

« Dire qu'un employé de l'Office aurait pu très consciencieusement jeter les carnets », lança Brod avec moins de fébrilité dans la voix, comme si le fait d'avoir partagé son émotion l'avait soulagé d'un poids.

« C'est tout bonnement fabuleux ! lâcha Robert.

— Mais il y a autre chose, fit Brod d'un ton plus confidentiel.

— Autre chose ?

— Après avoir vidé l'armoire et rempli ma sacoche de carnets, poursuivit Brod avec de l'émotion dans la voix, j'ai cherché dans les tiroirs du bureau, je suis tombé sur une enveloppe en ouvrant celui du milieu. Écrit au dos, il y avait mon nom... Vous n'allez pas en croire vos oreilles », dit-il, tirant une enveloppe de sa veste, et se mettant à en lire le contenu :

« *Mon très cher Max, ma dernière volonté : tout ce qui se trouve dans ce que je laisse derrière moi (donc dans la bibliothèque, l'armoire à linge, la table de travail, chez moi et au bureau ou bien dans quelque lieu où cela aurait été transporté et tomberait sous tes yeux, tout, qu'il s'agisse de journaux intimes, de manuscrits, de lettres, écrites par moi ou par d'autres, de dessins, etc.) doit être totalement brûlé sans être lu, de même tous les textes et tous les dessins que toi ou toute autre personne, à qui tu devras les demander en mon nom, pouvez détenir. S'il est des lettres qu'on refuse de te remettre, il faudra au moins qu'on s'engage à les brûler.*

Ton Franz Kafka »

Il replia la feuille, la remit dans l'enveloppe sans parvenir à rien ajouter.

Dora avait déjà évoqué ces soirs d'hiver à Berlin, au 8 de la Miquelstrasse, quand, dans la chambre, elle et Franz regardaient brûler des pages entières manuscrites qu'elle avait dû jeter dans une bassine en fer avant de craquer une allumette pour y mettre le feu. Et, toujours aux dires de Dora, Franz n'était habité d'aucun sentiment de jubilation devant la danse des cendres. C'était simplement la satisfaction du devoir accompli puisque à ses yeux devait disparaître toute trace de ce travail de création imparfaite, que le temps n'autoriserait pas à corriger, ce temps qui manquait à Franz, comme les forces commençaient à lui manquer.

« Au fond de l'autre tiroir, reprit Brod d'un ton grave, il y avait une autre lettre... »

Il tira une deuxième enveloppe et la donna à lire à Robert.

« *Mon cher Max, peut-être ne me relèverai-je plus cette fois ; il est fort probable qu'après ce mois de fièvre pulmonaire une pneumonie se déclarera ; et même le fait que je l'annonce par écrit ne pourra pas l'empêcher, encore que cela ait quelque pouvoir.*

Voici donc, dans cette éventualité, ma dernière volonté au sujet de tout ce que j'ai écrit :

De tout ce que j'ai écrit, seuls les livres : Le Verdict, Le Soutier, La Métamorphose, La Colonie pénitentiaire, Médecin de campagne *et le récit* Un artiste de la faim *sont valables...* »

Ils demeurèrent un instant sans rien dire. Et Robert, ne parvenant à rompre ce silence, songea : Brûle mon œuvre au nom du respect de ma mémoire, détruis ma mémoire au nom du respect de ma mémoire. Tue-moi sinon tu es un assassin.

« Qu'allez-vous décider ? finit-il par lancer.

— La lettre me demande l'impossible, répondit Brod.

— La lettre ne demande pas l'impossible, elle l'exige.

— On ne peut pas exiger cela d'un ami.

— De qui peut-on exiger cela alors ? »

Brod raconta avoir évoqué avec Franz la question du sort de son œuvre, longtemps avant sa disparition.

Devant l'insistance de l'écrivain à voir la plupart de ses écrits détruits, il avait clairement exprimé le fait que cela lui serait impossible, jamais il ne serait capable d'un tel geste.

« C'est peut-être pour cela qu'il vous l'a redemandé par écrit.

— Mais enfin, dans quel camp êtes-vous ?

— J'ignorais qu'il y avait deux camps.

— Voudriez-vous que nous allions chez moi, incinérer le contenu de mon sac ?

— Franz ne m'a rien demandé, à moi.

— Et si, moi, je vous le demandais ?

— Vous ne me demanderez rien. Et puis vous avez déjà pris votre décision. Vous ne respecterez pas les dernières volontés de Franz. Vous allez trahir votre meilleur ami.

— Je vais le trahir parce que je le respecte.

— Comment peut-on respecter tout d'un homme, à l'exception de ses dernières volontés ? Le respect de l'individu ne peut avoir de limites. On respecte ou on ne respecte pas.

— Je vous parle de Franz. Vous, vous invoquez les grands principes, vous parlez philosophie.

— Je vous parle de morale.

— Vous voyez de la morale à un autodafé ? Vous voyez de la morale à brûler l'œuvre d'un homme ? Le monde doit connaître Franz Kafka, les textes de Kafka, la pensée de Kafka.

— Et si la pensée de Kafka c'était qu'il n'y ait pas de Kafka ?

— Vous voudriez que nous ne soyons qu'une poignée de privilégiés à avoir lu une œuvre pareille ?

— Lui le voulait ! Lui pensait que *Le Château* et le livre sur l'Amérique étaient destinés à ne pas être lus.

— Et selon vous, ils étaient destinés à quoi ?

— Destinés à être écrits, voilà tout. Qui a décrété que l'on écrivait pour être lu ?

— Avoir bâti de telles histoires, construit de tels mondes, fondé une telle pensée sans que l'Autre n'y ait aucune place ? Vous voyez en Franz un tel monstre d'égoïsme ? Vous pensez que l'on peut écrire *Le Château*, y consacrer des mois de sa vie, user ses forces, bâtir un monument de la pensée pour le détruire ensuite ? La disparition du lecteur, la négation du lecteur, non, ce n'était pas cela la pensée de Kafka. Franz n'était pas un nihiliste. Franz décrivait l'effondrement du monde, nuance. Franz aimait partager ses textes avec d'autres, il aimait lire ses textes, en public aussi, combien de fois l'ai-je entendu. Il voulait être publié, pas à n'importe quelle condition bien entendu, et cela déclenchait chez lui une angoisse mortifère. Demandez à son éditeur les sommets de transe qu'atteignaient les lettres de Franz avant publication. Mais Franz finissait par se laisser convaincre. Ne l'avez-vous pas vu corriger les épreuves de *Joséphine*, la veille même de sa mort ? Un texte adressé au sanatorium par les éditions Schmiede ! Que faites-vous de ça ? Vous pensez que Franz agissait contre sa propre volonté ? Non, tout cela signifie simplement que ce testament, ces deux billets que nous venons de découvrir, ce sont ses avant-dernières volontés, écrites dans un instant d'égarement, de nihilisme, l'état de désespoir absolu qui était le sien à l'époque où il écrivait ces mots. Mais Franz changeait, sa pensée, ses croyances, ses certitudes évoluaient au fil du temps. Vous, par exemple, vous l'avez connu sioniste, désireux d'aller finir sa vie en Palestine avec Dora, étudiant l'hébreu nuit et jour, et parvenant même à lire des romans en hébreu. Il affirmait haut et fort vouloir cultiver la terre de Palestine et parlait même d'ouvrir un restaurant, avec Dora, à Tel Aviv ! Moi, à vingt ans, je l'ai connu anti-sioniste, nous reprochant, à mes amis et à moi, notre volonté de quitter l'Europe et ses pogroms pour fonder une nation juive. Il moquait notre idéal, jugeait nos rêves absurdes. Cela, c'était dans ses années d'étudiant, mais dans les années vingt, il change du tout au tout. Alors, qui croire, le Kafka sioniste de la fin ou l'anti-sioniste de sa jeunesse ? Le Kafka suicidaire que j'ai connu, qui terminait chacun de ses récits par la mort atroce de son héros, ou l'autre, celui que vous avez vu à Berlin, à Kierling même, qui s'accrochait à la vie, avec toute la fabuleuse énergie de son désespoir gigantesque ? Et que dire de cette année passée avec Dora ! Un tel homme, qui n'a jamais pu habiter avec une femme, qui n'a jamais pu quitter Prague, qui n'a jamais pu même déménager de sa chambre qu'avec l'aide de sa sœur, et qui réussit à partir, à quitter la prison familiale, transcendé peut-être par l'amour, ou peut-être par l'inéluctable fatalité de la mort, qui réussit à vaincre ce qui apparaissait comme sa destinée, à vaincre sa propre fatalité ?

— Je ne sais pas.

— Ce n'est pas une réponse "je ne sais pas".

— J'ai l'impression que trahir son testament, c'est trahir sa mémoire, son amitié. C'est le tuer une deuxième fois. Et je suis immensément triste de penser cela.

— Et brûler son œuvre, ce n'est pas l'assassiner une deuxième fois ? Ce n'est pas assurer la victoire des ténèbres sur la vie ? Ce n'est pas donner la victoire à cette monstruosité de maladie ? C'est la vie qui doit remporter la partie, Robert ! C'est l'humanité qui doit sortir victorieuse de ce drame atroce que nous avons vécu et dont Franz est le héros tragique. La vie, ce n'est pas de la littérature, Robert, et c'est un écrivain qui vous le dit.

— C'est vous qui parlez philosophie, Max. Vous parlez comme si vous étiez le représentant du camp du bien.

— Je me veux dans le camp du bien, Robert, je sais que ce n'est pas très séduisant, que l'on préfère les crapules, du moment qu'elles se parent des oripeaux de l'écriture ! J'ai lu Karl Kraus aussi, voyez-vous, et les articles où il s'en prend à moi. Mais, encore une fois, Robert, il ne s'agit rien de moins que de préserver l'héritage d'un génie.

— On va vous accuser d'avoir trahi Franz.

— Je me moque que l'on m'accuse ! Je veux bien prendre sur moi d'être un traître. Je me contrefiche des sarcasmes de tous les contempteurs du monde littéraire viennois du Café central ! Du vivant de Franz, Karl Kraus critiquait déjà son œuvre ou l'ignorait superbement. Je crois qu'il importe plus pour l'humanité que l'on lise les écrits de Kafka plutôt que les petits pamphlets prétentieux de tous les petits Karl Kraus. Et puis, au nom de quoi parleront mes contempteurs ? Au nom de quoi me reprocheront-ils d'avoir trahi le testament de Franz ? Ils ignoreraient jusqu'au nom de Kafka si je ne m'apprêtais pas à trahir Franz. Non, Robert, la littérature mérite mieux que Karl Kraus. Elle mérite Kafka. Tout le reste, je m'en moque.

— Je crois que nous nous éloignons du sujet.

— Notre sujet n'est pas de brûler Kafka.

— Peut-être que, tout simplement, Franz ne jugeait pas son œuvre digne d'être publiée.

— Sur ce point, je suis d'accord avec vous. Il pensait ainsi. Et en cela, nous, et peut-être nous seuls aujourd'hui, pouvons dire combien il se trompait. Nous qui connaissons ces textes qu'il jugeait indignes d'être lus savons de quoi il retourne. Dans les hauteurs où il plaçait la littérature, ses écrits n'avaient pas leur place, ils étaient tout juste bons pour le feu. Les doutes qu'il exprimait à Ernst Rowohlt avant la parution de *Betrachtung* ne disaient pas autre chose. Souvenez-vous quand il prétendait : "*Dieu ne veut pas que j'écrive. Mais moi, je dois.*" Voyez dans quelles sphères sacrées il rangeait l'exercice d'écrire. Il aurait fait preuve d'une terrible arrogance pour ranger ses propres romans dans ces sphères célestes. Mais nous qui l'avons lu, nous savons qu'elles y ont pleinement leur place. Que son œuvre entière pourrait être rangée aux côtés de celles de Goethe, de Kleist et de Flaubert. Nous savons que *Le Château* peut être glissé à côté de l'*Iliade*.

— Mais *L'Amérique* et *Le Château* ne sont pas achevés. Vous allez faire paraître une œuvre inaboutie, une histoire sans fin ? Comment jugera-t-on l'auteur d'une histoire qu'il n'a pas jugé bon de..., ou qu'il n'a pu, finir.

— On ne parvient jamais au Château, et l'Amérique de Franz n'existe pas, ou seulement dans nos pires cauchemars. Peut-être d'ailleurs pourrait-on dire qu'aucun texte n'est jamais achevé, que l'achèvement d'un roman n'a aucun sens. Un roman possède une infinité de fins possibles, pourquoi celle-là plutôt qu'une autre ? Toute fin est imparfaite, et toute fin est illusoire. Achever un roman c'est en finir avec l'espoir vital du roman abouti et parfait qui vous a fait l'entreprendre. En finir avec l'espoir d'une vie parfaite. Alors peut-être que si, pour chaque écrivain, la fin d'un roman sonne simplement la fin des illusions, la fin du rêve du roman parfait, peut-être que pour Kafka, l'écrivain absolu, achever un roman c'était en finir avec soi-même. Finir un roman, c'était peut-être se donner la mort.

— Le lecteur se moque des intentions de l'auteur. Le lecteur ne supportera pas un roman qui n'a pas de fin. Il aura l'impression d'être trahi.

— Nos propres vies importent-elles par la fin qu'on leur connaît ? Non, la fin n'a aucune importance, la fin est toujours la même. Le cœur cesse de battre, point final. Les romans de Kafka sont à l'image de la vie, la fin importe peu, seul compte le chemin emprunté. Les héros de Kafka, seuls, livrés à l'arbitraire, agissent comme s'ils allaient vivre, comme s'ils pouvaient échapper à l'arbitraire, comme s'ils étaient des hommes libres. Ils continuent à nourrir cet espoir et transcendent leur espérance jusqu'à l'ultime seconde. Et c'est cette transcendance-là, cette vérité-là du monde, cette victoire sur la désolation de la vie, ce sublime objet de consolation, que vous voudriez immoler par le feu ? Je ne me sens pas capable d'une telle abomination. »

Robert n'avait pas voulu poursuivre. Il ne se sentait pas le cœur à argumenter pour convaincre Brod de brûler les écrits de son ami. Ils s'étaient quittés avec la promesse de se revoir.

Le lendemain, il avait pris le train pour Budapest. Il rentrait renouer les fils. Seul dans le compartiment, il s'abandonna à la contemplation du paysage qui défilait sous ses yeux. Puis il revit ce jour, trois ans auparavant, à l'hiver 1921, où dans un autre compartiment, d'un autre train, il quittait sa routine d'étudiant pour soigner sa maladie en sanatorium. Ce voyage avait fait basculer sa vie. L'expérience la plus fascinante et la plus féconde qu'il lui serait sans doute jamais donné de vivre l'avait précipité aux premières loges de la création, de la souffrance, de l'amour et de la mort.

DEUXIÈME PARTIE

1933-1936

DORA

Depuis plusieurs semaines, dans l'appartement du quartier berlinois de Steglitz où elle avait trouvé refuge, Dora Diamant avait pris l'habitude de dormir tout habillée sur le sofa du salon. Il s'agissait d'être prête quand les hommes en noir surgiraient. Mais ce matin-là, comme les jours précédents, et contrairement aux prédictions du Parti, au lieu des coups de crosse sur la porte, c'est le chant des oiseaux à la fenêtre qui la tira du sommeil. Elle ouvrit les yeux, ravie de la journée qui s'annonçait. Un jour de gagné, pensa-t-elle.

Elle paressa un moment sur le divan puis alla se poster à la fenêtre. Elle inspira à pleins poumons, à la chaleur vivace du soleil, certaine que l'été 1933 serait porteur de moins de malheurs, de catastrophes et de drames que le printemps qui l'avait précédé – car cela pouvait-il être pire ? Elle restait convaincue que ce peuple allemand qui avait donné Goethe, Beethoven et Marx au monde pouvait se ressaisir. Les marches au flambeau sur Charlottenburg et les autodafés sur l'Opernplatz ne seraient bientôt plus qu'un mauvais souvenir. L'enfant qu'elle portait dans son ventre verrait le jour sous de meilleurs auspices.

Si c'était un garçon, elle l'appellerait Franz. Une fille, ce serait Marianne, simplement parce qu'elle aimait la France. Fille ou garçon, en réalité, elle s'en moquait. À trente-quatre ans, elle était comblée d'être mère. Franz Lask, cela sonnait bien et Lutz ferait un excellent père. C'était un mari attentionné, un homme profondément doux, un humaniste engagé. Où se trouvait-il aujourd'hui ? L'avait-on interné à Dachau avec les autres dirigeants communistes ? Berta, la propre mère de Lutz, dramaturge hors pair jouée dans toute l'Allemagne, avait été jetée en prison pour activités illégales. On arrêtait à tour de bras. Juifs, socialistes, communistes, syndicalistes. Dora était membre du Parti communiste allemand depuis trois ans, elle connaissait le sort qui l'attendait si elle était prise. Elle opérait désormais sous un nom de code, « Maria Jelen ». Un nom de code, elle trouvait cela très romanesque. Elle se rêvait en Rosa Luxemburg. Mais elle ne voulait pas finir comme celle-ci, assassinée et mutilée dans les eaux de la Spree. Elle n'avait pas peur pour elle, elle craignait pour son enfant.

Elle devait tout au Parti. Même la rencontre avec son mari. Lutz Lask, diplômé d'économie, juif allemand et marxiste de souche, la crème du Parti communiste. Elle pouvait l'écouter des heures parler de forces productives, de la pensée dialectique, citer Marx et Hegel. À l'époque où ils habitaient Zehlendorf, certaines réunions de section se faisaient dans leur salon. Maintenant le Parti était dans la clandestinité. L'heure était venue de se terrer. Le monde avait changé de visage. La peur régnait sur la ville. La terreur était la loi des hommes.

Dire que voilà seulement dix ans, elle marchait au bras de Franz sur Unter den Linden et allait flâner sur le Ku'damm. Ces temps-là avaient-ils seulement existé ? On avait tant aimé Berlin. On se sentait heureux et libre. Maintenant, ils se terraient comme des rats. Lutz Lask était peut-être à Dachau. Spielmann, un camarade de la cellule 218, disait qu'ils y finiraient tous. Spielmann était un grand pessimiste. Elle préférait voir le bon côté des choses. Elle avait connu le bonheur. À Berlin, dix ans auparavant. J'étais la femme de Franz Kafka.

Lutz, pouvait-on appeler cela l'amour ? Son cœur n'avait pas assez de place pour contenir deux passions.

Elle était fascinée par l'intelligence de Lutz. Son engagement et son courage la grisaient. Elle l'écoutait, comme envoûtée, emporter l'adhésion de toute une assistance sur le texte d'une motion, retourner l'avis de ce même public sur une action à mener. Parlant d'une société sans classes, de matérialisme historique, il semblait mettre sa vie en jeu à chaque parole prononcée. Ce corps malingre presque chétif irradiait de force. Peut-être était-ce ce qu'elle admirait chez un homme, la puissance de la pensée ? Le brillant économiste marxiste berlinois et le mutique écrivain praguois étaient animés par un même idéalisme, entièrement voués à leur cause, pour l'un la politique, pour l'autre la littérature. Ne se rangeaient-ils pas tous les deux dans le camp des humiliés ?

Lutz n'avait rien compris au *Château*, qu'il trouvait obscur et sans intérêt, comme la plupart des romans qu'elle lui donnait à lire. Il préférait les ouvrages d'Engels et de Marx. En dépit de son intelligence supérieure, Lutz Lask pouvait se montrer sous les traits d'un grand niais.

Avant l'arrivée d'Hitler, *La Métamorphose* avait été mis

au programme d'une université allemande et des militants du Parti l'avaient interpellée pour savoir si Kafka était un écrivain marxiste. Elle avait répondu par la négative et aussitôt ajouté, face à la déception de l'assistance, que l'œuvre dénonçait cependant la soumission à l'ordre établi, depuis le pouvoir paternel jusqu'au pouvoir autoritaire suprême. On lui avait demandé si Kafka s'était engagé dans les combats de son temps, avait-il lu Marx, montrait-il un réel intérêt à la révolution bolchevique ? Elle avait répondu par la négative et depuis, dans la cellule numéro 218 du Parti communiste berlinois, l'on n'avait plus jamais reparlé de l'écrivain bourgeois Franz Kafka.

Elle n'était pas toujours en accord avec les idées du Parti. Elle n'était guère enthousiasmée par l'idée de dictature du prolétariat. Elle entendait le mot dictature avant celui de prolétariat. Spielmann avait tenté de lui démontrer, de son ton docte et navrant, que cette dictature était l'indispensable préambule à la disparition de toutes les classes, la pierre angulaire du léninisme, l'implacable réponse donnée à l'implacable dictature exercée par la bourgeoisie libérale. Elle ne s'était pas laissé convaincre. On l'avait aussitôt accusée de propager des idées contre-révolutionnaires, on l'avait traitée de trotskiste. Elle contestait ces accusations. Elle n'avait de leçons de principes révolutionnaires à recevoir de personne.

Avant d'entrer au Parti communiste, elle avait été comédienne. Elle avait suivi les cours de l'Académie d'art dramatique de Düsseldorf. Elle s'était produite devant des salles combles. Franz aurait été fier d'elle. Chaque fois que le rideau se levait, elle avait une pensée pour lui, elle l'imaginait dans la salle, ou bien, apercevant la silhouette d'un homme au premier rang, elle se disait que cela pourrait être Franz, et elle jouait pour cet homme.

Mais la vie avait tourné au drame. On vivait une tragédie sans fin.

Il y avait quelques années – était-ce le printemps ou l'été 1926 ? –, Robert avait débarqué chez elle. Il venait achever à Berlin sa formation de chirurgien. Il s'était spécialisé dans le traitement de la tuberculose ! On avait devisé ensemble sur l'ironie de l'existence. Quelques mois d'une jeunesse avaient bouleversé la leur, déterminé leurs choix les plus intimes, les décisions cruciales d'une vie. On avait trinqué à la récente parution du *Château* en Allemagne. Le bandeau sur la couverture du livre vantait le « meilleur auteur du début du XXe siècle ». Il ne s'en était pas vendu mille exemplaires.

Robert lui avait présenté son épouse, une Hongroise splendide, auteure et traductrice, prénommée Gizelle. Le couple s'était jeté dans la folle entreprise de traduire *Le Procès* en hongrois.

Chacun pris par ses activités, elle, missionnaire de la Révolution, lui, apôtre de la chirurgie moderne, on ne s'était pas beaucoup revu. Une communiste et un médecin juifs. Qui désormais étaient des cibles.

Elle avait conservé une malle entière de carnets écrits par Franz, plusieurs centaines de pages de sa main, manuscrits entiers de récits, nouvelles, pièces de théâtre, journaux, rédigés durant leur séjour à Berlin. La malle l'avait suivie partout. Elle constituait son héritage, le plus précieux des cadeaux de fiançailles.

Elle n'avait jamais avoué à Brod recéler ce trésor. Il avait eu beau insister, revenir à la charge, soupçonner ouvertement qu'elle lui mentait, elle avait toujours soutenu qu'elle n'avait rien gardé, expliqué que tout avait été brûlé au 8 de la Miquelstrasse. Un jour, alors qu'il revenait encore une fois à la charge, elle avait ajouté, avouant à demi-mot son mensonge : « Le monde entier n'a pas à connaître Kafka. Cela ne le regarde pas ! »

Elle refusait que les manuscrits en sa possession rejoignent le lot des écrits que Max avait décidé de publier – il avait même entrepris d'éditer des pages du Journal. Elle excluait de trahir les dernières volontés de Franz. Elle ne voulait pas que soit livré au public plus que Franz ne voulait en donner. On s'était brouillé avec Max. Elle avait conservé les manuscrits dans la malle.

Mais, voilà quelques semaines, le pire drame était advenu. Au matin, de violents coups sur la porte l'avaient réveillée. Deux hommes en noir se tenaient sur le palier.

« Mademoiselle Dora Diamant ?

— *Madame* Dora Lask, s'il vous plaît.

— Ce n'est pas à toi de choisir ton identité. Nous allons perquisitionner. »

Elle avait exigé de voir leur mandat.

« Elle demande un mandat, Ernst !

— Ces gens-là sont impayables !

— Dora, qu'est-ce que cela changerait si nous te présentions un mandat ? Nous accorderais-tu d'entrer chez toi ? Nous l'interdirais-tu ? Ou nous contraindrais-tu à faire usage de la force pour faire respecter la loi ? Sache que nous avons toutes les autorisations nécessaires. Et tu constateras que nous nous autorisons tout. À vrai dire, nous n'avons pas besoin d'autorisation. J'ai connu un autre juif, à Steglitz, qui exigeait aussi un mandat. Je lui ai dit : Estimez-vous connaître le droit allemand mieux qu'un Allemand, mieux qu'un officier de la Gestapo, mieux que Joseph Goebbels qui édicte le droit ? Il n'en a pas démordu, il proclamait : "Je suis avocat, je connais mes droits !" En effet, il était avocat. Il n'en démordait pas : "J'exige un mandat de perquisition !"

— Dans quel monde vivons-nous ?

— C'est aussi pour cela que nous sommes là, pour en finir avec l'intellectualisme juif qui meurtrit l'âme allemande, qui salit la pureté, l'innocence de l'âme allemande. Ces gens-là représentent une menace pour l'humanité tout entière et pour notre humanité à nous. Je crois que j'aurais étranglé cet avocat de mes propres mains. J'ai préféré lui rappeler la toute récente loi d'avril qui exclut les avocats de race juive du barreau allemand. Mais Otto était à mes côtés, tu connais Otto, il a les nerfs fragiles. Otto était si excédé que ce type fasse ainsi obstacle à la justice de notre pays qu'il l'a abattu comme un chien. Je lui ai dit : Otto, tu oublies la procédure ! La procédure est essentielle. Sans respect de la procédure, nous ne sommes plus des hommes et c'est ce que nous reprochons aux juifs. Et, tiens-toi bien, Ernst, sais-tu ce que Otto m'a répondu ? Il m'a dit : "Je sais mais ç'a été plus fort que moi." Vois-tu où toute cette vermine juive nous mène. Ils font, de doux agneaux, des loups ! Ils avilissent l'âme allemande, le cœur allemand et le sang allemand, ce sang si pur, qui coule dans ses veines.

— Assez parlé, entrons ! »

Elle demanda ce qu'on lui reprochait.

« Elle demande ce qui lui est reproché !

— Moi, je n'en peux plus de leurs doléances ! Explique-lui, toi qui sais parler aux dames !

— Eh bien, si je voulais résumer, je dirais qu'il t'est reproché d'être tout simplement en vie quand tant de gens comme toi ont déjà été éliminés. Mais puisque cette explication ne te satisfera pas entièrement, j'ajouterai qu'outre des questions de race des raisons politiques nous conduisent ici. Nous recherchons des documents, toutes sortes de documents. Nous sommes intéressés par tout, puisqu'un rien pourra te compromettre vu ton affiliation au KPD, tracts, listes de camarades du Parti... Maintenant, s'il te plaît, laisse-nous faire notre travail ! »

Ils avaient franchi le palier en l'écartant sans ménagement, pénétré dans la pièce, fouillé la commode du salon en jetant le contenu sur le sol, brisé le chandelier de verre, renversé le buffet. Le salon n'était que chaos, le sol jonché de vaisselle brisée. L'un des hommes s'était rendu dans la chambre. Un bref instant plus tard, il avait poussé un cri de victoire. Il avait appelé l'homme demeuré près d'elle. L'air triomphant et ravi, ils étaient revenus dans le salon avec la malle, avaient annoncé avoir trouvé ce qu'ils cherchaient, et qu'ils prenaient sans doute pour des documents politiques. Ils avaient promis de revenir, juré de la pendre si jamais elle tentait de fuir. Après quoi, ils avaient quitté les lieux.

Par sa faute, les écrits de Franz étaient perdus pour l'éternité.

ROBERT

Peu de temps après la mort de son ami, il s'était établi à Prague. Son exil n'était pas seulement d'ordre sentimental. En 1924, le gouvernement hongrois du maréchal Horthy avait retiré le droit de vote aux juifs. Les exactions contre les personnes et les biens s'étaient multipliées – la police avait, murmurait-on, ordre de *ne pas* intervenir. Un strict numerus clausus restreignait le nombre de juifs autorisés à étudier la médecine. Il avait fait partie du lot des bannis de la faculté. Au terme de longues procédures administratives et avec l'aide de Max Brod, il avait trouvé un lieu d'accueil, sur les bancs de l'université de Prague.

Marchant dans les rues, il éprouvait le sentiment d'une présence. La rumeur de la ville, la splendeur des façades le rapprochaient du souvenir de son ami. Il flânait sur les avenues, remontait vers la place Venceslas, s'attablait au café Louvre et certains soirs, décidant de faire ce qu'il appelait *le grand tour*, il s'engageait dans la traversée du pont Charles, remontait vers Mala Strana en longeant le tribunal, déambulait devant le palais Schönborn, contemplait la cathédrale dans le lointain, s'attardait sur l'Alchimistengasse et poussait jusqu'au parc Chotek. En foulant les trottoirs, en arpentant les rues, il avait l'impression de marcher dans les pas de Kafka.

Les années passant, cependant, le charme des palais et des clochers semblait ne plus agir. Les promenades jusqu'au Belvédère, les flâneries sur le Graben perdaient de leur magie. L'onde triste et calme de la Vltava ne lui inspirait plus une once de mélancolie. Il traversait le pont Charles sans un regard aux statues. Il ne s'attardait plus à y attendre le coucher de soleil au crépuscule. La ville avait changé, ou était-ce sa vie ? Il regardait devant lui et voyait son passé défiler. Même l'empilement désordonné des tombes du vieux cimetière juif, dont le spectacle pouvait autrefois lui tirer des larmes, le laissait froid. Prague était un musée.

Il avait retrouvé par hasard une jeune Hongroise, Gizelle Deutsch, qu'il avait connue dans son enfance. Elle était devenue traductrice. Il avait eu le coup de foudre. Pour se marier, toutefois, ils durent attendre le mois d'août de l'année 1929 que leur situation se stabilise.

Il nourrissait deux ambitions : devenir un éminent chirurgien thoracique et traduire *Le Procès* avec son épouse en hongrois. Il s'employait à ces deux buts ainsi qu'il agissait en toute chose, d'une façon excessive, presque outrancière. Il étreignait, d'un même élan, chacun de ces projets, apprenti chirurgien le jour, apprenti traducteur la nuit. Il multipliait les gardes à l'hôpital où il lui était donné d'opérer seul. Les dimanches et le soir, il avançait dans la traduction de ce qu'il considérait comme le plus grand chef-d'œuvre jamais écrit. Il traduisait comme il opérait, usait d'autant de soin et de rigueur sur la construction d'une phrase que sur la résection d'une artère. Il redoutait pareillement l'erreur médicale et la faute de sens. De même que sa main de chirurgien hésitait à l'approche du cœur, il tremblait à l'idée de trahir l'auteur. Longtemps il n'était pas parvenu à avancer très loin au-delà de la première phrase du roman. Il ne réussissait pas à choisir entre : « *On avait sûrement calomnié Joseph K., car sans avoir rien fait de mal, il fut arrêté un matin* » et : « *Il fallut qu'on eût calomnié Joseph K. : un matin, sans avoir rien fait de mal, il fut arrêté.* » Aujourd'hui encore, alors que Gizelle et lui avaient considérablement progressé dans leur travail et en étaient au chapitre 5 du roman, intitulé « Le bourreau » – ou « Le bastonneur », ou « Le fouetteur », on n'avait pas tranché –, il hésitait sur la forme à donner à l'incipit. Comment rendre, dans sa langue, la puissance, l'inquiétante étrangeté, l'humour, de « *Jemand mußte Josef K. verleumdet haben, denn ohne daß er etwas Böses getan hätte, wurde er eines Morgens verhaftet* » ? Certains soirs il désespérait de jamais y arriver.

Prague finit par les lasser tous les deux. On rêvait de partir pour Berlin. Malgré la crise, la misère, et les sommets de violence et de haine qui embrasaient le pays tout entier. Berlin les attirait. N'était-ce pas l'unique lieu où Kafka avait trouvé le bonheur et la paix ? En mai 1926, Robert quitta l'université Charles pour s'inscrire à celle de Kiel et poursuivre sa formation dans cette ville allemande paisible, au bord de la mer Baltique. Puis, ce fut la consécration. Il fut accepté à l'hôpital de la Charité de Berlin, dans le service de chirurgie thoracique du professeur Ferdinand Sauerbruch.

Sauerbruch devint son mentor – Robert semblait toujours vouloir avancer à l'ombre de quelqu'un, admirer était pour lui la plus belle des vertus. Ou bien était-ce, plus prosaïquement, le fait qu'il avait perdu son père jeune ?

Sauerbruch s'était pris d'amitié pour lui et l'avait pris sous sa coupe. Il lui avait enseigné ses techniques chirurgicales : comment pratiquer une thoracotomie – la thoracotomie classique postéro-latérale, et celle qui l'était moins, la thoracotomie latérale –, les bases d'une sternotomie, celles d'une dissection de l'artère pulmonaire, et comment suturer une bronche et pratiquer une recoupe bronchique, comment choisir sa voie d'abord pour une résection majeure, lobectomie comme pneumonectomie, les conditions nécessaires à une bonne hémostase des pédicules vasculaires, et à l'évacuation des épanchements. Les règles de l'art de la chirurgie thoracique, la plus belle, la plus noble des chirurgies, n'eurent bientôt plus de secret pour lui.

En réalité, il ne songeait qu'à une chose. Il n'avait pu sauver son ami des ravages de la tuberculose. Il n'avait qu'une obsession en tête, tout savoir de la maladie.

Un peu comme si la vie offrait parfois l'aubaine de se rattraper, il rêvait en secret de concevoir un nouveau traitement pour la tuberculose. Il rêvait de guérir, d'innover. À la fin de sa vie, il pourrait dire : Je n'ai pas pu sauver Kafka, mais j'ai contribué à sauver mes autres frères humains. En mars 1930, avec l'appui de Sauerbruch, il obtint un poste d'assistant à Sommerfeld, à la périphérie de Berlin, dans un hôpital spécialisé dans le traitement de la tuberculose. Il commença à développer sur des patients ses propres traitements chirurgicaux de la maladie – et au-delà des poumons, lorsque le larynx de ses patients était envahi, il pratiquait la laryngectomie. Il présenta sa thèse à l'université Friedrich Wilhelm de Berlin, un travail qui développait une nouvelle technique dans le cadre de l'atteinte intestinale de la maladie. Le titre en était : « Le pneumopéritoine comme mode de traitement chirurgical de la tuberculose intestinale ». Il reçut les félicitations du jury. Son directeur de thèse, le radiologue et chirurgien Hermann Moritz Gocht, lui promit le plus bel avenir. En page 4 de l'ouvrage, une dédicace ne semblait intriguer personne : *à F.K.*

À Sommerfeld, son diagnostic sûr, sa virtuosité, son sens des décisions, son empathie pour les patients forçaient le respect. « Une brillante carrière vous attend ici, l'encourageait le professeur Wolfgang G. Et, poursuivait le chef de service, la médecine allemande vous saura un jour gré de l'avoir choisie. »

Depuis que le Führer avait accédé au pouvoir, le professeur Wolfgang G. terminait toujours par un vibrant « *Sieg Heil* » ses conversations, non pas qu'il éprouvât une quelconque sympathie pour Adolf Hitler, qu'il jugeait inculte et vulgaire, mais parce qu'il disait apprécier le retour à l'ordre et aux vraies valeurs allemandes. « Reconnaissons qu'Hitler œuvre d'une main de fer, expliquait-il, une main qui n'est pas sans rappeler celle du chirurgien, et qui ne tremble pas au moment de trancher. » L'ordre était, aux yeux du professeur, l'une des notions fondamentales de la vie publique, et de la vie tout court. Une nation ne pouvait s'édifier dans le désordre. Le chaos était l'ennemi du genre humain. Un individu ne pouvait s'élever dans l'incertitude et le doute. En réalité, le moindre dérangement – quelques miettes sur une table, un retard de deux minutes, une feuille volante, une compresse qui tardait à lui être tendue tandis qu'il opérait – le mettait dans une colère noire. La plus infime perturbation le déstabilisait. Derrière ses allures martiales, c'était un homme fragile – un faible, une mauviette, aurait-il pu dire de lui-même s'il s'était observé avec le regard qu'il portait sur les autres. Le professeur Wolfgang G. trouvait dans une société parfaitement ordonnée de quoi calmer ses angoisses, sa peur de l'avenir, ses frayeurs d'enfance, refouler ses désirs les plus inavouables comme l'attrait inconsidéré qu'il portait aux jeunes garçons, notamment au fils de sa propre sœur. Une question demeurait : ce « *Sieg Heil !* » qu'il lançait fermement à la face du monde comme la confirmation d'une marque d'autorité définitive n'était-il que la modulation d'un grand cri de terreur ou une manière de soumettre le monstre en lui ? Wolfgang G. n'était pas homme à s'interroger sur lui-même. C'était un individu d'une grande maigreur qui ne mangeait jamais à sa faim, convaincu que, quelle que fût la nature de son désir, il convenait de ne jamais y céder. Sa grande taille, aux alentours d'un mètre quatre-vingt-dix, confortait son caractère dominateur – il croyait planer sur des hauteurs. Il était très fier de ses mains mais il était très fier de tout ce qui touchait de près ou de loin à sa personne. Avec leurs doigts longs et très fins elles ressemblaient réellement à ce que l'on appelle des mains de chirurgien, mais, lorsqu'il se mettait en colère, elles faisaient peur comme des mains d'étrangleur. Son visage était ridé, ses yeux d'un bleu délavé. Il portait, lorsqu'il opérait, de grosses lunettes à verres épais que sa coquetterie lui faisait ôter en toute autre circonstance. Sous le col de sa chemise blanche était toujours soigneusement nouée une cravate bleu marine à pois qu'il pensait de la plus grande élégance. Il ne fixait jamais son interlocuteur dans les yeux, regardait toujours ailleurs comme si vous l'ennuyiez à lui parler, que vous lui faisiez perdre son temps, votre avis lui importait peu. Il disait ce qu'il avait à vous dire, tout ce qu'il avait sur le cœur, rapportait les pires insanités qui pouvaient lui traverser l'esprit. Le personnel de son service, médecins comme infirmières, devait être malléable à souhait, et à jamais redevable – que seraient-ils sans lui ? Il jouait les uns contre les autres, voyait dans la moindre conversation un complot ourdi contre sa personne. Les gens étaient des pions, la vie un grand jeu d'échecs dont il était le champion et le roi. Mais il se voyait aussi comme le Wagner de la chirurgie thoracique – le musicien était d'ailleurs son maître à penser tout autant que son compositeur préféré, et il n'opérait jamais sans que son gramophone fasse résonner dans le bloc opératoire la chevauchée des Walkyries, dirigée par Furtwängler qu'il allait chaque année écouter à Salzbourg.

Robert avait accueilli la nomination d'Hitler à la chancellerie avec une forme de fatalisme. Il avait déjà fui le régime autoritaire et la politique antijuive d'Horthy à Budapest, il n'allait pas à nouveau tout abandonner. Il n'était guère dépaysé lorsqu'il croisait les manifestations de haine des SA ou lisait, au bas d'une affiche invitant à une réunion publique d'un dirigeant du parti nazi, la mention : « Interdit aux juifs et aux chiens ». La roue tourne toujours dans le même sens, songeait-il. Son mentor ne lui avait-il pas fait le récit des émeutes qui avaient embrasé Prague en 1920 ? « *Tous les après-midi,* expliquait

Franz, *je me promène dans les rues ; on y baigne dans la haine antisémite. J'entendais traiter les juifs de cafards. N'est-il pas naturel qu'on parte d'un endroit où l'on vous hait tant ? Je regardais par la fenêtre : police montée, gendarmes, baïonnette au canon, foule qui se disperse en hurlant, ici à ma fenêtre, l'horrible honte de vivre toujours sous protection.* » Mais il en fallait plus que des discours, quelques inscriptions sur un mur et des vitrines brisées pour détourner Robert de sa double ambition et il faisait semblant d'ignorer que les déchaînements de l'histoire peuvent, comme les maladies qui nous frappent, changer brutalement le cours de nos vies. Rien ne venait entamer la confiance inébranlable qu'il plaçait dans le pays qui l'avait accueilli et qui avait fait de lui l'homme qu'il était – un homme marié, un chirurgien promis à un bel avenir, un futur traducteur avisé.

C'était au milieu d'un après-midi ensoleillé. Robert sortait d'une intervention sur une tumeur bronchique qui l'avait tenu cinq heures durant scalpel à la main, quand il fut appelé par le professeur Wolfgang G. à le rejoindre dans son bureau.

« Cela peut-il attendre, professeur ? avait demandé Robert, gêné de se présenter devant son chef de service vêtu d'une blouse maculée de sang et par ailleurs surpris que son supérieur hiérarchique ne l'appelle pas par son prénom comme il le faisait d'ordinaire.

— Non, Klopstock, cela ne peut pas attendre.

— Une urgence ? demanda Robert, sentant monter en lui une forme d'inquiétude.

— On peut le dire ainsi, Klopstock, lança le professeur

en le fixant d'un regard où ne brillait pas la moindre lueur de bienveillance paternelle.

— Je vous suis », murmura Robert, intrigué, et la première idée qui lui vint à l'esprit était qu'il avait commis une erreur chirurgicale.

Quand il entra dans le bureau, le professeur s'était déjà installé dans son imposant fauteuil en cuir noir.

Robert s'assit face à lui, sans attendre son autorisation, comme leurs relations le lui permettaient depuis quelques mois déjà.

« Je préfère que vous restiez debout », fit le professeur en tapotant des doigts sur le bureau d'acajou, où était posé, à côté de la photo encadrée d'un labrador, un dossier dont il se saisit.

Robert se releva aussitôt, confus de sa propre marque d'impolitesse, et dit, d'une voix bredouillante :

« Je vous prie de bien vouloir m'excuser, professeur. »

L'homme feuilletait le dossier devant lui. Il avait chaussé ses lunettes. Il s'arrêtait sur certains passages, passait sur d'autres plus rapidement. Quand il le referma, Robert put y voir son nom inscrit en gros à l'encre rouge.

« Klopstock, fit le professeur après un long silence de réflexion, pourquoi ne pas m'avoir dit que vous étiez juif ?

— Vous ne me l'avez jamais demandé, bredouilla Robert, surpris. Et à vrai dire, je ne savais pas que c'était important.

— À vos yeux, il faudrait demander à chacun s'il est juif ou pas ? Seuls les dirigeants de la SS parlent ainsi aujourd'hui.

— Ce n'est pas ce que je voulais dire...

— À vos yeux aussi, donc, être juif n'est pas si important ?

— Disons que cela concerne ma vie privée, mes rapports avec ma propre foi, mais que cela n'a rien à faire dans l'espace de ma profession.

— En parlant ainsi, Klopstock, vous insultez notre Führer, et la nation allemande tout entière ! Pensez-vous que si être juif avait si peu d'importance, notre Führer et l'ensemble de son parti et de son gouvernement consacreraient autant de temps et d'énergie à régler la question juive ?

— C'est que pour moi, professeur, il n'y a pas de question juive.

— Que voulez-vous dire par là ? » répondit le professeur, et il semblait réellement intrigué.

« Eh bien, je ne vois pas en quoi le fait que je sois juif pose un quelconque problème qui mériterait qu'on y apporte une quelconque solution.

— Vous plaisantez, j'espère ! Si les juifs ne sont pas un problème, alors qu'est-ce qui est un problème ?

— La crise économique, les guerres...

— La crise économique est la faute des profiteurs juifs. La guerre est la faute des va-t-en guerre juifs.

— Et moi, alors, de quoi suis-je coupable ?

— Cela, seuls les agents de la Gestapo pourraient y répondre. Allez donc leur poser la question... Quant à moi, je voulais vous dire que je ne vous tenais pas rigueur de ne pas m'avoir dit que vous étiez juif... » Il s'interrompit, comme s'il mesurait ses effets, puis reprit : « Parce que je ne m'en prends qu'à moi-même !

— À vous-même ?

— À moi-même, oui ! D'ordinaire, je sais reconnaître les juifs, et là, je ne me suis pas méfié.

— À quoi nous reconnaissez-vous donc ?

— Oh, Klopstock, ne faites pas l'innocent !

— Mais, vous l'admettez vous-même, vous n'aviez jamais pensé jusque-là que j'étais coupable de quoi que ce soit.

— C'est parce que vous avez un air trompeur, voilà tout ! Vous n'avez pas l'air juif, avec votre blondeur, votre nez en trompette et votre air sérieux ! Vous trompez l'ennemi, Klopstock, avec votre patronyme qui, je vous le rappelle, est celui d'un grand poète allemand, notre glorieux Friedrich Gottlieb Klopstock, l'inventeur de la poésie du vécu, l'auteur de l'inoubliable *Messias* ! C'est comme si vous aviez avancé masqué, Klopstock. Comme si vous aviez mis un faux nez. Mais, je vous l'ai dit, je ne m'en prends qu'à moi-même. Comment ai-je pu me laisser berner ? Comment ai-je pu vous donner une telle place dans mon service, vous appeler Robert, vous traiter comme un fils ! Ah, les juifs sont de grands imposteurs ! Heureusement que notre administration veille au grain... Vous avez pris, et j'emploie ce mot à dessein, ce poste d'assistant au temps maudit de Weimar. Mais aujourd'hui, ces temps sont révolus... »

Il laissa passer un silence puis lança :

« Klopstock, avez-vous lu les derniers décrets ? »

Robert fit non de la tête, il avait cessé de suivre l'enchaînement de décrets parce que la succession de mesures antijuives avait fini par miner son moral.

« J'aurais dû ?

— Sans doute auriez-vous pu. Je ne suis pas là pour vous donner des conseils mais simplement pour vous signifier la chose.

— Quelle chose ? fit Robert.

— Eh bien la nature du dernier décret qui vous concerne.

— Un décret me concerne ?

— Et sinon pour quelle raison seriez-vous dans mon bureau ? Croyez-vous que je n'aie que cela à faire ?

— Il vous est arrivé de m'entretenir de divers problèmes dans ce même bureau, par le passé, professeur.

— Ne convoquez pas le passé. Il est comme les apparences trompeuses. Et cessez de tout ramener à ma personne, je ne suis que le messager. S'en prendre au messager est une manière de nier la réalité. Je préférerais que nous en venions au fait, si vous le voulez bien. » Il tira une feuille du dossier, lut brièvement puis reprit : « La direction de l'hôpital m'a fait envoyer ce matin le décret de loi datant du 7 avril 1933 et portant sur la "Réhabilitation de la fonction publique". Pour le dire en quelques mots, le décret stipule le renvoi de tous les fonctionnaires juifs et la radiation des médecins juifs agréés par l'assurance-maladie.

— Radier les médecins juifs, mais pourquoi donc ?

— Les faits incriminés n'ont à être ni commentés ni justifiés.

— Mais enfin, cette radiation est tout à fait contraire au droit !

— Vous n'avez pas suivi les décrets, m'avez-vous dit. Vous y auriez appris que le droit allemand a changé. Il a été simplifié.

— Et quel est-il désormais ?

— Le droit est dorénavant dit par le Führer.

— Mais cela est absolument contraire au droit !

— Il me semble que vous n'avez pas bien suivi mon propos.

— Expliquez-moi alors. Dites-moi par exemple pour quelle raison le fait d'être juif devrait m'interdire d'opérer ?

— Je n'ai rien à vous expliquer ! Et ce n'est pas à moi d'interpréter les lois. D'ailleurs, la loi doit-elle s'embarrasser de raisons ? Tout cela nous entraînerait dans un débat de spécialistes. Or ni vous ni moi ne sommes des spécialistes du droit. Nous sommes des spécialistes de la chirurgie thoracique. Et encore, devrais-je dire, pour être plus conforme à la loi : *je* suis spécialiste de chirurgie thoracique, vous *étiez* spécialiste de chirurgie thoracique. Est-ce que cette formulation vous convient ?

— Je ne suis pas certain d'avoir encore mon mot à dire.

— Eh bien, vous commencez à comprendre...

— Mais, si je puis me permettre, je ne saisis toujours pas le rapport entre être juif et ne pas pouvoir exercer mon métier. Mes origines ne retentissent aucunement sur ma manière d'opérer. Pensez-vous opérer différemment de moi qui suis juif ? Pour le dire autrement, pensez-vous qu'il y ait une manière juive d'opérer ?

— Il y a bien une manière juive d'écrire et c'est la raison pour laquelle il est question d'interdire vos livres. Certains parlent même de les brûler. C'est du moins ce que pense Goebbels.

— C'est ce que vous pensez aussi ?

— La majorité des Allemands partage l'opinion de Goebbels et je fais, jusqu'à nouvel ordre, partie de la majorité des Allemands.

— Mais enfin, comment allez-vous procéder avec nous ? Il y a un grand nombre de médecins juifs dans votre hôpital !

— Je sais bien, nous avons la liste.

— Et vous comptez tous les chasser ?

— Tous ! Puisque la loi le veut ainsi et qu'il nous faut

appliquer la loi ! C'est la première condition de l'ordre établi.

— Mais comment allez-vous faire pour faire fonctionner les services hospitaliers ?

— Nous nous débrouillerons sans vous.

— Sans aucun médecin juif ?

— Plus aucun ! La loi le stipule parfaitement. Il n'y aura pas de dérogation. Et d'ailleurs pourquoi y en aurait-il ? Pourquoi faire preuve d'injustice dans ce qui se veut une mesure de salut public ?

— Parce que la justice est de chasser les juifs ?

— De les chasser équitablement... La justice doit faire preuve d'équité sinon ce n'est plus la justice. Mais, comme je vous l'ai dit, je ne suis pas juriste, je suis professeur de chirurgie, donc ne m'entraînez pas dans les méandres de l'application d'une loi.

— Mais c'est vous qui m'y entraînez ! Vous me radiez en raison de mes origines. Alors je vous repose la question : Vous pensez vraiment qu'un monde hospitalier sans juifs est possible, ou même seulement souhaitable ?

— La question de savoir si un monde sans juifs est souhaitable est uniquement du ressort de notre Führer, et je crois qu'il l'a tranchée dès l'écriture de *Mein Kampf*.

— Vous vouliez dire "un monde *hospitalier* sans juifs"...

— Ce n'est pas ce que j'ai dit ?

— Vous avez dit "un monde sans juifs".

— Oh, Klopstock, vous êtes quelqu'un d'intelligent, comprenez-moi à demi-mot s'il vous plaît !

— C'est bien cela qui me terrifie, professeur.

— Il me semble que c'était là l'intention du législateur, Klopstock... Bien, puisqu'il me semble que tout est clair, vous pouvez disposer définitivement. Adieu, Klopstock !

— Adieu, professeur. »

Robert avait pris ses affaires et quitté définitivement l'hôpital.

Il marchait dans les rues de Berlin. Se promener dans la ville demeurait désormais son activité essentielle. La ville était un corps malade qu'il traversait de part en part. Il montait dans le premier tramway, la ville défilait devant lui. Aux heures de pointe, on s'y écrasait dans les compartiments, mais au milieu de l'après-midi, il pouvait rester la tête à la fenêtre. Le vent fouettait son visage, Berlin lui appartenait. Boulevard de ceinture, Hermannplatz, Baltenplatz, Kniprodestrasse, Schönhauser Allee, Hallesches Tor. Il préférait la ligne 68, Wittenau, Weddingplatz, Rosenthaler Platz, Lichtenberg. Il observait les foules sur les trottoirs, contemplait les façades des immeubles, les yeux grands ouverts sur les enseignes et les cinémas, les fenêtres pavoisées aux nouvelles couleurs de la ville. Sur les balcons flottaient les croix gammées. La tête à la fenêtre, on se serait cru sur un navire en route pour une grande croisade. Chemises noires des SS, croix gammées sur les brassières. La foule au milieu avançait, sage, ordonnée, les hommes en costumes impeccables, les femmes apprêtées comme pour aller au bal. En mai, les cendres des livres noircissaient l'air, aujourd'hui le ciel était d'un bleu pur. Le drapeau nazi flottait sur la ville. Robert marchait le cœur en berne.

Il avait reçu une lettre de Dora, qu'il n'avait pas vue depuis des lustres. Elle l'informait de l'arrestation de son mari. Elle ignorait où il était interné. D'innombrables membres du Parti, ses camarades, la plupart des dirigeants, étaient portés disparus. Mais elle lui écrivait aussi pour le prévenir du bonheur immense qui était advenu.

Elle avait accouché d'une petite fille, qu'elle avait prénommée Marianne. La vie finissait toujours par l'emporter, Franz veillait sur chacun d'eux là-haut, « un jour, nous connaîtrons à nouveau le bonheur en nos vies, prends soin de toi, Robert, mon cher, mon tendre ami ».

En cette fin d'après-midi du printemps 1934, il traversait Berlin, et il pressentait que c'était une des dernières fois. Au prix de mille difficultés, il avait fini par trouver un poste de chirurgien à Budapest, à l'hôpital Saint-Roch, dans le service du professeur Arnold Winternitz. Retour à la case départ. Il continuait tant que cela lui était autorisé de faire des allers-retours entre les deux capitales. Il se rendait aujourd'hui au domicile de Robert Weltsch, le directeur de la *Jüdische Rundschau*, une des rares revues juives encore autorisées à paraître, bien qu'à des conditions drastiques. Le journal ne pouvait compter d'auteurs de la liste noire du régime – en réalité, la plupart des écrivains juifs. La revue ne devait traiter que de littérature juive. En tant que revue juive, elle était jugée indigne par les autorités de s'exprimer sur la littérature aryenne, qu'elle était supposée souiller d'une critique ou d'un mot.

Pour son numéro de juin 1934, la *Jüdische Rundschau* avait choisi de publier un hommage à Kafka à l'occasion du dixième anniversaire de sa mort. Robert Weltsch, Praguois de naissance, avait fréquenté Max Brod et connu Kafka. Il cherchait des contributeurs pour le numéro anniversaire et Brod, depuis Prague où il vivait toujours, lui avait recommandé Klopstock.

La réunion de ce soir se tenait à son domicile, dans une semi-clandestinité puisqu'il y serait question de la participation d'écrivains sur la liste noire du régime, au premier rang desquels le très attendu philosophe Walter Benjamin. La présence de Robert, le dernier individu à avoir vu Kafka vivant, était considérée comme précieuse.

« Je ne veux pas être l'attraction de la soirée, avait-il opposé à Weltsch au téléphone.

— Cette réunion n'est pas un cirque, avait répondu le journaliste. Ce qui nous intéresse en premier lieu, ce sont les semaines passées à Kierling. La façon qu'a eue Kafka d'affronter la mort, lui dont les romans théorisent l'existence et sa fin.

— Vous allez être déçu. Je n'ai jamais connu en Kafka un théoricien de quoi que ce soit.

— Nous serons là pour en discuter. Notre ambition est de donner à Kafka la pleine place qu'il mérite dans la littérature allemande. Il reste un auteur confidentiel. Le public doit prendre la mesure de l'importance de son œuvre. Vous contribuerez à cette action.

— Le public allemand n'a plus le droit de lire les auteurs juifs. Et on ne trouve nulle part les livres de Kafka.

— Nous œuvrons pour l'avenir.

— L'avenir des juifs en Allemagne ?

— Nous pensons que l'avenir des juifs se trouve en Palestine. Vous savez bien que nous sommes un journal sioniste.

— C'est une des raisons de ma réticence...

— Oui, Max m'a prévenu. Mais, sincèrement, vous pensez que l'heure est à de telles considérations ? Kafka, m'a dit Max, était votre ami. Et vous n'allez pas participer au premier véritable grand hommage qui lui est rendu dans un journal, simplement parce que les dirigeants de ce journal pensent que les juifs seraient plus à leur place en Palestine que dans le Reich allemand ? Et puis, Kafka aussi était sioniste à la fin de sa vie, après tout.

— C'était un sujet de discorde entre nous.

— Eh bien venez nous parler de votre discorde, de l'intérêt de Kafka pour le sionisme, de son intention de partir à Tel Aviv et d'y ouvrir un restaurant avec sa compagne, puisqu'il pensait à cela, n'est-ce pas ?

— Il en parlait, mais comme d'un rêve, d'un idéal. Il savait bien que le voyage était impossible vu son état de santé. Et même si le voyage avait été envisageable, je suis sûr qu'il y aurait renoncé.

— Cela, c'est vous qui l'interprétez. Venez nous présenter vos arguments. Venez parler de Kafka. Votre témoignage est unique. Et puis, que risquez-vous sinon, en cas de descente de la Gestapo, de vous retrouver en prison ? »

Cette dernière remarque, lancée sur le ton de la plaisanterie, avait convaincu Robert. Il ne voulait pas qu'on le prît pour un lâche.

Il descendit sur l'Orianenburger Strasse. Il marcha vers le domicile de Robert Weltsch. La nuit allait bientôt tomber, les becs de gaz étaient allumés, la rue était presque vide. Un juif avait-il encore le droit d'y marcher à cette heure ? Il avait toujours aimé traverser la ville au crépuscule, il aimait la grisaille des rues, la grisaille des gens. Il avait renoncé à s'asseoir dans les bars où d'ordinaire il aimait traîner.

Il arriva devant chez Weltsch, un immeuble de quatre ou cinq étages à la façade délabrée, aux fenêtres étroites. Il poussa la porte cochère, traversa le vestibule. Sur la gauche, derrière la porte-fenêtre, un rideau se tira, la gardienne se montra, le regarda d'un air suspicieux. La porte s'entrouvrit. Parut dans la pénombre une dame petite, forte, aux bras énormes, aux mains épaisses et au cou de taureau.

« Où allez-vous comme ça ? s'inquiéta-t-elle.

— Chez M. Weltsch, Robert Weltsch. Mais, ajouta-t-il, j'ignore l'étage.

— Comment peut-on aller chez quelqu'un en ignorant l'étage ?

— Je ne sais pas.

— Vous ne savez pas comment, vous ne savez pas l'étage, alors que savez-vous ?

— J'espérais que quelqu'un m'aiderait.

— Vous espériez ? En cette période ?

— Je comptais demander...

— À la gardienne, par exemple !

— Oui, à la gardienne...

— Évidemment, la gardienne ! » Elle fit un pas en arrière et indiqua de l'index l'entrée de sa loge. « Approchez ! Qu'est-ce que vous voyez écrit ici ? Armée du Salut ? »

Il fit non de la tête.

« Qu'est-ce que vous lisez là ?

— Mme Herschen.

— Et en dessous ?

— *Interdit aux colporteurs*... Je ne suis pas un colporteur.

— En êtes-vous si sûr ?

— Je vous prie de me croire.

— Enfin un mot aimable... »

À cet instant, son regard fut attiré vers la porte-fenêtre, derrière le rideau de laquelle deux silhouettes d'enfants avaient paru, comme des ombres chinoises, et d'où fusaient des rires, de grands rires d'enfants.

« Mais, fit la gardienne, l'air plus doux, mais si, et je dis bien si, la gardienne était absente ou si elle en avait assez de l'ignorance générale ou bien si elle considérait que déjà bien trop de monde a gravi l'escalier pour aller chez ce Weltsch – troisième étage, première porte droite, la sonnette ne fonctionne pas toujours...

— Dans ce cas improbable, je me débrouillerais autrement.

— Vous voulez dire que la gardienne est inutile, est-ce cela que vous voulez dire ?

— Non, ce n'est pas cela.

— Alors pourquoi ne dites-vous pas ce que vous voulez dire ?

— Je l'ignore.

— Eh bien renseignez-vous ! Je ne peux pas répondre à toutes les interrogations, même les plus légitimes », conclut-elle avant de refermer sa porte.

Il franchit le vestibule, gravit l'escalier en colimaçon. Sur le palier du troisième étage, il prêta l'oreille, entendit du bruit derrière la première porte, s'approcha, frappa quelques coups. On cria c'est ouvert, il n'y a qu'à pousser pour entrer. Il entra.

Il régnait un froid plus glacial que celui de la rue. Cela sentait le mauvais cigare. Un long couloir aux murs recouverts d'affiches et de unes de journaux punaisées sur un papier peint jaune défraîchi conduisait à l'entrée d'un salon enfumé, éclairé par une grosse ampoule nue et tapissé de livres alignés dans des bibliothèques. Au centre de la pièce, chaises et fauteuils mal assortis étaient occupés par une petite assistance où se mêlaient hommes et femmes. Un type en bras de chemise, debout et souriant, cigarette au bec, un monocle à l'œil droit, tenait un petit carnet dans une main, un crayon dans l'autre – sans doute Weltsch, songea Robert. L'homme l'invita à avancer d'un ton affable, « Ne soyez pas gêné, Robert, nous commençons à peine, installez-vous ». Il indiqua d'un geste de l'index la dernière chaise vide : « Servez-vous donc une tasse de café, enfin si l'on peut appeler cela du café.

— Est-ce que je pourrais enfin reprendre, s'il vous plaît ! gronda un homme en costume bleu marine au visage anguleux, une expression de morgue sur des traits pourtant fins, qui tenait au bout des doigts un restant de cigare.

— J'aimerais auparavant connaître l'identité du nouvel entrant, intervint un homme brun au visage rond, avec un soupçon de barbe, vêtu d'une redingote. L'époque n'est plus où l'on pouvait se permettre de parler devant des inconnus.

— Hugo, tu as raison, fit Weltsch. Je manque à mes devoirs : notre ami est le docteur Klopstock. »

La plupart des participants ne levèrent pas un sourcil. L'homme chauve au costume sombre afficha quant à lui une expression de surprise, comme si ce nom lui disait quelque chose.

« Docteur Klopstock, reprit Weltsch, je vous présente… le docteur Ida Munch, Martin Blumfeld, Hugo Springer, le docteur Max Kraski, Emma et Alfred Grossman, maître Salomon Mendelsohn, Arthur et Elsa Weissenberg… et le professeur Ernst Wasserman.

— Puisque les présentations sont faites, puis-je reprendre ? insista le premier intervenant.

— Allez-y, Martin, lâcha Weltsch avec un geste d'agacement.

— Je voulais donc savoir quel intérêt il y aurait pour

notre revue à célébrer les dix ans de la mort d'un auteur inconnu du grand public, dont les livres ont paru voilà quelques années sans susciter le moindre enthousiasme sinon d'une poignée de critiques. Lui rendre hommage à une époque où il est interdit de publier, et même de posséder, un livre écrit par un auteur juif...

— À ce sujet, intervint un type un peu fort dont le ventre faisait bomber la chemise et dont les bretelles bâillaient, connaissez-vous la dernière de Goering ?

— Vous allez nous la révéler, Alfred, fit Weltsch d'un ton bienveillant.

— Eh bien, reprit l'autre, désormais, tous les livres écrits par des auteurs juifs et que l'on ne trouvait déjà plus que dans des bibliothèques universitaires, consultables au seul titre de la recherche, doivent être estampillés "traduit de l'hébreu". Freud et Zweig auraient été écrits en hébreu dans leur version originale, c'est tordant, non !

— Cela ne fait rire que toi, Alfred ! s'emporta le premier. Alors, est-ce que quelqu'un pourrait répondre à ma question ? Pourquoi donc devrions-nous consacrer un hommage à un auteur si peu important que les nazis eux-mêmes n'ont pas rangé ses œuvres dans la liste des auteurs juifs indésirables et des livres à brûler.

— Eh bien, répondit Weltsch d'un ton calme, d'abord, parce que nous avons des goûts littéraires différents de ceux des nazis, et ensuite parce que cet hommage vise justement à faire connaître cet immense auteur qu'est Franz Kafka.

— Connaître à qui ?

— Nous ne pensons pas à nous, mais à notre postérité.

— Ah, oui, j'oubliais... notre postérité...

— Tu es un cynique, Martin ! lança le prénommé Alfred.

— Je préfère être un cynique vivant qu'un doux rêveur mort, Alfred !

— Tu peux être un cynique mort, Martin !

— Martin et Alfred, pourriez-vous cesser une seconde ! intervint fermement Weltsch. Revenons-en à Kafka, je vous prie. En premier lieu, j'aimerais dire à ceux qui ne l'ont pas lu et qui, comme Martin, doutent de l'intérêt de cet hommage que Franz Kafka est un écrivain majeur, un écrivain prophétique qui a décrit dans ses livres le monde atroce dans lequel nous vivons aujourd'hui. Un auteur capable de dire, par la bouche d'une de ses héroïnes – je cite de mémoire : "*Autrefois, nous espérions davantage que maintenant, mais même à l'époque, nos espérances n'étaient pas grandes, seule notre détresse était grande, et elle l'est restée.*"

— Puisque Kafka décrit si bien les souffrances de notre quotidien, autant lire le journal du jour, lança Martin d'un ton désabusé.

— J'aimerais, reprit Weltsch sans relever, vous lire le texte que j'ai écrit en introduction à l'article que l'immense Walter Benjamin nous a envoyé. Je vous demanderai un peu d'indulgence, ma gorge souffre d'un gros froid.

— C'est vrai que la maison gagnerait à être chauffée.

— Ça suffit, Martin. Allez-y, monsieur Weltsch !

— Merci, Ida. »

Weltsch sortit de la poche de son pantalon une feuille pliée en quatre. Il la déplia et commença à lire :

« *Parmi tous les auteurs de sang juif que l'on trouve dans le monde littéraire allemand dépasse, grande et isolée, la figure de Franz Kafka. Une véritable chapelle vénère son œuvre. Mais il n'est pas encore connu comme il le mériterait dans des cercles plus larges... La question de savoir si Franz Kafka, qui n'en vient presque jamais dans son œuvre à parler de choses juives, peut être désigné comme un auteur "juif", est aujourd'hui oiseuse. L'évolution de la situation dans l'environnement allemand a contribué à faire qu'un écrivain de langue allemande mais de sang juif est aujourd'hui considéré comme un Juif. Nous, Juifs, nous ne pouvons accepter que l'on nous attribue n'importe qui ainsi, de l'extérieur, mais, si nous acceptons que l'on nous attribue Kafka, c'est parce qu'il a toujours été des nôtres. Kafka lui-même se sentait juif ; malade, il apprenait l'hébreu sur son lit et il est indubitable qu'un écho de l'héritage spirituel, intellectuel et linguistique juif ancestral résonne dans son œuvre. Nous devons rendre les lecteurs de la* Jüdische Rundschau *plus familiers de la figure littéraire de Kafka. D'un copieux essai, que le Dr Walter Benjamin a mis à notre disposition sur notre demande et que, par manque de place, nous n'avons malheureusement pas pu publier intégralement à cause de sa longueur, nous donnons à lire les deux plus grandes sections.* »

— Votre introduction est parfaite !

— Merci encore, Ida.

— J'aurais une réserve, si Ida le permet bien sûr...

— Allez-y, Martin...

— J'aimerais tout de même revenir sur le choix même de Walter Benjamin, sa légitimité à rendre cet hommage dans notre revue. Je me souviens d'avoir entendu une de ses interventions radiodiffusées, avant son exil. Ce que j'en ai retenu et qui m'avait interpellé à l'époque, c'est qu'il disait : "Je renonce à interpréter Kafka." Je vous pose la question, comment peut-on confier l'interprétation de l'œuvre de Kafka à un auteur qui renonce à interpréter Kafka ?

— Walter Benjamin prétend renoncer parce qu'il a compris que toute interprétation d'une pensée aussi riche, d'une œuvre inépuisable, court à l'échec, mais c'est le sens même de l'œuvre de Kafka que d'aller dans cette quête d'échec.

— Je ne vous suis pas.

— Vous comprendrez en lisant le texte de Benjamin. Un texte de cinquante feuillets de commentaires et de brillante interprétation qui parvient entre les lignes à esquisser son hypothèse du renoncement à interpréter. En ce sens, Benjamin est un héritier de la pensée de Kafka et de son œuvre, une œuvre qui vit sa propre existence poétique, s'avère inépuisable par toute interprétation. La vérité du *Château* est : on ne peut approcher du Château. Kafka ne fait pas plus de métaphysique qu'il ne fait de littérature. Kafka est un conteur. Il montre les acteurs de ce théâtre d'ombres qui ressemble au monde, un monde dont il est absent et qu'il nous donne à voir de la distance où il reste posté. Peut-être tout exégète de l'œuvre de Kafka doit-il se considérer comme le K. du *Château*, lucide sur le fait qu'il n'atteindra probablement jamais son but, qu'aucune interprétation ne sera validée, mais essayant sans cesse, cherchant la signification de l'œuvre et pourquoi pas le salut entre les lignes, de la même manière que K. essaie de trouver le chemin qui mène au Château. Il est vain de chercher un sens caché à l'œuvre de Kafka, parce que l'œuvre de Kafka est uniquement quête de sens, uniquement ascension vers "*ces hauteurs qui semblent vides*". Chercher un sens, c'est croire que le Château possède une réalité, que le comte Westwest possède une âme propre. Mais là où Kafka ne désespère pas de ce paysage nu, et là où le lecteur peut continuer à chercher un sens, c'est que Kafka ne s'est jamais arrêté d'écrire jusqu'à son dernier souffle et M. Klopstock nous le confirmera. Écrire est comme une prière, expliquait-il. Sa foi dans l'écriture est une foi qui cherche le salut, la rédemption, appelez cela comme vous voulez, Martin. La voie qui conduit au Château, à la connaissance, au salut, n'est pas dans des hauteurs célestes inatteignables. C'est une voie désespérément terrestre, désespérément humaine. Le but de K., ce n'est pas l'entrée dans le Château mais l'inlassable franchissement des obstacles en travers de sa route. On a l'image d'un Kafka fragile, terrorisé par l'angoisse, mais jamais aucun de ses héros ne montre le moindre signe de peur. K. et Kafka sont des héros homériques. Que ce soit ce petit bout de terrain boueux, sous la neige, qui représente le seul horizon de K., ou bien ces carnets in extenso noircis d'encre, destinés à finir au feu, M. Klopstock pourra aussi nous le confirmer, ni K. ni Kafka ne renoncent jamais. C'est peut-être aussi pour cela que les romans de Kafka sont inachevés, parce que les terminer, c'est mettre un point final à l'espoir, à la vie, c'est renoncer à l'éternité, au salut. Et c'est aussi en quoi, aujourd'hui en 1934, nous devons lire Kafka, le faire lire, répercuter et amplifier son écho dans ce monde atroce où nous sommes contraints d'habiter. Voyons chez Kafka, ou choisissons de voir, quitte à nous tromper, la leçon d'espoir, le refus d'abdiquer, l'apprentissage de l'héroïsme, dans ce qu'il nous enseigne avec tant de grâce, tant de simplicité, tant de génie. Apprenons le refus d'abjurer sa foi. Pour Kafka, c'est la foi dans l'écriture, et pour nous, peut-être, la foi juive, ou du moins la foi dans ce que nous étions, ce que nous rêvions d'être. K. continue à croire, à espérer, peut-être. Voilà pourquoi je vous rassure, Martin, dès que Salman Schocken aura republié son œuvre dans sa maison d'édition, comme il est prévu qu'il le fasse prochainement, Kafka rejoindra la cohorte des auteurs juifs indésirables et, oui, je vous rassure, son œuvre sera interdite et finira aux flammes si un autre autodafé devenait nécessaire, ce dont je doute puisque tous les livres juifs ont déjà été brûlés, qu'il ne reste rien de nos œuvres, des œuvres de nos pairs, et il faut l'admettre, à nous voir entassés dans cet appartement, heureux du privilège qui nous est accordé de pouvoir encore nous réunir, parler durant des heures de livres qu'on ne peut plus lire, oui, il ne reste également plus grand-chose de nous, nous qui nous accrochons à une publication sous le joug des gestapistes, ne tenant qu'au bon vouloir de barbares incultes, nous qui, plus jeunes, avons consacré nos vies à la connaissance, rêvions d'un monde libre et savant, où le livre et la passion de l'Autre éclaireraient la marche du monde, eh bien le monde marche au pas de l'oie, s'enfonce au plus profond des ténèbres de la pensée, est régi par les lois de l'infamie, nos amis sont torturés et exécutés dans des caves, nos vies mêmes ne tiennent qu'à un fil. Alors, oui, cher Martin, accordez-moi de rêver, avec Kafka, qu'il existe une vérité supérieure, qu'il persiste un but suprême, une terre promise, une littérature possible, appelez cela comme vous voulez, une vérité autre que la monstrueuse vérité de l'instant, un monde supérieur dont, cher Martin, nous avons bien conscience qu'il est inatteignable, qu'il ne nous sera pas donné à nous de le voir, puisque lorsque vous sortirez de cet appartement, vous serez comme K. quittant l'Hôtel des messieurs en quête d'un abri. Laissez-moi, cher Martin, penser, avec cette fois le Joseph K. du *Procès*, penser jusqu'à l'ultime seconde, que je n'ai commis aucun crime, que je ne suis pas condamné à errer comme un chien, à pourrir dans un camp, à mourir décapité à la hache ou accroché à un croc de boucher comme l'on dit que déjà tant de nos amis l'ont été à Dachau. Pour le reste, sachez-le, Martin : même porté par cette lueur que je vois poindre dans la noirceur du désespoir de Kafka, je n'en demeurerai pas moins, tout comme lui et tout comme vous, sans doute, lucide sur ce qui nous attend. Mais, pour finir sur une note lumineuse, je reprendrai ces mots de Kafka lui-même, tirés de *Description d'un combat* et que je vous cite toujours de mémoire : "*En effet, nous sommes tout comme des troncs d'arbres dans la neige. Ils sont en apparence tout simplement posés, et on devrait pouvoir les repousser d'une simple chiquenaude. Mais non, on ne le peut pas, car ils sont solidement attachés au sol.*" »

Un lourd silence tomba sur la pièce. Soudain, dans ce silence, un sanglot éclata, Ida Munch tenait son visage entre ses mains. Elle essuya ses joues baignées de larmes, puis s'excusa.

« Vous n'avez pas à vous excuser, Ida, fit Weltsch. Vous avez exprimé là ce que nous ressentons tous dans l'épreuve qui nous est imposée. »

Après un autre silence, Alfred Grossman prit la parole :

« Je voudrais inclure dans notre hommage la pensée d'Adorno et celle de Brecht. Je crois qu'un regard marxiste sur la question est indispensable. J'ajouterai que Brecht considère Kafka comme un auteur marxiste...

— Kafka, marxiste, j'aurai tout entendu !

— S'il vous plaît, Martin !... Alfred, poursuivez.

— Eh bien, commençons donc par Brecht, qui dit connaître parfaitement l'œuvre de Kafka...

— Y a-t-il quelque chose que maître Brecht ne connaît pas ?

— Martin, ça suffit ! Continuez, Alfred...

— Eh bien, pour Brecht, le thème de Kafka, le seul thème de tous ses livres, c'est, tenez-vous bien... l'étonnement.

— L'étonnement ?

— Oui, l'étonnement ! L'étonnement d'un personnage face à toutes sortes de situations, face à une multitude d'ordres. C'est ainsi que K. répond aux plus absurdes injonctions, par l'étonnement. Mais cet étonnement n'est pour Brecht que la première étape du refus d'obéir, les bases d'une révolte proche, et en cela, oui, pour Brecht, Kafka, l'homme étonné, l'homme bientôt révolté, est l'écrivain bolchevique par excellence.

— Cela a le mérite d'être clair. Cher Alfred, un mot également sur la pensée d'Adorno ?

— Bien volontiers. »

Alfred Grossman expliqua que Kafka n'était, dans l'esprit d'Adorno, pas le prophète d'une religion, ni le chantre d'une nation, en particulier de la nation juive. Kafka tenait sa grandeur et sa modernité de la nature même de son écriture, du dépouillement de son style et, au-delà, de ce qu'Adorno nommait la mortification de la langue.

Robert écoutait Grossman s'exprimer maintenant sur le concept d'âge du monde. Il fut aussi question d'extrapolation du présent, de sens archaïque et de sens dialectique. Robert se demandait si, dans la mesure où on l'interrogerait – puisqu'il était là au titre de Grand Témoin, l'Homme qui avait touché la tunique du Christ –, il saurait formuler aussi clairement une seule hypothèse sur son ami ou sur son œuvre.

« J'aimerais tout de même rappeler, intervint Martin Blumfeld quand Grossman en eut fini avec Adorno, que la Gestapo permet à notre revue de continuer à être publiée à la seule condition de limiter nos articles à des interprétations juives d'œuvres juives. En quoi Kafka a-t-il écrit une œuvre juive ? À ma connaissance, il n'y a aucune mention du seul mot "juif" dans ses romans, pas plus que le mot Dieu peut-être.

— Il me semble, répliqua Weltsch, que j'ai déjà partiellement répondu à cette question dans le texte d'introduction que j'ai lu, mais je peux développer puisque vous insistez.

— S'il vous plaît.

— D'abord je vous citerai cette phrase que l'on pourrait mettre en exergue de notre journal : "*Vous n'êtes pas du Château, vous n'êtes pas du village, vous n'êtes rien. Mais malheureusement vous êtes tout de même quelque chose, un étranger...*" N'est-ce pas ce que nous incarnons depuis la nuit des temps ? Ensuite, je me référerai là encore à Walter Benjamin, en reprenant la thèse qu'il a déjà plusieurs fois développée. Benjamin explique que Kafka écrit ses romans avec le même rapport au récit qu'entretiennent la Haggadah et la Halakha dans la religion juive. Je m'explique... Comme la plupart d'entre nous ici le savent, la Haggadah est une suite d'histoires et d'anecdotes tirées de la littérature rabbinique. Ces histoires ne servent qu'à illustrer la doctrine juive, la Halakha. Ainsi, comme les multiples Haggadah contenues dans le Talmud, dont la plus célèbre est celle de la Pâque, les romans de Kafka sont constitués de récits toujours en suspens, qui se perdent dans des descriptions infinies, peut-être dans le but de ne pas tomber dans les principes de la Halakha, les préceptes de la doctrine. Benjamin a cette belle formule : "*Ce sont des récits qui sont gros d'une morale qu'ils ne mettent jamais au monde.*" Walter Benjamin croit d'ailleurs reconnaître le thème du château dans une légende talmudique dont je vous épargnerai ici le récit.

— Je ne suis pas certain que les SS fassent la nuance entre Halakha et Haggadah... Et Kafka ne serait donc plus marxiste mais kabbaliste ?

— Martin, je donne là simplement la lecture de Walter Benjamin ! Mais... l'errance de K., cette errance en butte à la haine, ne vous semble pas faire référence à une autre errance ? K., cet étranger qui frappe aux portes et réclame les droits universels, et auquel on répond par le mépris ou la violence, ne pourrait-il se trouver avec nous, ce soir ?

— Peut-être, peut-être...

— Et cet effroyable sentiment de culpabilité qui sourd du comportement de Karl Rossmann, qui conduit Joseph K. à accepter sa condamnation et le héros du *Verdict* à se jeter du pont, ne fait-il pas écho à cette culpabilité juive dont on nous rebat les oreilles ?

— Sans doute aussi.

— Cette autodérision permanente dont font preuve les héros de Kafka, cet humour vertigineux, ce rire face à la barbarie ne signifient-ils rien pour vous ?

— L'humour juif n'est pas mon fort en dépit de mes origines, vous le savez bien.

— Je sais, Martin... Quant à vous, cher Klopstock, qui l'avez connu, pouvez-vous nous confirmer que dans ses dernières années il rêvait d'aller en Palestine ?

— Je vous le confirme, lâcha Robert.

— Il était sioniste tout comme nous, n'est-ce pas ?

— Pas forcément comme vous, mais il disait l'être en effet. Aurait-il franchi le pas si sa santé le lui avait permis, se serait-il installé en Palestine ? Je l'ignore. Mais il en parlait, c'est vrai, et cela ne manquait jamais de me surprendre. Il parlait de ce rêve étrange de tenir un restaurant à Tel Aviv avec Dora. Je crois cependant que dans son esprit, la terre d'Israël représentait plus une lointaine promesse qu'une Terre promise, une promesse du même ordre que le continent littéraire, un horizon inatteignable, la perspective d'une autre vie possible qui le libérerait de ses contraintes. Ce voyage le ferait rentrer dans le rang, lui permettrait aussi une forme de normalité, l'assurance d'être comme le commun des mortels, de faire partie d'une famille, d'appartenir à un peuple. Mais, puis-je le rappeler aussi, Kafka, certes, ne se sentait pas à sa place au milieu des Gentils, mais pas réellement non plus au milieu des siens, juifs, pas plus à la synagogue où son père l'emmenait enfant et où il fit sa bar-mitsva qu'ailleurs. Certes, il portait une véritable vénération à ces juifs orthodoxes et fervents du hassidisme, dont il adorait la sincérité, la joie, l'authenticité. Mais, entre nous, l'auriez-vous sincèrement vu faire la comptabilité du restaurant où Dora aurait fait la cuisine ?... Je ne crois pas que traverser la Méditerranée aurait fait de lui quelqu'un d'autre. Il ne pouvait être qu'un homme seul, voué à rester un étranger de par le monde, le monde juif comme tous les autres mondes. Et puis, je ne crois pas que Kafka aurait pu s'adapter à un monde en guerre, il n'avait rien du guerrier.

— Vous voulez dire que c'était un faible ?

— Pas un faible, non ! Un être qui doute, ce qui est certainement la forme la plus puissante de l'intelligence humaine. En tout cas, il ne répondait pas aux canons de l'homme nouveau que le sionisme veut créer, cet individu sûr de son droit, délesté de la faiblesse du juif de la diaspora. Et si l'on doit parler de fragilité, si certains parleront d'impuissance, sans doute sa fragilité n'était-elle que la réponse à l'écrasante toute-puissance paternelle. Un moyen de sauver sa peau.

— Merci, Robert... Puisque nous sommes sur ce terrain, Ida, vous allez peut-être nous éclairer, vous qui étiez, et je regrette d'employer là le passé, médecin psychiatre hospitalier. La psychanalyse s'est-elle intéressée à Kafka ? Elle y aurait certainement trouvé du grain à moudre, en tout cas. »

La jeune femme se leva. Au début de son intervention, sa voix balbutiante la montrait encore sous le coup du débordement d'émotion qui l'avait saisie un moment auparavant. Elle peinait à se faire entendre. Mais, rapidement, sa gêne se dissipa, elle se mit à parler avec assurance. Elle exprimait des réserves sur le fait qu'une œuvre artistique pût être entièrement déchiffrée et comprise par la psychanalyse. L'acte d'écrire se dérobait à une interprétation totalisante. L'art restait dépositaire d'un mystère. Puis elle en vint au sentiment de culpabilité qui semblait habiter Kafka, un cas d'école, expliqua-t-elle. Le père rendait coupable, bien entendu, de toute sa stature, de tout son poids de père, du poids de son amour, de sa hargne, de son passé. Le père écrasait le fils, mais Prague l'écrasait aussi, son métier aux assurances l'écrasait, son judaïsme l'écrasait, l'antijudaïsme présent l'écrasait, sa langue maternelle, l'allemand, aussi, tout autant que la seule idée du mariage, même si le célibat l'écrasait, tout comme son hypochondrie et sa maladie.

Les femmes l'écraseront, l'une après l'autre, matrices d'un monde voué à l'empêcher de se réaliser, d'être lui-même, écrivain, pensée pure. Dans son œuvre, d'ailleurs, les femmes semblent parfois des êtres maléfiques. Kafka vécut sous ce joug souvent imaginaire qui opprimait toutes les sphères de son intimité. Mais écrire aussi le rendait coupable.

Elle s'interrompit, puis elle reprit après un silence de réflexion :

« Freud parle de sens opposé dans les mots primitifs. L'écriture simple et dépouillée de Kafka, cette langue allemande de Prague si pauvre, si dépourvue d'affects, cette langue d'employé d'assurances, est celle d'un alignement de mots primitifs. De mots, de phrases à double sens. Ce double sens, qui est l'autre nom du sens de l'absurde, confère au texte son humour, cet humour noir qui traverse l'œuvre. Mais surtout il transmet au lecteur un sentiment d'effroi permanent. Ce style nu, dépouillé du superflu, consacre la splendeur du texte. »

Elle s'arrêta comme si elle en avait trop dit, se rassit.

« Merci, Ida, fit Weltsch, c'est brillant comme à l'habitude. Bien, il nous reste à entendre une dernière fois notre invité. Cher Robert, vous qui avez connu Kafka, pourriez-vous conclure ? Qu'auriez-vous à ajouter ? Qu'avez-vous retenu de votre rencontre avec cet homme ? »

Il se leva et commença par douter à voix haute de ce qu'il avait pu saisir de ce compagnonnage de jeunesse. Le sort, expliqua-t-il, l'avait placé aux premières loges et il avait longtemps espéré voir s'éclairer le mystère de la création en approchant l'intimité du créateur. Évidemment, le mystère resta entier. Mais il avait cru comprendre que Kafka écrivait sous la dictée, non pas d'une force supérieure, mais d'une énergie interne, d'une sorte de pulsion. C'était comme s'il écrivait sous la contrainte, une douce contrainte, sous l'emprise passagère non d'une angoisse mais d'une ivresse, peut-être l'ivresse de la page blanche. Dès qu'il prenait la plume, Kafka devenait un autre que lui-même, un autre que l'agent d'assurances, un autre que le fils maudit ou l'affligeant fiancé. Il semblait débarrassé du poids de sa conscience, délié de tout engagement, délivré du poids de la contrainte humaine. Il voyait et décrivait le monde de hauteurs qui ignoraient les lois de la pesanteur terrestre. De même que les esclaves s'affranchissent en brisant leurs chaînes, il passait ainsi, la plume à la main, dès qu'il se mettait en état de devenir écrivain, d'un état d'homme rampant devant les hommes à celui d'homme libre. Ce qui était obscur, stérile, brumeux et chaotique, soudain, à la grande clarté d'une conscience désenchaînée, devenait lumineux, fécond, ordonné. Sa voix d'ordinaire défaillante, intimidée devenait forte et résolue. Le petit agent d'assurances, fils soumis, fiancé asservi devenait un bâtisseur de mondes, un conquérant d'empires plus forts, plus puissants et plus immémoriaux que ceux d'Alexandre le Grand, des empires du savoir et de la connaissance humaine qui avaient pour nom *Le Procès*, *Le Château*, *L'Amérique*.

Il s'interrompit, un peu honteux de son lyrisme effréné, de son admiration sans bornes, de sa sensiblerie. Il voulut nuancer son propos :

« Mais peut-être que côtoyer de trop près empêche de voir clair. Peut-être que la vérité d'un homme ne peut se limiter à l'interprétation de ses textes, ou des éléments factuels de sa vie. En tout cas, je ne suis pas sûr d'être capable d'appréhender totalement cette vérité et c'est peut-être la raison pour laquelle je ne suis pas psychiatre, mais chirurgien thoracique.

— *Était*, intervint Martin avec malice. *Était*... Mais, ajouta-t-il, si on ne peut compter sur un témoin direct pour énoncer la vérité des faits, alors sur qui peut-on compter ?

— Peut-être qu'on ne peut compter que sur soi-même », répondit-il.

Après quoi il se rassit.

Weltsch reprit la parole.

« Merci, cher Robert... Bien, le moment est venu de lever la séance. Je vous donne rendez-vous dans quinze jours, nous serons plus terre à terre, si je peux me permettre un bon mot. Nous parlerons de la réaction de la revue aux rumeurs sur d'éventuelles mesures visant à interdire aux juifs l'entrée des jardins et des parcs, après celle, effective, de certaines plages du nord du pays. Merci de votre venue et soyez prudents en rentrant chez vous. »

Au moment de quitter les lieux, Robert vit venir vers lui la personne qui accompagnait Alfred Grossman, une vieille dame juive qu'on aurait crue sortie du siècle passé, et qui ressemblait à une femme que Robert avait connue à l'hôpital de Prague, une patiente qui lui avait raconté être née dans le ghetto, avant qu'il ne fût rasé, au temps où il s'élevait dans la ville, avec ses maisons délabrées, ses innombrables synagogues, ses ruelles sombres et ses golems. La femme lui étreignit longuement la main, sans dire un mot, en le fixant de ses grands yeux.

Dans la pièce enfumée, on rechignait à partir, on continuait de débattre s'il fallait avoir lu la Kabbale, Marx ou Freud pour comprendre Kafka. On prolongeait cet instant, oublieux des noces barbares qui se jouaient au-dehors. Contemplant l'assemblée, il sembla à Robert que ce petit monde suivait la destinée du vieux ghetto juif de Prague. Et il eut de cette assistance une vision plus sombre et plus poignante que celle d'un empilement de tombes.

DORA

Elle a donné rendez-vous à Robert au Tiergarten, à un café sur la terrasse devant le jardin zoologique. L'endroit est dominé au loin par la colonne de la Victoire et ses fûts de canons aux éclats dorés qui émerveillent un groupe d'écoliers poussant des oh ! et des ah ! enchantés sous l'œil ravi de leurs accompagnants adultes. Cette colonne commémore Sedan, la victoire sur la France, la naissance du Deuxième Reich.

Elle s'imagine toujours sous surveillance. Elle tremble à l'idée qu'au dernier moment son départ pour Moscou soit annulé. Quelque chose est-il acquis pour toujours ici ?

Elle a découvert cet endroit avec Franz, il y a treize ans. Elle aime de temps à autre revenir s'y enivrer du parfum des plantes, oublier pour une heure son nom, ses origines, tout ce qui la menace de mort. Les allées du zoo la ramènent au temps où elle marchait au côté de son amour, main dans la main, devant les champs grillagés où des biches les regardaient passer. Près de la cage aux singes, les babouins lançaient sur leur passage des hurlements hilares qui les faisaient pleurer de rire. Un peu plus loin, les crocodiles dans leur bassin les observaient d'un regard morne et cruel. Elle se sent aujourd'hui pareille à ces animaux en cage.

Elle n'est pas à l'abri d'avoir été suivie. Elle observe du coin de l'œil le type buvant sa pinte au comptoir. En cette année 1936, après trois ans de terreur implacable, la Gestapo continue à traquer les derniers pestiférés en liberté. L'homme à l'air louche règle l'addition. Elle le suit des yeux alors qu'il quitte les lieux.

Tout ça finira par la rendre folle.

Le régime resserre l'étau. La loi sur la Protection du sang et de l'honneur allemands interdit dorénavant les mariages et les relations extraconjugales entre juifs et citoyens *de sang allemand*. On a inventé un terme pour ce crime : *souillure de la race*. Les coupables encourent la détention sans limite dans un camp de concentration. « Le choix, vient de déclarer un haut responsable du Reich, n'est pas entre la paix et la guerre, mais entre l'anéantissement des juifs et l'anéantissement du Reich. »

Elle termine son café. Robert est en retard. Elle l'a toujours connu en retard. Elle lui a toujours tout pardonné.

Derrière elle, des éclats de rire fusent, des clients trinquent, elle préfère ne pas savoir à quoi. Une petite fille joue dans l'allée sous le regard de sa mère assise à une table voisine et qui, tout en la couvant du regard, sort un étui à cigarettes de son sac, ajuste son fume-cigare, le glisse entre ses lèvres, prend un briquet, allume, inspire une bouffée, souffle avec grâce. Un filet de fumée enveloppe son visage. Tout en elle rayonne : sa blondeur et ses yeux, ses lèvres soigneusement dessinées, la blancheur de sa peau. Elle porte un collier en perles de nacre autour du cou. De temps à autre, la petite fille jette un regard vers elle, et la mère lui renvoie comme un assentiment.

Dora songe à Marianne. Sa petite est malade – les reins, lui a-t-on dit. Elle ignorait qu'à deux ans on pouvait souffrir des reins. Elle espère qu'en Russie elle disposera des soins nécessaires. Elle a foi en l'Union soviétique, tous ses espoirs y résident. Elle a besoin de croire, sinon elle désespère. Sinon, elle voit en face le spectacle du monde, un monde dont elle est exclue, où elle n'a pas sa place, où l'on ne veut pas d'elle. Elle ne parvient même plus à comprendre ce que veulent les nazis, où ils veulent en venir à force de mesures et de lois, que veulent-ils des juifs, les réduire à quoi, dépossédés de tout, n'ayant plus aucun droit ? Ils les ont ruinés, ont spolié les plus riches, interdit tout travail à ceux qui n'avaient rien, les ont mis en prison et internés, comme rendus invisibles, mais on ne peut pas réduire à néant tout un peuple, une histoire, elle ne saisit pas où est la finalité de tout cela. Veulent-ils faire des juifs un peuple d'esclaves ? Elle quitte ce monde-là. Elle ne croupira pas dans cette ville où bientôt elle devrait mendier jusqu'au droit de respirer. Elle veut croire qu'existe sur cette terre un endroit où elle n'est pas indésirable. Cet endroit, c'est Moscou.

Sous les lampions du kiosque à musique face à elle, un orchestre s'est mis à jouer une valse devant un public de femmes et d'hommes qui balancent la tête en cadence. Le policier en faction devant le kiosque répond d'un vibrant « *Heil Hitler* » à deux hommes en pardessus gris, un borsalino sur la tête, marchant d'un même pas, qui viennent le saluer.

Elle n'a pas vu Robert depuis des mois. Leur dernière rencontre était le fruit du hasard. Il descendait du tramway, elle en montait les marches. On s'était assis sur un banc tout proche. On ne s'était pas éternisé.

Cet après-midi, en ce lieu à l'écart, ils auront tout leur temps. Elle pourra lui annoncer la nouvelle de son départ. Elle a enfin obtenu son visa, ce précieux sésame délivré au compte-gouttes, dont l'attente avait fini par la faire désespérer de pouvoir un jour quitter ce pays. La semaine dernière, elle a reçu la convocation tant attendue. Elle s'est présentée au commissariat où le zélé fonctionnaire aryen du régime nazi a signifié à la petite juive communiste polonaise de Bedzin qu'elle serait bientôt libre de quitter le Reich. L'homme lui a fait état de cette décision, une moue de dégoût sur le visage, sans un regard pour elle, en lui signifiant que la nation allemande avait ainsi trouvé le moyen de l'envoyer en enfer.

À Moscou, elle retrouvera enfin son mari. Lutz a été libéré des prisons allemandes, il y a quelques mois. On l'a laissé quitter le Reich. Il occupe désormais un poste d'assistant à l'université de Moscou. Une nouvelle vie s'ouvre à eux, c'est la fin de l'errance, l'espoir est à nouveau autorisé. Elle a toujours vécu d'espoir. Elle veut partager avec Robert sa joie, son soulagement, son espoir. Elle lui a demandé de rapporter cette brosse à cheveux de Franz qu'elle lui avait fait parvenir après la perquisition de la Gestapo, pour la mettre en sécurité chez lui, parce qu'elle redoutait à l'époque d'être arrêtée. C'est désormais le seul souvenir qu'elle possède de lui. Aujourd'hui qu'elle quitte le Reich, elle peut enfin récupérer son précieux trésor.

Un vendeur de journaux passe près d'elle en criant : « *Der Stürmer* ! Achetez *Der Stürmer* ! » Il doit être âgé de quinze ans, il a les joues pleines, le regard vif, il porte l'uniforme des jeunesses hitlériennes.

L'orchestre entame *Le Beau Danube bleu* et fait osciller les bustes d'un même et lent mouvement. Un officier en uniforme invite sa voisine à quelques pas de danse. Ils tournoient, l'air ravi, sous les applaudissements, droits, le regard fier, fierté du sang et de l'honneur allemands que la loi protège désormais de toute souillure de race. Ils dansent, sans entraves, libres, transportés de bonheur et ivres de musique. Les jambes gainées de noir de la femme dépassent de son long manteau. Dora baisse les yeux sur ses jambes nues et l'ourlet défait de sa robe en velours côtelé.

Sa voisine fait signe au vendeur de journaux. L'adolescent approche, sourire aux lèvres. La femme glisse une pièce dans sa main, le garçon remercie, pose le journal sur la table.

Il s'approche de Dora. « Madame, vous n'achetez pas *Der Stürmer* ? » Elle est prise d'un mouvement d'effroi, fait un non terrifié. « Tant pis ! » s'écrie joyeusement l'adolescent avant de poursuivre vers les autres tables.

À Moscou, peut-être pourra-t-elle continuer de compter sur les produits de la vente des livres de Franz ? Dès la première publication, Brod a eu l'élégance et la loyauté d'inscrire sur tous les contrats signés avec les maisons d'édition qu'un pourcentage des ventes lui était consenti, au titre de « *Madame Kafka* ». Il s'appuyait sur le fait qu'à Kierling le directeur du sanatorium avait cru bon d'insister pour les unir officiellement. Dora pouvait ainsi continuer, en tant qu'épouse légitime, à demeurer sous le même toit que l'agonisant sans bafouer la morale. Et si le papier n'eut jamais de réelle valeur, la signature des maisons d'édition en a une, en monnaie sonnante – trébuchante serait sans doute un qualificatif exagéré pour un pécule si léger, tombant de façon si irrégulière.

La première édition allemande du *Procès* date de 1925 et le roman vient d'être publié en polonais en cette année 1936. *La Métamorphose* a paru en France en 1928, dans la prestigieuse *Nouvelle Revue française*. *Le Château* a été publié en 1930 à New York. Ici même, à Berlin, la maison Schocken a racheté les droits mondiaux de l'œuvre complète et publié quatre premiers volumes l'an passé – une œuvre juive, publiée par une maison d'édition juive et que seuls les lecteurs juifs sont autorisés à lire, tout aryen encourant la prison s'il possède un tel ouvrage.

Son regard est attiré par la une du *Stürmer* sur la table voisine. La caricature d'un homme au nez crochu égorgeant un enfant surmonte la devise du journal, inscrite en gros caractères :

« LES JUIFS SONT NOTRE MALHEUR »

Elle relève les yeux, reconnaît au loin la silhouette de Robert qui approche dans sa direction, d'un pas rapide. Il semble ne pas l'avoir remarquée, la cherche du regard. Il est très élégant dans son costume noir sous son manteau ouvert, trop léger pour le froid hivernal et trop large pour ses épaules. Elle lui a toujours trouvé du charme. Un physique assez commun, le visage poupon, les épaules tombantes, un front dégarni, mais elle aime son regard et son intelligence. Elle agite le bras dans sa direction. Il fait signe, se hâte, lui tombe dans les bras, s'assoit. Il commande une bière, elle reprend un café.

Elle demande, une marque d'appréhension dans la voix :

« Tu n'as pas oublié ? »

Comment aurait-il pu ? Il connaît l'importance que revêt à ses yeux cette brosse, sait quel déchirement cela a été de s'en séparer. Il sort de la poche de son manteau l'objet empaqueté dans un papier cartonné, le pose sur la table.

Elle défait délicatement le papier, découvre lentement l'objet. Un frisson la parcourt. Le bout de ses doigts tremble. Elle saisit dans sa main la simple monture en bois recouverte de poil. J'ai aimé et j'ai été aimée, songe-t-elle. Elle revoit le visage aimé, elle brosse lentement la noble chevelure de son prince éternel.

« Merci, souffle-t-elle en glissant l'objet dans son sac.

— Le café de madame, la bière de monsieur », intervient le serveur.

Un silence se passe.

« Alors, ta grande nouvelle ? finit-il par demander. Ne dis rien, je devine... Tu pars ! »

Elle fait oui de la tête. Il dit, c'est merveilleux.

« La semaine prochaine, je serai à Moscou ! »

Il dit qu'elle est sauvée.

« Toi, tu as Budapest.

— Oui, Horthy et Hitler s'apprécient tellement que je peux venir librement à Berlin.

— Où voudrais-tu aller sinon ?... En Amérique ? »

Elle sait que l'administration américaine a restreint drastiquement les possibilités d'entrée aux États-Unis.

Il répond qu'il a sollicité des personnes susceptibles de l'aider. Elle lui demande qui.

« Tu ne te moqueras pas ? »

Elle sourit. Non, bien sûr, elle ne se moquera pas.

« Thomas Mann », lâche-t-il d'un brin de voix.

Elle ne peut s'empêcher d'éclater de rire, se reprend, s'excuse, comment diable est-il entré en contact avec Thomas Mann ?

« C'est un peu compliqué à expliquer, dit-il.

— Nous avons tout notre temps », fait-elle.

Il est devenu ami avec l'écrivain Franz Werfel, que son épouse Gizelle a traduit en hongrois. Werfel lui a présenté un aristocrate hongrois, un peu mécène, un certain Ludwig von Hatvany. Et ce von Hatvany l'a mis en contact avec Thomas Mann, en Suisse, où le Nobel vit désormais. On a longuement échangé sur les aspects médicaux de *La Montagne magique*, cette savante description de la tuberculose dans le roman, et Thomas Mann s'est montré intéressé par les techniques de traitement novatrices que développe Robert. Puis on en est venu à parler de Kafka. Thomas Mann est fasciné par Kafka. Il a été parmi les premiers en Allemagne à découvrir son œuvre.

« Je lui ai demandé sa recommandation auprès de l'administration américaine. Je lui ai dit qu'après avoir assisté Kafka pour ses derniers instants, c'était moi maintenant qui avais besoin d'aide.

— Tu as osé écrire ça ?

— J'oserais tout pour fuir la souricière et d'ailleurs je ne m'arrêterai pas à Mann...

— Tu veux demander à Dieu ?

— Presque... À Einstein ! »

Elle éclate de rire. Mais elle sait bien que, depuis Princeton où il a trouvé refuge, Einstein a la réputation de répondre à toutes les sollicitations des demandeurs d'asile allemands. Il fournit des recommandations signées de sa main, à tour de bras, ces « affidavits » que l'administration américaine exige pour entrer sur son sol ou y demeurer. Il est en passe de devenir le Moïse des juifs allemands, en leur permettant la traversée de l'océan. Hélas, la mansuétude du secrétaire d'État américain, le redoutable Cordell Hull, a des limites. Et en matière de sauvetage des juifs, ces limites sont dépassées depuis longtemps.

« Que veux-tu lui dire, à Einstein ? »

Le physicien a été professeur avant la guerre à l'université de Prague où Robert lui-même a étudié quinze ans plus tard. Cela pourrait créer un lien. Mais il veut surtout évoquer Kafka. À Prague, Einstein a fréquenté les appartements de Berta Fanta, ce salon littéraire dont Franz parlait souvent, où il lui arrivait de donner des lectures. Peut-être les deux génies s'y sont-ils croisés ? Peut-être que, dans la même soirée, Kafka a lu des extraits du *Verdict* et Einstein joué du violon ! Mais il expliquera surtout à Einstein qu'il est l'un des spécialistes allemands du traitement chirurgical de la tuberculose. Il peut mettre son savoir, ses connaissances, les techniques opératoires développées à l'hôpital de la Charité au service de l'Amérique.

« Tu es toujours aussi dingue ! s'esclaffe-t-elle. Tu ne sollicites pas le soutien des Américains, tu leur proposes ton aide ! »

Elle laisse passer un temps avant de dire :

« Tu imagines, moi, à Moscou, et toi à New York, nous nous répartirons le monde libre !

— L'Union soviétique et le monde libre, il me semble que cela fait deux ! objecte-t-il.

— Toi aussi, tu considères l'URSS comme une dictature ?

— Moi non, mais ton Staline, oui !

— Je ne veux pas gâcher ce moment en parlant politique avec toi. »

A-t-il appris que les livres de Franz ont été récemment interdits dans tout le Reich et Kafka placé sur la liste des écrivains indésirables ?

« Oui. Martin Blumfeld et Robert Weltsch tiennent leur réponse deux ans après...

— Qui ça ?

— Ce serait trop long à raconter... »

Ils en viennent à évoquer Ottla. Les nouvelles se font rares, les jours à Prague sont frappés par un enchaînement de deuils. Hermann est mort en 1931, puis ce fut le tour de Julie, et Ottla a perdu sa nièce dans des circonstances dont elle se sent responsable. Bien sûr, il y a la joie de voir grandir ses deux filles. Mais, conviennent-ils avec tristesse, à lire entre les lignes de ses lettres, on pressent que quelque chose s'est définitivement brisé en elle. Elle qui incarnait la joie de vivre semble ne s'être jamais remise de la mort de son frère.

Ils observent un long silence, comme une manière de recueillement. Le cri d'un singe depuis le zoo vient interrompre ce silence et les fait éclater de rire. Ils se mettent à évoquer des souvenirs du passé, se rappellent combien Franz était heureux à Berlin, elle se remémore le calme des jardins de Steglitz, l'incessant bouillonnement de la Freidrichstrasse – on grelottait de froid, on ne mangeait pas à sa faim, le loyer du petit appartement avait fini par s'élever à plusieurs milliards de marks, mais on allait au théâtre, on déjeunait dans les cafés, on aimait la vie, on était amoureux. Tout cela remonte à treize années maintenant. Peut-on aujourd'hui imaginer que tant de bonheur ait pu être de ce monde-là ?

Elle pose sa main sur la main de Robert et lui sourit. Ils se regardent dans les yeux. La nuit commence à tomber. L'orchestre a fini de jouer, le kiosque s'est vidé de son public, les musiciens ont rangé leurs instruments, les derniers clients du café ont déserté les lieux, le zoo a fermé ses portes. Ni elle ni lui ne parviennent à se lever. Entre eux flotte le sentiment qu'ils ne se reverront jamais. Chacun se refuse à prononcer le mot adieu. L'heure est venue de se séparer. Il quitte la table le premier. Elle le suit du regard tandis qu'il avance dans une direction opposée à celle qu'elle doit emprunter. Elle se lève à son tour. Elle prend le chemin de la station de tramway. Tout en marchant, lui revient en mémoire un poème de Verlaine que lui avait appris Franz et qu'elle se met à réciter dans le silence du crépuscule tombant :

Dans le vieux parc solitaire et glacé,
Deux formes ont tout à l'heure passé.
Leurs yeux sont morts et leurs lèvres sont molles,
Et l'on entend à peine leurs paroles.
Dans le vieux parc solitaire et glacé,
Deux spectres ont évoqué le passé...

Été 1936

DORA

Essaie d'imaginer, si tu le peux, ce que je vais te décrire, l'effet sur une personne qui a échappé à l'Allemagne et aux lois de Nuremberg. Nous sommes venus en métro, marchons vers le théâtre. En face, de l'autre côté de la rue surgit un grand bâtiment au-dessus duquel en lettres hébraïques lumineuses est écrit : Théâtre des travailleurs juifs. Au-dessus, un peu plus haut, en lettres russes toutes petites : Yebraiske Gosudarstveni Teater. Je suis là, ébahie. Je ne peux en croire mes yeux. Des descendants de toutes les races qui parlent toutes les langues, venus voir Le Roi Lear, *en yiddish !*

Elle s'arrêta d'écrire, observa autour d'elle. Allait-on la tirer brutalement de ce rêve, des coups viendraient-ils ébranler sa porte, puis pleuvoir sur sa tête – *Raus, Raus !* entendrait-elle. Mais non, c'était le calme, le grand calme du soir, la chambre était paisible, plus jamais le malheur ne frapperait à sa porte. Elle ferma les yeux, demeura un temps les paupières closes. Des voix joyeuses et des rires d'enfants résonnaient à l'étage au-dessus. Depuis la fenêtre montaient les bruits de la rue, tintamarre des moteurs d'automobiles, crissements de pneus du tramway. Le Parti n'avait pas menti. Moscou était un havre de paix. Le Parti ne mentait jamais. La *Pravda* était la voix de la vérité vraie. Elle n'avait rien à craindre. C'était une vie nouvelle sur une terre lavée de toute haine. C'était la fin de l'errance, la fin du malheur, la fin de l'exil. Terminus Moscou. On l'avait enfin tirée du grand puits de souffrance qu'était sa vie. Elle avait rejoint pour toujours la patrie des travailleurs et des rêves possibles.

Hier elle s'était promenée sur la Nikolskaïa. Elle avait traversé Kitaï-gorod et ses bazars, d'où, entre les toits, on pouvait apercevoir les tours du Kremlin, qui s'élevaient au loin. Elle se laissait porter par le mouvement de la foule, marchait au milieu d'un océan de vie, au côté des milliers de femmes et d'hommes qui allaient au travail, le cœur battant.

Avant-hier, c'était la rue Tverskaïa, avec ses magasins, ses restaurants, l'Hôtel de Paris, au balcon duquel, lui avait-on expliqué, Staline saluait la foule les jours de fête nationale. Elle s'était arrêtée pour déjeuner dans une petite auberge et là, pour cinquante kopecks, elle s'était régalée d'une soupe à la viande et au chou et d'un verre de kvass. Demain, elle irait au marché de la Smolenskaïa et à la brocante de Khorochévo. Et elle s'était promis d'aller pique-niquer un jour prochain, avec Marianne, au Bois d'Argent, contempler les toits des datchas au coucher du soleil.

Elle se fondait dans la multitude. Les regards n'étaient plus hostiles, sa présence n'attisait plus la haine, il n'y avait plus d'aryens, il n'y avait plus de juifs, il n'y avait plus de maîtres, il n'y avait plus d'esclaves, c'était le peuple soviétique. On ignorait les races et les religions, on était tous égaux. Autour d'elle avançaient d'un même pas tous ses frères humains. Elle aimait plus que tout emprunter le métro. Pouvait-on imaginer pareille débauche de luxe, de grandeur et d'espace – des escaliers roulants et du marbre partout ! – destinés aux seuls travailleurs ? Un temple pour transporter chaque jour le prolétariat, dans des conditions douces et chaleureuses. Tout cela, c'était Staline. L'œuvre et la volonté du Petit Père des peuples !

Elle pouvait redresser la tête, elle avait retrouvé sa fierté. Elle avait envie d'étreindre les passants, de les remercier chacun pour la société bienfaisante qu'ils avaient édifiée. « Merci, merci ! » murmurait-elle devant chaque visage croisé, du bout des lèvres, riant aussitôt de son extravagance, mais cédant, l'instant d'après, à l'envie de renouveler sa gratitude. Parfois, elle craignait qu'on ne la prît pour folle. C'est vrai, elle était folle, folle de bonheur, ivre de joie, possédée par la rage de vivre !

Le long de la rue Arbat, elle s'était retenue de justesse de s'agenouiller devant un vieil homme qui marchait tranquillement sur le trottoir, parce qu'à sa veste arborant un alignement de médailles elle eut soudain la certitude que c'était un héros de la révolution d'Octobre à qui elle pouvait signifier sa reconnaissance éternelle.

Le soir, elle allait au théâtre. Elle s'habillait pour l'occasion. On lui avait conseillé une boutique, rue Petrovka, où acheter un chapeau, une autre, rue Stolechnikov, où l'on vendait des robes. Elle était heureuse rien qu'à les essayer, sûre qu'un jour prochain elle s'en offrirait une. En réalité, peu lui importaient les vêtements rapiécés qu'elle portait, qui donc ici attachait une quelconque importance à ces fadaises de la bourgeoisie ? Aujourd'hui, il n'y avait plus ni pauvres ni riches. La Révolution avait fait table rase des inégalités comme elle avait vaincu la misère. Le théâtre était à l'avant-garde de ce combat et la Révolution servait l'avant-garde théâtrale. Le grand Maïakovski n'avait-il pas dit : « *Le Parti est une main aux millions de doigts, serrés en un seul poing fracassant* » ?

La semaine passée, elle avait assisté à une représentation de *La Cabale des dévots*, la pièce de Boulgakov, dont elle adorait les romans. Elle n'avait pas été déçue. L'avant-veille, elle avait vu à l'opéra *Lady Macbeth du district de Mtsensk*, la dernière œuvre de Chostakovitch. Elle n'avait pas compris l'éreintement qu'en avait fait la *Pravda* le lendemain, et le fait qu'aux dires du critique Staline était parti avant la fin.

Dans la demande qu'elle avait formulée au Comité central pour devenir membre du Parti, elle avait écrit : « *Je souhaiterais être admise au parti bolchevique car je voudrais me rendre encore utile en tant que membre actif du mouvement des travailleurs pour l'édification du socialisme. C'est au Parti que je suis redevable de mon évolution, de ma libération personnelle.* »

Elle songeait aussi à redevenir comédienne. Intégrer une troupe. S'adonner à sa passion première. Oublier un temps Marx et déclamer Shakespeare. Le combat n'était-il pas terminé ? Moscou était le lieu de tous les aboutissements, lieu de justice et d'égalité, endroit de la paix retrouvée.

Toutes ces années de lutte, et tous ces sacrifices, ces compagnons abattus, les autres emprisonnés, ce n'était pas pour rien. On avait eu raison, on avait pensé juste. Oh, comme elle aurait aimé que Franz pût voir ça ! Le monde n'était plus celui décrit dans ses romans.

Bien sûr, ces réalisations, ces succès mirifiques n'avaient été possibles qu'au prix d'une organisation précise, efficace et, depuis son arrivée, elle avait eu à répondre à quantité de questions, d'interrogatoires, de demandes d'éclaircissements de la part de fonctionnaires de l'État. Aucun détail de sa vie, aucune personne de sa famille, de son entourage, de l'entourage de sa famille, de l'entourage de son entourage ne devait échapper au questionnement. On avait scruté son passé comme si la moindre action à laquelle elle avait pu participer, à Berlin, dans la cellule 218 de la section de Charlottenburg du Parti communiste allemand, avait une importance majeure. On voulait tout connaître d'elle, un peu comme l'on veut tout savoir d'un nouvel ami, ses goûts, ce qu'il aime faire, où il part en voyage... On la traitait en alliée du peuple soviétique, en bienfaitrice de la Révolution. C'était comme si, en distribuant quelques tracts dans les rues de Berlin, en organisant des réunions, elle aussi avait contribué à l'édification de la patrie du socialisme. On attachait de l'importance au moindre détail, un article qu'elle avait rédigé, un inconnu qu'elle avait rencontré. On voulait tout savoir. Tout, absolument tout méritait qu'on s'y arrête. Elle devait chercher au plus profond de ses souvenirs, se remémorer chaque militant qu'elle avait croisé, chaque discours qu'elle avait tenu. Heureusement, elle n'avait rien à cacher. Jamais, elle n'aurait le moindre secret pour la patrie qui l'avait sauvée. Il aurait fallu être bien ingrate. Et Dora Diamant était tout sauf ingrate.

Au fonctionnaire qui la reçut dans une annexe des locaux de la Loubianka, elle délivra à nouveau tous les renseignements qu'il lui était possible de donner. Elle s'aperçut rapidement que l'homme savait déjà tout d'elle. Elle n'avait plus en quelque sorte qu'à valider auprès de lui l'histoire de sa propre vie. Oui, elle était née en Pologne, à Pabianice, elle avait été une première fois l'épouse du docteur Franz Kafka, puis, en secondes noces, de Ludwig Lask, connu au Parti, à Berlin, sous le nom de Hans Eiler, rédacteur en chef de l'organe du KPD *Die Rote Fahne*. Elle avait une fille de trois ans, prénommée Marianne. Marianne avait contracté la scarlatine et souffrait de complications rénales que les hôpitaux moscovites, pourtant parmi les meilleurs du monde, peinaient à guérir. Elle s'était inscrite au KPD en 1930.

« Plutôt fin 29, non ?

— Oui, c'est cela, bien sûr, décembre 1929...

— Soyez précise à l'avenir, s'il vous plaît ! »

Quand elle en eut fini avec l'histoire de sa vie, l'homme en vint à lui demander des renseignements sur une dénommée Lotte Klinsmann, qu'elle avait dû rencontrer aux réunions du Parti. Elle raconta tout ce qu'elle savait, c'est-à-dire pas grand-chose puisque à vrai dire Lotte Klinsmann n'était pas vraiment une amie, disons une connaissance.

« Mais pourquoi voulez-vous savoir tout cela ?

— C'est moi qui pose les questions, ici ! »

Elle finit par se rendre compte qu'elle en savait beaucoup sur cette femme. Elle connaissait son adresse, la marque de ses cigarettes, l'endroit où elle achetait ses vêtements, l'heure à laquelle elle rentrait chez elle le soir, tout un tas d'autres choses très banales mais dont la seule évocation semblait captiver l'enquêteur.

Plusieurs semaines plus tard, elle eut à comparaître à un autre entretien face à un autre enquêteur. Elle devait répondre à d'autres questions qui cette fois-ci la concernaient directement. Les informations dont disposait l'enquêteur provenaient d'allégations d'un membre dirigeant du Parti communiste berlinois. L'homme portait de graves accusations à l'encontre de Dora. Il disait nourrir des doutes quant à la sincérité de son propre engagement au Parti. « Des doutes sur mon engagement ? » Était-il faux qu'elle ait tenu, à plusieurs reprises, au cours de réunions de section, des attaques calomnieuses et de la plus haute gravité contre les principes mêmes du marxisme-léninisme, pour être plus précis, des allégations contre la dictature du prolétariat ?

« Je ne me souviens pas ! s'effara-t-elle.

— On se souvient pour toi », fit l'enquêteur.

L'homme finit par exiger qu'elle reprenne le récit de son parcours de militante depuis le début. Quand elle eut fini, il laissa passer un silence puis la renvoya chez elle en lui assurant qu'on l'informerait de la suite de l'instruction de l'affaire.

« De l'affaire Klinsmann ? demanda-t-elle.

— De l'affaire Dora Lask-Diamant ! » répondit-il.

Bientôt, on congédia de la faculté l'ensemble des enseignants étrangers. Ils étaient soupçonnés d'être hostiles au régime, puisque nourris, avant leur exil, de pensées et d'agissements trotskistes. Parmi les bannis, il se trouvait de très nombreux communistes allemands, juifs pour la plupart. Ils furent remis aux autorités nazies. Lutz, eu égard à l'ensemble des services rendus, put rester en URSS, sous contrôle strict de ses faits et gestes.

Mais un matin, très tôt, on vint le chercher. Les agents laissèrent entendre que c'était pour le conduire dans les bureaux de la Loubianka. Dora ne s'alarma pas. Elle faisait confiance au Parti. Lutz avait toujours été un fidèle, rien ne pouvait arriver à Lutz. Le Parti ne pouvait rien contre Lutz. Le Parti ne voulait pas de mal à Lutz. Le

Parti cherchait la vérité. Lutz Lask n'avait rien à cacher au Parti.

À la même époque, se tenait ce que les colonnes de la *Pravda* et des *Izvestia* nommèrent « le procès des Quinze ». Il s'agissait de juger des dirigeants du Parti, parmi les plus haut placés, dont Zinoviev et Kamenev. Qui aurait pu imaginer que ces deux héros de la Révolution – qu'on n'appelait plus, dans les gazettes, que par leurs patronymes d'origine, Appelbaum et Rosenfeld – aient pu ainsi, avec tant d'abjection, abuser le peuple soviétique, duper les idéaux, mettre en péril l'avenir du socialisme ? Coupables de haute trahison, ils furent condamnés à mort et fusillés, le lendemain de la sentence, le 25 août 1936.

La nouvelle de leur exécution avait bien entendu attristé Dora. Mais Kamenev avait beau avoir été un grand président du Soviet suprême, et Zinoviev avoir dirigé le Komintern d'une main de maître, n'avait-on pas raison d'affirmer, avec Staline, qu'ils méritaient le châtiment suprême ?

Et si Dora avait pensé quitter Moscou pour s'installer à Sébastopol, ce n'était pas motivée par l'atmosphère de délation et la véritable orgie de dénonciations qui avaient saisi la capitale. En aucune manière, elle ne fuyait. Elle partait sur les bords de la mer Noire pour offrir à Marianne un climat clément, seul à même de guérir sa maladie rénale.

Et elle était pleinement consciente, à l'instar de toute la population soviétique, que, pour donner un nouvel élan à la Révolution, le régime devait s'expurger lui-même de tout élément hostile. Dénoncer n'était pas un acte répréhensible en soi, mais une manière de répondre correctement aux questions qui vous étaient posées. Une simple marque d'obéissance. La dénonciation était aussi exigence de vérité. Ne pas dénoncer un camarade coupable, ou son frère, son épouse, son père, c'était trahir le Parti, et d'une certaine manière, trahir camarade, frère, épouse et père.

« Le ver est dans chaque fruit », songea ce matin-là, pour se donner du courage, le camarade Iouri Korlov, enquêteur de deuxième niveau dans les locaux annexes de la Loubianka, quand il commença son interrogatoire. Il s'agissait d'entendre Dora Lask-Diamant s'expliquer sur ses agissements contre-révolutionnaires. Le mari, Lutz Lask, un autre social-traître du KPD, n'avait avoué aucun des faits de trahison qui lui étaient reprochés en dépit des charges accablantes pesant sur lui et des dénonciations de ses amis les plus chers. C'était pourtant l'enquêteur principal Sergueï Kataïev qui avait mené l'interrogatoire et Iouri Korlov avait été particulièrement impressionné par la faculté de l'accusé à conserver intacte sa foi dans le socialisme et à taire ses agissements en dépit de la violence des coups qui lui étaient assénés.

Ce matin, Iouri était seul à conduire les investigations. Les instructions de Kataïev étaient simples : il devait obtenir les aveux de la jeune femme.

On disposait de nombreuses charges contre Dora Lask-Diamant. En premier lieu, elle était membre du KPD. À la Loubianka, on n'aimait pas le KPD. Le Parti communiste allemand avait été un nid de trotskistes dirigé par des lâches qui avaient fui le nazisme et que l'on avait accueillis comme des princes pour les loger dans les nouveaux immeubles de la grand-rue Gnezdikovski, quand Iouri Korlov, comme la plupart de ses collègues du NKVD, n'avait droit, avec l'ensemble de sa famille, qu'à un une pièce de trente-deux mètres carrés. Pour six personnes, sans compter les rats, que Iouri voyait glisser au bas des murs – *pan, pan, pan,* d'accord ça faisait un tonnerre du diable qui terrorisait femme et enfants, mais une balle c'est efficace contre ces sales bêtes, et Iouri se moquait de ce que répétait le soviet du quartier, comme quoi il y aurait des méthodes plus douces contre les rats et les souris. Il n'avait jamais été partisan de la méthode douce, Iouri.

Fort heureusement, la clique des trotskisto-fascistes du KPD n'occuperait bientôt plus les immeubles modernes de la grand-rue Gnezdikovski. La plupart avaient été condamnés à de lourdes peines, voire au châtiment suprême.

Deuxième élément à charge, Dora Diamant était étrangère, polonaise de surcroît. À Moscou, on n'aimait pas plus les Polonais que les membres du KPD. En troisième lieu, quel procureur du régime pourrait se montrer insensible aux origines juives de Dora ? Iouri n'en connaissait aucun. Appelbaum et Rosenfeld pouvaient en témoigner depuis les cercles de l'enfer où ils devaient maintenant pourrir.

D'anciens hauts dirigeants du KPD, pour la plupart fusillés en ce jour, avaient accusé Dora Lask-Diamant de menées contre-révolutionnaires. Et il ne devrait pas être si compliqué à Iouri de décrocher des aveux, sans aller à l'encontre de ses principes qui lui interdisaient de battre une femme, fût-elle trotskiste, polonaise et juive.

On n'avait toujours pas eu connaissance de la condamnation de Lutz Lask. Iouri avait parié pour cinq ans quand Sergueï Kataïev penchait pour l'exécution capitale. Sergueï parlait sous le coup de la colère, excédé d'avoir, malgré les moyens de torture à sa disposition, été incapable de soutirer le moindre aveu à Lutz Lask. Un tel échec pouvait être considéré par ses supérieurs comme une faute professionnelle. Mais Iouri ne croyait nullement à une condamnation à mort. D'une part, la peine capitale était délivrée seulement lorsque les aveux avaient été obtenus – d'où l'importance de les soutirer. D'autre part, on hésitait à fusiller les étrangers. On redoutait des réactions hostiles de la part du pays d'origine. Iouri trouvait cela risible. Pensait-on, dans le cas de Lutz Lask, par exemple, que le régime hitlérien se plaindrait de l'exécution d'un juif ? Cela aurait été le monde à l'envers.

Il avait parié sur cinq ans, mais en réalité cela pourrait être vingt. Quelle était la règle en la matière ? Qui établissait le régime des peines et selon quels critères ? En son for intérieur, Iouri avait toujours regretté de ne disposer d'aucune règle précise. C'était au petit bonheur la chance. Parfois il se demandait : À quoi bon ces interrogatoires ? Pourquoi ne pas fusiller les coupables sans autre forme de procès ? Pourquoi donc toutes ces heures à éplucher les dossiers, s'échiner à répertorier les chefs d'accusation, à choisir soigneusement ses questions, à attendre vainement les réponses correctes, s'emporter, taper du poing sur la table, gifler, frapper, battre au sang, fouetter, utiliser la torture de l'eau, celle de l'électricité, celle des pinces à couper, endurer les gémissements, les cris de douleur, les supplications, les flots de sang, les os brisés, les odeurs de pisse, de vomi, de merde, retenir son dégoût à l'instant de faire débarrasser le plancher au supplicié inconscient, nettoyer le bain de sang, la merde, la pisse, le vomi avant l'arrivée d'un autre coupable ? Pourquoi supporter ces tourments, ces tracas, ces contrariétés, ces contretemps, s'imposer ces objections, ces palabres sans fin, ces obstructions délibérées à la marche de la justice et du progrès, si, au final, il n'y avait pas de règle ? Il se rassurait en se disant que, quelle que soit la peine prononcée, si légère et temporaire fût-elle, un internement dans le camp de travail de la Kolyma signifiait en réalité une condamnation à mort. C'était sans doute cela, la règle.

Iouri Korlov avait le titre d'enquêteur de deuxième niveau, l'équivalent du grade de lieutenant. Son rêve était de devenir enquêteur principal, atteindre les hauteurs de Kataïev, l'homme qui lui avait tout appris, son maître et son modèle. Iouri avait fait ses premières armes lors du procès de l'écrivain Ossip Mandelstam, arrêté pour avoir diffamé Staline, dans un poème dont Iouri, âme sensible derrière ses airs de brute, se rappelait encore aujourd'hui parfaitement l'immonde début : « *Ses doigts épais sont gras comme des asticots, et ses mots tombent comme des poids de cent kilos.* » Ossip Mandelstam croupissait aujourd'hui en prison. Mais l'écrivain Boris Pasternak était intervenu en sa faveur auprès du chef suprême. Et Iouri Korlov avait la conviction qu'un jour prochain ce chien de Mandelstam sortirait vivant et libre. Les écrivains, comme toutes les vermines intellectuelles, se serraient les coudes.

En février 1935, Iouri s'était aussi occupé personnellement de l'interrogatoire du directeur adjoint du *Grand Dictionnaire encyclopédique allemand-russe*, repaire d'anciens membres du KPD. Le directeur adjoint avait été condamné à mort avec la plupart des autres rédacteurs du *Dictionnaire*, ce qui avait valu à Iouri d'obtenir le grade d'enquêteur de deuxième niveau. Mais cela n'avait pas été sans difficulté. Le colonel Gredanov s'était opposé à cette promotion sous le prétexte que le directeur adjoint était, au sortir de l'interrogatoire, incapable de signer ses aveux. Jugé intransportable, on avait dû l'exécuter dans sa cellule contrairement aux recommandations en usage.

« C'est toute la réputation des tchékistes que Korlov salit », avait signifié le colonel Gredanov. Fort heureusement pour lui, Kataïev se moquait de l'avis du colonel Gredanov. À ses yeux, la réputation des enquêteurs tchékistes n'était plus à faire.

Iouri avait passé la veille de l'interrogatoire à éplucher le dossier de Dora Lask-Diamant. Chaque page accablait la jeune femme. Outre le crime d'être la femme d'un trotskiste, d'avoir tenu à plusieurs reprises des propos allant à l'encontre de la doctrine soviétique, elle avait été, quinze ans auparavant, l'épouse d'un écrivain bourgeois de Prague, un dénommé Franz Kafka. Iouri avait décidé d'axer son interrogatoire sur ce dernier chef d'accusation. Il espérait prouver que Dora Lask-Diamant diffusait encore de nos jours l'œuvre de l'écrivain bourgeois Franz Kafka en Union soviétique.

Le dossier sous ses yeux comptait une liasse d'archives concernant l'écrivain bourgeois qui devrait amplement suffire à confondre la coupable. La notion de preuve était accessoire. La justice n'exigeait pas de preuve. Elle réclamait simplement des aveux. Elle souhaitait que le coupable collabore. Les aveux mettaient un terme aux sévices. Alors pourquoi persister dans l'erreur, pourquoi s'obstiner à prolonger des séances si pénibles à tous ? Ne convenait-il pas de déposer les armes et de fraterniser avec son bourreau ? Mais on ne sollicitait pas les aveux pour le simple plaisir de torturer. Les aveux garantissaient la justesse de la sentence, attestaient que l'exécution capitale ou la condamnation aux travaux forcés était appropriée. Les aveux assuraient le triomphe du droit, la victoire de l'impartialité, de l'intégrité, de la probité. La justice, ce n'était pas, d'un côté, le bourreau, et de l'autre, le coupable. L'enquêteur et l'accusé pouvaient se retrouver, s'associer, unir leurs forces et leurs convictions réciproques au nom d'un intérêt supérieur bien compris. Les aveux scellaient ces retrouvailles.

Une fois obtenue la signature du coupable au bas de l'acte d'accusation, Iouri ne s'attardait jamais. Il autorisait le coupable à quitter la salle d'interrogatoire – même si la plupart du temps, il fallait s'y mettre à plusieurs pour le sortir de la pièce. Au contraire de nombre de ses collègues du NKVD, il mettait un point d'honneur à faire preuve d'humanité dans l'exercice de sa fonction. N'est-ce pas au nom de l'humanité, du droit, de la justice que nous torturons et que nous exécutons ?

Mais il arrivait que le coupable, mû par on ne sait quel ressentiment à l'égard de la Révolution, prît un malin plaisir à entraver la marche de la justice. Il ou elle persistait dans son refus, se braquait, se rebellait. Un simple interrogatoire se transformait alors en une douloureuse séance de sévices corporels, un enquêteur placide en un persécuteur vindicatif, un prévenu en supplicié. Iouri, ou tout autre de ses collègues tchékistes, ne pouvait clore le dossier, rentrer chez lui à une heure raisonnable, profiter de sa famille, s'endormir avec le sentiment du devoir accompli. Les agents du NKVD, dussent-ils exécuter les prisonniers politiques dans les sous-sols de la Loubianka, n'étaient-ils pas des hommes comme les autres, n'avaient-ils pas des chagrins, des joies, une âme sensible semblables à ceux des autres hommes et un cœur qui saignait lorsqu'ils rouaient de coups les ennemis de la Révolution ?

Il arrivait parfois qu'au sortir d'un interrogatoire plus laborieux que d'ordinaire Iouri rentrât chez lui pétri d'interrogations, de doutes. Si tous les hommes étaient coupables, se demandait-il avec effroi, si pas un sur cette terre ne pouvait se targuer de n'avoir pas un seul jour trahi le Parti, lui-même, Iouri Korlov, était-il certain d'avoir l'innocence des âmes pures ? N'avait-il jamais proféré ou même seulement pensé une idée sacrilège ? Et il imaginait que, certaines nuits, Staline se tenait à son chevet, son beau regard sombre et accusateur posé sur lui. Staline l'observait, veillait à ce que, jusque dans son sommeil, à l'intérieur duquel Iouri était parfois convaincu que Staline avait le pouvoir de se glisser, Iouri n'eût pas un seul sentiment hostile au régime. Et c'était, pour Iouri, une des grandes victoires du bolchevisme que de pouvoir ainsi ne laisser personne nourrir une quelconque opinion délictueuse, même au plus profond de ses rêves.

Ce jour-là, Iouri attaquait la matinée d'humeur légère. Il se réjouissait de devoir s'entretenir avec la femme d'un écrivain, fût-ce un écrivain bourgeois. Il se flattait d'être un gros lecteur, un passionné de littérature. Comme tout un chacun, adolescent, il avait dévoré Gogol, Dostoïevski et Tolstoï. Il pouvait citer quantité de poèmes de Pouchkine de mémoire. Son préféré était « Automne ».

Aujourd'hui, on n'en avait que pour Gorki, on répétait que le grand Maxime exaltait mieux que quiconque la gloire de l'Union soviétique et de son chef. Aux yeux de Iouri, c'était l'œuvre de Tolstoï qui était le véritable prolongement de la pensée marxiste. Le géant n'avait-il pas écrit : « *Pour étudier les lois de l'histoire, il faut mettre de côté rois, ministres et généraux, et focaliser son attention sur les points infiniment petits qui dirigent les masses* » ?

Avec l'âge, cependant, il lisait moins. Maintenant on allait au cinéma. La semaine passée, il avait vu le dernier film de Grigori Alexandrov dont l'héroïne interprétée par la belle Lioubov Orlova lui rappelait Olga, sa femme, lorsqu'elle était jeune. C'était la première comédie musicale soviétique ! Staline en avait été l'initiateur. Ce pur chef-d'œuvre dépassait de loin toutes les niaiseries sentimentales produites par les capitalistes yankees. Hollywood allait être vaincu. Le capitalisme allait être vaincu. C'était juste une question de temps.

De l'écrivain bourgeois et contre-révolutionnaire Kafka, Iouri n'avait rien lu. Par principe, il ne lisait aucun auteur étranger. Lire un auteur étranger, n'était-ce pas insulter la littérature russe, croire l'âme russe incapable de tout exprimer ? Lorsque l'on avait Dostoïevski et Gogol, était-il besoin de perdre son temps avec Dickens ? Jamais aucun étranger ne posséderait l'âme russe, telle était la juste vérité ! De là à dire que les étrangers n'avaient pas d'âme, Iouri franchissait allègrement le pas.

Kafka n'était pas seulement un auteur étranger, c'était aussi, c'était surtout un auteur bourgeois. Voilà du moins ce qu'expliquaient les archives. Pourtant, même si Iouri avait voulu aller à l'encontre de ses principes, et s'abaisser à lire un auteur étranger, il n'aurait pas pu s'exécuter : Kafka n'était pas traduit en russe. Les auteurs des articles qui traitaient Kafka d'écrivain bourgeois avaient-ils lu Kafka ? Rien n'était moins sûr. Est-il besoin de lire un écrivain pour saisir sa pensée ? La pensée d'un écrivain bourgeois n'est pas dans ses livres, elle est dans ses origines.

Dora Lask-Diamant se tenait assise face à lui, voûtée, les traits tirés, le regard sans éclat. Depuis son premier interrogatoire, six mois auparavant, elle semblait avoir terriblement vieilli. Plus aucune marque d'insolence ne se lisait sur son visage. La dernière fois, lui semblait-il, elle avait du rouge aux lèvres. Ce matin, sa bouche était d'un rose pâle, maladif. Pourquoi cet air mélancolique sur ton beau visage, Dora ? Est-ce parce qu'on dit Lutz Lask en route vers la Kolyma ? Réserve ton chagrin et ravale tes larmes, c'est ta vie qui se joue en cet instant.

« Ma première question, camarade Dora Lask-Diamant, portera sur ton premier compagnon, exposa Iouri en guise d'introduction. J'aimerais savoir pourquoi, selon toi, Franz Kafka n'est pas traduit en russe. Pourquoi Kafka n'est-il pas traduit en russe, alors qu'il l'est dans de nombreux pays ? Penses-tu que notre langue ne soit pas à la hauteur de ses écrits, qu'elle ne puisse capter la subtilité de sa pensée ? Est-il possible que la Nomenklatura tout entière soit passée à côté de l'œuvre de ton mari ? Certains articles en ma possession parlent de prophète visionnaire, d'autres de romancier du Salut, d'autres de romancier de la Grâce, de romancier de l'Angoisse, de romancier de l'Absurde. Certains osent le comparer à Dostoïevski ! Dis-moi la vérité ! À quel camp ses personnages appartiennent-ils, celui du Bien ou celui de la contre-révolution ? Comment ses romans traitent-ils la classe ouvrière ? Calomnie-t-il la révolution d'Octobre ou la célèbre-t-il comme il se doit ? Évoque-t-il la paysannerie kolkhozienne ? Ton Kafka est-il un réactionnaire sans patrie, un écrivain coupé du prolétariat, un kérenskiste, un menchevik ? A-t-il encensé la grandeur du peuple soviétique et la mansuétude de son chef ? Est-il le nihiliste que l'on prétend ? Son œuvre permet-elle seulement d'exalter la personne de Staline, espoir de tous les peuples et lumière de nos vies ? Ou bien se range-t-il du côté de ces chiens enragés de trotskistes, du côté des koulaks et des blancs ? Quel est le sens caché de son œuvre ? Rien ne doit rester dans l'ombre, tu le sais. Dis-moi si Kafka nourrit un rapport de filiation avec la littérature réaliste socialiste. Dis-moi si Joseph Vissarionovitch Staline pourrait aimer ses livres. Et les élèves du Komsomol, et les villageois kolkhoziens, les fils glorieux de la Patrie, les mères héroïques de la Nation, nos commissaires du peuple, notre vaillant procureur Vychinski. »

Il s'interrompit, épongea son front, but un verre d'eau d'une traite, songea qu'il avait peut-être passé l'âge pour un tel travail, puis reprit :

« Parle maintenant, puisque c'est toi qui réponds de Kafka devant l'Histoire et devant le Peuple Soviétique ! »

Après un temps, Dora déclara, en fixant l'homme droit dans les yeux :

« Je ne comprends pas le sens de vos questions. »

Iouri contint la colère qui montait en lui, réfréna l'envie d'abattre son poing sur la joue de la jeune femme et déclara :

« Il me faut alors te lire la notice consacrée à Kafka dans l'*Encyclopédie littéraire* de l'Académie des sciences de l'URSS afin que tu mesures ce que les plus hautes sommités littéraires reprochent aux écrits de ton premier mari. »

Il saisit la première page du dossier devant lui, chaussa ses lunettes et se mit à lire :

« *KAFKA, Franz, 1883-1926 : représentant en vue du groupe praguois des écrivains allemands (Max Brod, Gustav Meyrink, etc.).*

— Excusez-moi, fit-elle d'une voix hésitante, mais Franz est mort en 1924. »

Il lui jeta un regard noir, et s'écria :

« Qui es-tu pour mettre en doute les affirmations de l'*Encyclopédie littéraire* de l'Académie des sciences de l'URSS ! Crois-tu en savoir plus qu'un académicien soviétique ? Si l'on a écrit que Kafka est mort en 26, c'est qu'il est mort en 26. Le reste n'est que révisionnisme bourgeois. Et à l'avenir, ne m'interromps plus, je te prie. Je poursuis :

Kafka a écrit trois tomes de romans et de nouvelles ; les plus remarquables d'entre eux, en partie inachevés, ont été édités seulement après sa mort (sous la direction de Max Brod).

Aux premières œuvres de Kafka se rattache La Métamorphose, *dont le héros est un homme infiniment seul. Par la suite, Kafka posera le problème de la solitude de façon plus concrète. Ainsi, dans* Le Procès, *la solitude du héros est déterminée par sa situation d'accusé, dans* Le Château *par le fait qu'il est un étranger, enfin dans le roman* L'Amérique *par le fait qu'il est un adolescent sans expérience livré à lui-même dans les conditions de vie difficiles de l'Amérique contemporaine.*

L'opposition de l'homme seul et du monde qui l'entoure est rendue par Kafka de telle façon que l'homme seul cède à la pression du milieu.

La négation pessimiste de la réalité chez Kafka apparaît surtout dans le fait que la personnalité la plus douée périt et que l'entourage petit-bourgeois, borné et obtus, triomphe.

On peut considérer Kafka comme le porte-parole de la psycho-idéologie d'une classe déclinante ou, plus exactement, d'une couche sociale qui entre en opposition contre sa propre classe. C'est un représentant de l'intelligentsia petite-bourgeoise. »

Il s'arrêta, remit soigneusement la feuille dans le dossier, avant de déclarer :

« Tu as entendu la conclusion ? "*Représentant de l'intelligentsia petite-bourgeoise.*" Tu as bien conscience que, pour un tel crime, ton Kafka serait tombé entre les mains du NKVD ?

— Vous avez beaucoup de pouvoir, mais pas celui d'assassiner un mort.

— Ne sous-estime pas le NKVD, s'il te plaît ! »

Cette femme commençait à l'agacer prodigieusement, il en avait sa claque des écrivains, des journalistes, des intellectuels. Il préférait les scientifiques et les médecins, que l'on commençait à arrêter pour les raisons les plus diverses et qui étaient si surpris d'atterrir en cet endroit qu'ils ne faisaient pas tant de chichis pour signer leurs aveux, alors que les membres de l'intelligentsia, rompus aux débats, experts en controverses, palabraient à n'en plus finir.

« Alors ! reprit-il. Qu'as-tu à opposer aux déclarations de l'Académie des sciences sur ton premier mari ?

— Il me semble...

— Il te semble ? Tu doutes déjà ? fit-il un peu machinalement.

— Il me semble qu'il y a plusieurs lectures possibles d'une même œuvre.

— Veux-tu dire que l'Académie des sciences de l'URSS ne dit pas la vérité ? Prétends-tu que l'exercice de critique littéraire, auquel se sont prêtés ses très honorables membres, n'est pas une science exacte ?

— L'Académie dit *une* vérité, elle dit *sa* vérité.

— Tu penses donc qu'il y a plusieurs vérités ! Tu désavoues l'Académie des sciences de l'URSS dont, je te rappelle, notre procureur vénéré Vychinski est l'un des dirigeants ! De tels propos pourraient te coûter cher et je préfère ne pas les consigner. Avançons, sinon nous y serons encore demain, résume-moi donc un des livres de ton premier mari, que je me fasse une idée. Si j'ai bien lu la notice de notre Académie, on parle de trois romans, *L'Amérique*, *Le Château* et...

— *Le Procès.* »

Il ne put s'empêcher de sourire, avant de reprendre, intrigué :

« Eh bien parlons donc du *Procès*, raconte l'histoire du *Procès*.

— L'histoire du procès ?

— Oui. Les romans de Kafka racontent bien une histoire ?

— D'une certaine manière, oui, mais le sens profond de son œuvre, la force de son art sont ailleurs.

— Je me fiche du sens profond ! Raconte !

— ... Eh bien, il s'agit d'un homme...

— Comment s'appelle cet homme ?

— Joseph...

— Ah, tu m'enchantes ! Joseph, le prénom du plus illustre de nos dirigeants... Joseph comment ?

— Il n'a pas de nom.

— Comment ça, pas de nom ? Il a bien un numéro de matricule, alors !

— Juste une initiale, K.

— Continue !

— Un matin...

— Un matin, oui ?

— Joseph K. est arrêté un matin...

— Ça, c'est un beau début ! Un début magnifique, un

début qui emporte et qui fait rêver ! Et qu'a-t-il fait pour être arrêté ?

— Eh bien... »

Elle hésitait.

« Laisse-moi t'aider, fit Iouri. Je te donne quelques pistes : ton Joseph K. est-il arrêté parce qu'il a trahi le Parti, ou... parce que ses idées ne sont plus en conformité avec la doctrine socialiste ou... parce qu'il refuse de dénoncer son meilleur ami, lui-même traître à la cause ? Parle !

— Il ignore les raisons de son arrestation.

— Il ignore, voyez-vous cela !

— Au départ, il croit à une plaisanterie. »

Iouri ne réagit pas. La réponse était plausible, quantité d'accusés ne prenaient pas au sérieux, au tout début du moins, leur interrogatoire. Ils le considéraient de leur air supérieur de professeur ou d'écrivain. Cela ne durait pas, évidemment. Dès que les premiers coups pleuvaient, on comprenait qu'on n'était pas là pour rire.

« Ensuite, poursuivit-elle comme si elle était pleinement disposée à collaborer, Joseph K. pense qu'il s'agit d'une erreur. Il songe même à faire intervenir son ami procureur.

— Réaction tout à fait opportune ! » fit Iouri avec un sourire encourageant.

Combien de fois n'avait-il pas entendu le coupable invoquer l'intervention d'un tiers. Vous devriez téléphoner à untel, untel démentira les accusations... Il avait alors envie de répondre qu'untel avait déjà été interrogé, qu'untel était déjà loin, en Sibérie sans doute. Les coupables réagissaient toujours avec un temps de retard, comme s'ils appartenaient à un monde régi par les sacro-saintes lois d'autrefois. Parfois il avait envie de les secouer, et de leur crier : Mais enfin, camarade, tu ne vois pas que les règles ont changé ! Il n'y a plus d'untel ! Tu es un homme seul. Seul, coupable et perdu !

« Où donc se déroule l'interrogatoire de ce M. K. ? reprit-il.

— Dans un faubourg de la ville, fit-elle.

— De quelle ville ?

— Le lieu n'est pas explicité dans le roman. Cela pourrait être n'importe quelle ville.

— Même Moscou ?

— Même Moscou.

— Mais dis-moi plus précisément, où se tiennent les mises en accusation ?

— Le roman explique : "*Dans un grand bâtiment, à la façade extraordinairement longue, qui s'ouvre par une porte de formidables dimensions.*" »

Elle décrit le bâtiment de la Loubianka, songea Iouri.

« La première confrontation, poursuivit-elle, se tient dans une grande salle où s'entassent des spectateurs.

— Un procès public ! » lâcha-t-il, et il se reprocha aussitôt d'avoir laissé glisser un soupçon d'enthousiasme déplacé. « Mais quand ton Kafka a-t-il écrit une œuvre pareille ?

— En 1914. »

Et le premier mot qui vint à l'esprit de Iouri fut : Prophétique ! Il le garda pour lui, se méfiant de l'interprétation qu'aurait pu faire de sa réaction l'enquêteur principal Kataïev.

« Dis-moi, Dora, demanda-t-il, empreint d'un soudain vague à l'âme, quelle était la véritable nature de tes liens avec l'auteur de ce livre ? L'as-tu aimé ? »

Un air triste tomba sur le visage de la jeune femme. Elle fixa Iouri de ses grands yeux magnifiques, sous le charme desquels il se sentait vaciller et répondit, d'un ton de mélancolie poignante :

« Je l'ai aimé plus qu'aucun homme a jamais été aimé. Plus que je ne pourrais jamais aimer un homme. »

Il y eut un instant de silence, au terme duquel il lança :

« Trêve de sentimentalisme ! Tu ne m'as pas dit le métier que ce K. exerce dans le roman !

— Il est fondé de pouvoir d'une banque, répondit Dora.

— Un agent du capital ! Je l'aurais parié ! Comment se comporte-t-il au tribunal ?

— Dans un premier temps, Joseph K. refuse l'interrogatoire...

— Tous les coupables font ainsi. Pour sa défense, K. a-t-il droit à un avocat ?

— Oui, sur les conseils de son oncle, il consulte un dénommé Maître Huld.

— Un avocat, ce n'est plus très réaliste ! » corrigea Iouri.

Il se dirigea vers le lavabo, se lava les mains, s'humecta le visage et revint s'asseoir face à la coupable. Il lui demanda, parce que cela l'intriguait au plus haut point, comment Joseph K., le héros de cette histoire, réagissait face aux coups du destin qui s'abattaient sur lui.

« Au départ, répondit Dora, Joseph garde de la distance avec l'accusation. Il tente de continuer à vivre, continue de travailler comme si une terrible menace ne planait pas au-dessus de lui. Il défie le pouvoir judiciaire. Il ne se soumet pas, mais en même temps, il accepte son sort. Tout en se sachant innocent, il cherche les raisons de sa culpabilité.

— Magnifique ! s'enthousiasma Iouri.

— K. ignore la nature du crime dont on l'accuse. Il est face à une organisation d'inspecteurs vénaux, de juges d'instruction stupides dont il ne comprend pas l'action ni les motivations. Un aumônier lui dit par exemple : "*On n'est pas obligé de croire que tout est vrai, il suffit qu'on le tienne pour nécessaire.*"

— Splendide ! » s'extasia Iouri. Et il songea à la phrase du vaillant et vertueux procureur Vychinski : « *Donnez-moi un homme, je vous trouverai un crime.* »

« Le sentiment de culpabilité de K. est si intense, poursuivit Dora, qu'il ne se révolte jamais face à la terreur. L'effroi lié à sa propre et supposée faute le paralyse. Contrairement au héros du roman suivant, *Le Château*, qui refuse de se soumettre à l'ordre du monde, s'insurge et poursuit sa quête contre vents et marées, Joseph K. plie devant la nécessité et se fait l'instrument de sa propre destruction.

— Mais tu ne m'as pas dit qui est véritablement ce héros. Quels sont ses sentiments, ses opinions politiques ? »

Ce n'était pas dit dans le roman. Joseph K. restait un être d'abstraction. Il ne se comportait d'ailleurs pas en véritable héros, paraissait parfois lâche et veule, cynique et opportuniste. La seule qualité que l'on pouvait lui reconnaître était sa bonne volonté. Joseph K. était un être de bonne volonté dans un monde de mauvaise grâce. Un être dont le sort semblait inscrit dès la première ligne du roman et qui se débattait contre la puissance absurde et inique de la loi.

« N'aggrave pas ton cas en t'en prenant à la Loi », prévint Iouri, avant de demander dans quelles circonstances le roman avait été écrit – cette histoire le captivait tant qu'il était convaincu qu'elle était vraie.

Kafka, expliqua Dora, avait commencé la rédaction du *Procès* au retour de Berlin, où il avait rompu avec sa fiancée, avec laquelle il entretenait une longue relation essentiellement épistolaire. Il avait rompu après un terrible entretien, une confrontation plus qu'un entretien où, placé face à ses responsabilités et à son incapacité à s'engager en dépit de ses promesses d'union, il s'était senti comme face à un tribunal devant les quelques personnes conviées à assister à sa rupture. « Le tribunal de l'Askanischer Hof », c'est ainsi qu'il appelait ce triste épisode de sa vie – du nom de l'hôtel où s'était déroulée la confrontation familiale dont il était revenu accablé, plongé dans une sorte de désespoir existentiel dont seule l'écriture du *Procès* finit par le tirer.

« Tu veux dire que, de ce simple et bien ordinaire épisode de rupture de fiançailles, ton Kafka a bâti une œuvre décrivant la grandeur de notre régime ?

— On pourrait le dire ainsi.

— Alors, laissa échapper Iouri, ton Kafka n'était peut-être finalement qu'un grand sentimental. » Et, prononçant ces mots, il songeait à lui.

« Disons que c'était un être sensible, très sensible », fit Dora.

Pendant un instant, ni l'un ni l'autre ne prononcèrent un mot. Une mouche volait autour de l'ampoule nue. L'humidité et le froid de la pièce commençaient à se faire sentir.

« Parle-moi du système judiciaire dans le livre, reprit Iouri.

— Le système est gouverné par des lois absurdes. Un peintre peut délivrer des attestations d'innocence. Il y a cet adage terrible : "Avoir un procès, c'est l'avoir perdu."

L'acte d'accusation reste secret à l'accusé et à l'avocat. La défense n'est pas expressément permise par la loi, elle est seulement tolérée. On croit pouvoir d'emblée déterminer l'issue du procès à la seule tête de l'accusé, dans le dessin de ses lèvres. La condamnation tombe à un moment toujours imprévu. Les auxiliaires de justice sont partout.

— Sur bien des points, fit Iouri, ravi, ce système aura fait ses preuves. Quelle est la fin ? fit-il.

— Un soir, un an jour pour jour après l'accusation, l'avant-veille de son trente et unième anniversaire – il a été arrêté le jour de ses trente ans –, deux bourreaux viennent chercher Joseph K. Dans une carrière abandonnée, au clair de lune, ils l'assoient, la tête posée contre un rocher, l'un d'eux sort un couteau de boucher, l'autre saisit K. à la gorge. K. porte son regard dans le lointain vers une lumière, où se distingue la silhouette d'un individu vers qui vont ses dernières pensées. Le couteau de boucher est enfoncé dans le cœur de Joseph. Les derniers mots du roman sont : "*Comme un chien, dit-il, c'était comme si la honte devait lui survivre.*"

— Extraordinaire ! » lâcha Iouri, et il était au bord des larmes. « Bien entendu, j'aurais quelques réserves à émettre sur la véracité du roman, mais on ne peut demander à un écrivain d'écrire l'absolue vérité, sinon il serait dirigeant du Soviet suprême. Mais à part cela, oui, ton Kafka est un écrivain du réel comme doit l'être l'Écrivain du Parti. Et que dire de la fin ! "*Comme un chien !, dit-il, c'était comme si la honte devait lui survivre.*" On croirait lire un attendu d'un procès de Vychinski ou la une des *Izvestia*. On croirait que ton Kafka est demeuré posté dans ce bâtiment, à prendre note des forces des ténèbres à l'œuvre. Quand la littérature s'invite à la Loubianka, c'est que le monde a atteint les sommets de l'art. Oh, je pensais, en étudiant le dossier Kafka, que Kafka ne pouvait être qu'un écrivain petit-bourgeois, un littérateur décadent qu'il convenait d'éliminer. Mais tu m'as fait changer d'avis, Kafka s'inscrit dans la noble lignée du roman réaliste soviétique. »

Il s'interrompit, fier de la lueur d'espoir qu'il pensait avoir suscitée dans l'esprit de la jeune femme.

« Pour autant, fit-il d'une voix soudain plus sévère et plus grave, ne te réjouis pas trop vite. Je dois porter à ta connaissance la décision des instances du Comité exécutif concernant ta demande d'adhésion au Parti. Sache que la réponse n'est pas celle que tu espérais. »

Il se saisit d'une autre feuille dans le dossier.

« Je te lis l'attendu :

Affaire Dora Lask – active au KPD à Berlin sous le pseudonyme de "Maria Jelen".

Protocole n° 2245. Demande de transfert de la camarade du Parti communiste allemand (KPD) au Parti communiste soviétique (KPDSU).

Le Comité est parvenu à la conclusion suivante : Étant donné que nous n'avons pu avoir de confirmation concernant les activités de Dora Lask, que son engagement politique montre des faiblesses, qu'elle a fait montre d'une totale passivité ces dernières années dans son militantisme clandestin, le transfert au KPDSU est actuellement hors de question et nous nous contentons de confirmer son appartenance au KPD depuis 1930. »

Il posa la feuille et observa sa réaction. Elle avait blêmi. Sans doute avait-elle dû comprendre que l'avis du Comité exécutif n'était pas une simple fin de non-recevoir mais témoignait de la sévérité du jugement du Comité à l'égard de l'ensemble de son activité. Tôt ou tard, songea-t-il, elle finirait par retrouver son mari à la Kolyma. Mais quelque chose, chez cette femme, l'attendrissait. Pour la première fois, il se sentait épris d'un autre sentiment que le devoir et l'intérêt du Parti. Il songea que Kataïev lui trancherait la gorge s'il lisait dans ses pensées. Mais, à cet instant, il se moquait de Kataïev, et de l'intérêt du Parti. Il voulait sauver la jeune femme du destin auquel il la savait promise. Il reprit :

« Camarade, tu as eu aujourd'hui la vie sauve par la seule grâce de l'œuvre de ton premier mari. Mais je dois te confier quelque chose que je ne consignerai pas, que je te demande de garder pour toi à jamais, puisqu'il pourrait nous en coûter à tous les deux. »

Il laissa passer un silence, un peu comme les acteurs qu'il admirait, et un peu à leur manière il s'écria, du ton de voix le plus convaincant qu'il pouvait :

« Camarade Dora Diamant, tu dois partir ! Partir d'ici et vite ! Fuis Moscou, loin, très loin, aussi loin que tu pourras ! Quitte ce pays dès demain, non, n'attends pas demain, cours à la gare en sortant d'ici, prends le premier train pour n'importe où ! La terreur, la grande, une immense terreur va s'abattre sur Moscou, une purge gigantesque au regard de laquelle les grands massacres à la guillotine de Robespierre ne constitueront qu'un agréable souvenir dans les mémoires. Au NKVD, les consignes sont folles. Des dizaines, des centaines de milliers d'ennemis du peuple doivent être réduits au silence. Les exécutions, les déportations de masse sont déjà planifiées. La ville sera vidée de tous ses parasites dont les corps suppliciés iront rougir les glaces de Sibérie. Pars avant que les ténèbres ne tombent sur Moscou. J'ignore pourquoi je te dis cela, je commets sans doute une grave erreur. Tant pis ! Pars ! »

Il traversa la pièce, ouvrit la porte, invita du regard la jeune femme à quitter les lieux. Elle sortit, d'un pas rapide, sans un regard sur lui.

17 septembre 1938

ROBERT

Au loin s'éloignent les côtes anglaises, la terre disparaît dans la brume. Adieu, le vieux continent natal, adieu Budapest sans un regret, adieu Prague dans un soupir, et Berlin, la nausée au cœur. Le *Champlain* accostera à New York dans dix jours. Il imagine les gratte-ciel, l'homme écrasé d'immensités. Berlin s'est abîmé dans la nuit, Vienne a été engloutie en mars, dans quinze jours, Hitler annexera les Sudètes. La France a mobilisé ses troupes. L'URSS s'y apprêterait. Mussolini appelle à négocier. On parle d'une conférence à Munich.

À la proue, sur le pont inférieur, on chante, on pleure, on prie. Les mains posées sur la rambarde, il sent frémir sous ses doigts les vibrations de mille cœurs. Gizelle, restée à Budapest, doit le rejoindre quand elle pourra. On autorise au compte-gouttes. C'est la vie qui semble en sursis.

Klaus Mann est aussi du voyage. Le fils du Nobel est un ami. Quand il a fui le Reich, il s'est réfugié en Hongrie. On a fait connaissance à Budapest. Il y avait une question d'ordre politique, il y avait des problèmes de drogue. Klaus soignait son addiction dans une clinique de la périphérie de la ville. Robert l'a assisté dans son sevrage. La morphine, ça le connaît. Klaus a fini par s'en sortir. Robert n'est pas un assassin.

Gizelle aimait la compagnie de Klaus. Il dînait souvent à la maison. Kafka était à toutes les sauces. Klaus était un fin connaisseur. Il avait publié un fragment inédit du *Procès* et des extraits du Journal. Il préparait une préface à *L'Amérique*. L'Amérique, on ne pensait qu'à ça. Il fallait fuir coûte que coûte. On rêvait d'avoir un visa. On cognait à toutes les portes. L'une d'elles s'était entrouverte. Robert avait eu son sésame. Il avait pris le train pour Paris où il était resté quelques jours. Paris ne parlait que de la guerre. La France avait mobilisé. Robert devait rejoindre l'Angleterre. Le *Champlain* partait de Southampton. Le départ était prévu pour le 17.

Il avait séjourné à Londres où il ne connaissait personne. Il tournait en rond dans la ville. La guerre était dans tous les esprits. Mais un rendez-vous était venu rompre son ennui. Robert devait remettre à Stefan Zweig une lettre de Klaus. Zweig et Mann étaient amis. Le Viennois avait soutenu le fils du Nobel lors de la parution de son premier roman, sans doute plus que Thomas Mann lui-même. Il y avait entre les deux écrivains, le presque sexagénaire parmi les plus célèbres au monde et le jeune avide de reconnaissance, des liens d'affection presque filiaux. Dans sa lettre, Klaus Mann avait écrit :

13.IX.38

Cher Stefan Zweig

Ces lignes vous seront apportées par un de mes amis, le docteur Robert Klopstock. Je ne vous le recommanderais pas si je ne savais qu'un entretien avec lui vous fera plaisir. Il est très intelligent et très agréable – autrement, aurait-il pu être un proche de Franz Kafka ? Et il a une grande sensibilité pour la littérature et pour tout ce que nous aimons. Il se sent un peu seul à Londres. Une heure avec vous lui fera du bien.

Je regrette tellement de ne pas pouvoir être là ! Une vraie malédiction pèse sur mes séjours en Angleterre – qui ne se concrétisent jamais ! Le 17, j'embarque sur le *Champlain* pour rentrer directement à New York... M'y écrirez-vous un mot à l'occasion ? Mon adresse : c/o William B. Feakins, 500 Fifth Avenue. Et nous reverrons-nous avant la catastrophe mondiale ? Désormais, moi aussi je la juge inéluctable, alors que je ne voulais pas y croire : surtout après avoir entendu hier cette brute se livrer à une orgie d'insultes sur les ondes. Ici, on est très nerveux, mais confiant et calme. À Berlin, l'atmosphère est sans doute en apparence plus animée, mais intérieurement plus inquiète...

Tous mes vœux, pour vous et pour votre travail.

Votre fidèle et dévoué

Klaus Mann

Klaus avait beau apprécier Zweig, il se montrait critique sur son style, qu'il jugeait clinquant. Il considérait le Viennois comme un écrivain de second ordre. Robert était moins sévère. Il trouvait les biographies un peu oiseuses, il aimait les nouvelles. Pour autant, il devait l'admettre, Zweig était aux antipodes de Kafka. Un romancier du XIXe égaré au XXe siècle, quand Franz était la modernité incarnée. Cette rencontre à Londres constituait cependant un événement à ses yeux. Sur le chemin du 47 Hallam Street, il songeait : À vingt ans, j'ai rencontré le plus grand écrivain du siècle, à quarante, le plus célèbre. J'aurai vu les deux bords de la création.

Zweig le reçut avec les honneurs. On fuma un cigare, un thé des meilleurs fut servi par la compagne de l'écrivain, une jeune femme de trente ans sa cadette, ayant prononcé à peine trois mots et dont il avait oublié le prénom. Le Viennois se montra affable. Robert avait raison de quitter l'Europe, la situation allait encore empirer, la guerre était pour demain. L'Anschluss était comme un tombeau. Il avait été un des premiers à partir. À l'époque, on le traitait de lâche. Quand il avait voulu vendre sa demeure du Kapuzinerberg, son épouse avait crié au fou. Mais il fallait être viennois pour prophétiser le massacre de masse à venir. L'heure du massacre était advenue.

« Le rêve de domination universelle a toujours existé dans le subconscient du peuple allemand, poursuivit-il. Hitler ne l'a pas inventé. »

Il déclara, la mine encore plus fermée :

« Il est toujours injuste de comparer un malheur à un autre. On peut dire cependant que la tragédie du judaïsme autrichien dépasse encore, dans sa cruauté, celle des juifs allemands. En Allemagne, la privation de leurs droits et l'appauvrissement forcé se sont produits progressivement. Plusieurs années durant, on leur a laissé le temps de s'y faire, de préparer lentement une émigration. En Autriche, c'est en une seule semaine, en un mois tout au plus, que le coup fatal a arraché des centaines de milliers d'êtres à leur existence pour les plonger dans une misère effroyable. » Il s'interrompit un instant. Puis il déclara, agité dans la parole et dans le geste : « C'est pourquoi il faut qu'on leur vienne en aide deux fois plus vite. Les accusations et les protestations sont inutiles. Il va falloir réinstaller dans d'autres pays ces centaines de milliers, ce quart ou plutôt ce demi-million de juifs qui ont vu leur sol natal se dérober sous leurs pieds ; jamais les juifs n'ont eu à affronter une tâche plus difficile au cours de leurs deux mille ans d'histoire. »

Le Viennois évoqua une conférence internationale pour sauver les enfants, puis il en vint à tout autre chose, un projet personnel qu'il nourrissait depuis quelques semaines – et tout cela sembla soudain terriblement vain et dérisoire à Robert :

« Face à cette urgence intellectuelle et morale m'est venue l'idée de créer une collection de livres qui seraient bon marché. Chaque volume coûtera un shilling anglais. L'impact d'une telle collection peut être immense et empêcher l'identification de la culture allemande avec la propagande nationale-socialiste. Ne perdons pas de temps, car le temps ne travaille pas pour nous. »

Mais assez parlé politique ! Il désespérait de la politique. Elle était responsable du malheur du monde. « Si j'en crois la lettre de Klaus, vous étiez proche de Kafka ? » Zweig avait lu Kafka. Il connaissait bien Brod à qui il avait même acheté le manuscrit de plusieurs lettres de l'écrivain praguois. Mais il voulait en savoir plus sur l'homme, en savoir plus sur sa fin. Robert resta évasif. Par politesse, il s'enquit ensuite auprès du Viennois de ce sur quoi il travaillait. Zweig répondit avoir terminé une biographie de Magellan. Maintenant il s'attaquait à un roman, en quelque sorte son premier. Il avait terminé une première version de ce qu'il intitulerait peut-être « la pitié dangereuse ». Il indiqua d'un geste de la main un épais paquet de pages posé sur son bureau. Il expliqua que, de ces mille feuillets, il ne garderait que trois ou quatre cents. C'était ainsi qu'il écrivait, en traquant l'inutile.

« Toutes les redondances, toutes les mollesses, tout ce qui est superflu et retarde le mouvement m'irrite. Seul un livre qui se maintient à chaque page et vous entraîne tout d'un trait jusqu'à la dernière sans vous laisser le temps de respirer me donne un plaisir sans mélange... Au cours de la première rédaction d'un livre je laisse courir librement ma plume et je mets en récit tout ce que j'ai sur le cœur. Le travail véritable débute alors, celui de la condensation et de la composition, un travail que je poursuivrais indéfiniment, de version en version. Tandis que la plupart des auteurs ne peuvent se résoudre à taire quelque chose de ce qu'ils savent, mon ambition à moi est d'en savoir toujours plus long qu'il ne paraît au-dehors. Ce processus de condensation et en même temps de dramatisation devient une sorte de chasse joyeuse, qui consiste à trouver encore une phrase ou encore un mot dont l'absence accélérerait le mouvement. De tous mes travaux, celui de supprimer m'est en somme le plus agréable. Si quelque chose explique dans une certaine mesure le succès de mes livres, c'est cette discipline qui m'impose de me borner toujours à l'absolument essentiel. »

La compagne de l'écrivain apporta d'autres cigares. Zweig reprit la parole, cette fois à nouveau grave. Il voulait quitter Londres. Il ne supportait plus la ville, aucune capitale ne trouvait grâce à ses yeux, sinon peut-être Paris. L'animation, le bruit, les rencontres incessantes l'empêchaient d'avancer dans l'écriture. Il avait toujours détesté les grandes villes. Il s'était établi à Salzbourg plutôt qu'à Vienne. Il déménagerait bientôt de Londres à

Bath. Il songeait aussi à quitter l'Angleterre. Peut-être aller en Amérique ? Ici, on n'était que toléré. Il se méfiait de Chamberlain. Mais supporterait-il New York ? Il y avait déjà séjourné. Y vivre, ce n'était pas pareil. On s'y reverrait peut-être. On reparlerait de Kafka. Il aimerait en savoir plus. L'heure vint alors de se séparer. Robert rentra à l'hôtel. Sur le chemin du retour, il ne savait quoi conclure de sa rencontre. Le Viennois n'était pas antipathique, très intelligent sûrement. Mais quelque chose en lui le gênait. Son côté démonstratif, une forme de suffisance sous des allures de légèreté. Et cette angoisse, presque mortifère, qu'on sentait planer derrière la volonté de plaire.

Il contemple l'horizon, la mer inondée de lumière. Il veut descendre sur le pont inférieur, se fondre dans la masse, rire, chanter, pleurer. Dans dix jours, ce sera New York. Un grand pan de sa vie s'achève. Il songe au roman de Kafka. Il connaît par cœur les premières phrases de *L'Amérique*. Il les murmure pour lui-même :

« *Lorsque, à seize ans, le jeune Karl Rossmann, que ses pauvres parents envoyaient en exil parce qu'une bonne l'avait séduit et rendu père, entra dans le port de New York sur le bateau déjà plus lent, la statue de la Liberté, qu'il observait depuis longtemps, lui apparut dans un sursaut de lumière. On eût dit que le bras qui brandissait l'épée s'était levé à l'instant même, l'air libre soufflait autour de ce grand corps.* »

Il fouille du regard le lointain. Plus aucune terre à l'horizon. Le vent fouette son visage. Il sent l'air libre souffler sur son corps.

15 mars 1939

OTTLA

« *À six heures trente ce matin, les troupes allemandes ont franchi la frontière. Elles marchent maintenant sur Prague. Restez calmes. Rendez-vous à votre travail. Envoyez les enfants à l'école...* »

Assise dans le salon, sur une chaise près du buffet où est installé le poste de TSF, Ottla écoute les nouvelles, silencieuse, immobile.

« Tu as les larmes aux yeux, tu pleures ? lui a demandé son mari, avant de quitter l'appartement. Moi, je respecte les consignes, je pars au travail. Au revoir, Ottla.

— Au revoir », a-t-elle lâché.

Parfois un long grésillement remplace la voix du speaker. Elle tourne un bouton de l'appareil puis l'autre, replace le premier dans sa position d'origine. Le grésillement finit par s'interrompre.

« *Je répète : Les troupes allemandes ont franchi la frontière à six heures trente ce matin. Maintenant elles marchent sur Prague...* »

Le vendeur lui avait assuré que l'appareil fonctionnerait parfaitement. « Une merveille, disait-il, un Braun, il n'y a pas mieux, un Phono-Super de 1937, admirez ce bois, du noyer, touchez ces chromes, on dira ce qu'on voudra sur Hitler mais les Allemands savent y faire, sinon, nous avons le modèle Elektra de chez Nora, mais il ne dispose pas du gramophone, n'hésitez pas trop, on se les arrache. »

Elle se rappelle que les juifs de Vienne ont été sommés de rendre leur poste TSF peu de temps après l'Anschluss, cela remonte à un an, maintenant, presque jour pour jour, le 12 mars 1938. Elle revoit les images du Führer acclamé sur l'Heldenplatz, cent mille bras qui se tendent. Depuis des mois, elle n'a plus de nouvelles de ses amis, les Fischer.

L'achat du poste a constitué une source de dispute entre son mari et elle. Dans l'esprit de Joseph, un tel achat pouvait attendre, le journal du matin suffisait amplement. Elle n'était pas de cet avis. Elle était rarement d'accord avec lui. Cela durait depuis le début de leur union, leur mésentente s'était aggravée au long des années. « *Je comprends très bien ton besoin de garder des distances avec lui* », lui écrivait déjà Franz. « Tu ne pourras pas dire que nous ne t'avions pas prévenue », surenchérissait son père. Joseph la trompait, c'était certain. L'aimait-elle encore ? Elle l'ignorait. L'avait-elle jamais aimé ? À vingt ans, sait-on ce que l'on fait, a-t-on seulement une idée de ce qu'est la vie ? À vingt ans, sa vie était une bravade. Et aujourd'hui, sa fille Vera va sur ses dix-neuf, et Helena, sur ses seize. Elle-même aura bientôt vécu un demi-siècle. Quand elle avait vingt ans, cela lui paraissait une éternité et aujourd'hui il lui semble n'avoir rien vécu.

Elle avait fini par convaincre Joseph de cet achat ruineux, dans ce grand magasin où deux couples se pressaient derrière eux et observaient d'un regard envieux le dernier Braun qui restait. Il y avait consenti comme malgré lui. Il acceptait toujours à contrecœur. À vingt ans, on fait n'importe quoi.

Vera est partie ce matin au lycée quand Helena s'est laissé convaincre de rester dans l'appartement.

Elle a passé la nuit à écouter le speaker commenter la rencontre entre le Führer et le président tchèque, insister sur le fait qu'Emil Hacha ne céderait rien à Hitler, la France et l'Angleterre avaient compris la leçon de Munich, la Nuit de cristal avait ouvert les yeux sur la nature du régime nazi. Les démocraties ne reculeraient plus !

Écoutant les nouvelles, elle songe aux Fischer. En avril, les juifs viennois avaient été contraints de déménager de leur appartement pour être parqués en périphérie de la ville. « Et si, poursuit le speaker, l'on ne peut compter sur l'Angleterre, puisque Chamberlain affiche une telle constance dans l'ignominie et la lâcheté, la France ne laissera pas faire, Daladier n'est pas Chamberlain, la France est notre alliée depuis 1924, les traités signés nous engagent. » Un souvenir lui revient. Son père, des années auparavant, est assis dans la cuisine, plongé dans la lecture du journal. Il lui demande ce qu'elle pense de l'accord franco-tchèque d'assistance que viennent de signer Benes et le gouvernement français. Elle aimerait retourner en ce temps-là, quand son père lui parlait, quand Franz était encore de ce monde. Mais la vie avait passé, emporté les vivants et effacé les traités. Hermann et Julie avaient traversé la fin de leur existence, lui torturé par le remords, elle brisée de chagrin, ils s'étaient laissé entraîner par la maladie, presque soulagés d'en finir, ne montrant plus de goût à rien, calfeutrés dans la peine, Franz hantant leurs souvenirs, des jours sans tendresse et sans joie, vécus dans une douleur sans nom, en proie à un désespoir infini, ils attendaient la mort.

Depuis quand n'a-t-elle pas été déposer une pierre sur leur tombe ?

« Madame, s'il vous plaît...

— Oui, Else.

— Je dois préparer le dîner de ce soir pour quatre ?

— Oui, Else, s'il vous plaît.

— Merci, madame. »

Ce matin, à son réveil, la Tchécoslovaquie n'existait plus. Dans la nuit, le Führer avait fait plier le vieux président à Berlin en le laissant attendre des heures avant de le recevoir, en le menaçant physiquement. Le vieil homme, au bord de l'épuisement, avait accepté sans conditions toutes les exigences formulées. À six heures trente ce matin, les troupes allemandes avaient franchi la frontière. L'allocution du vieux président emplit la pièce maintenant :

« *Après un entretien avec le chancelier du Reich et après un constat de la situation, j'ai décidé de remettre le sort de la nation et de l'État tchèque entre les mains du leader du peuple allemand.* »

Le sort de la nation, les clés de son destin et du destin des siens se trouvent désormais entre les mains d'Hitler. Elle songe aux vieux juifs viennois molestés le soir de l'arrivée des Allemands à Vienne, contraints de frotter le pavé, les femmes juives sur lesquelles on crache – il y a un an, jour pour jour ou presque, un pogrom gigantesque a suivi l'entrée des Allemands dans Vienne. Maintenant c'est au tour de Prague, son tour à elle de frotter le pavé sur la place de l'hôtel de ville. Elle revoit les images de la Nuit de cristal qui a succédé à la prise de Vienne, six mois après seulement, les flammes consumaient le toit des synagogues, les milliers de juifs internés. Les troupes allemandes marchent sur Prague, et sa fille est dans la rue. Que fait sa fille dans les rues de Prague quand les Allemands sont dans la ville ? À vingt ans, on fait n'importe quoi. La radio diffuse maintenant un discours d'Hitler, qui, explique le speaker, date de novembre dernier, à l'époque des accords de Munich. Le Führer, à qui le président tchèque vient de confier les clés de la ville et le sort de la nation tchèque, clamait, à Nuremberg, devant une foule en liesse :

« *Je parlerai maintenant de la Tchécoslovaquie. Cet État est une démocratie, c'est-à-dire qu'il fut fondé selon des principes démocratiques, une démocratie dans laquelle, sans le leur demander, on a obligé la grande majorité de ses habitants à participer à sa construction. Comme pure démocratie, on commença, dans cet État, à opprimer et à maltraiter la majorité de ses habitants et à leur contester leurs droits vitaux. Parmi les nationalités qui sont opprimées dans ce pays, je trouve toutefois aussi trois millions et demi d'Allemands. Les Allemands sont des créatures de Dieu. Ils n'ont pas été créés pour être livrés à un pouvoir étranger par le traité de Versailles. Mais Dieu n'a pas créé non plus sept millions de Tchèques pour qu'ils puissent les opprimer, les violenter.* »

Elle en a assez entendu. Elle se lève, ouvre la fenêtre. Comme toujours à cette heure une foule dense serpente sur le trottoir, masse d'hommes et femmes qui se rendent au travail, costumes gris et robes printanières, une nuée de chapeaux et de hauts-de-forme défilent à ses pieds, des enfants, leur cartable à la main, traversent en rangs bien ordonnés sous l'œil d'un policier qui règle la circulation avec des gestes pleins d'autorité. Des voitures se fraient un chemin à travers les passants entravant le passage. Des jeunes gens roulent à bicyclette. Tout semble sage et plein d'allant, un jour bien ordinaire, ce mercredi 15 mars 1939. Elle contemple la rue, elle n'en croit pas ses yeux, tous ces gens qui avancent, tout ce peuple pressé, ces hommes sur leur trente et un, ces femmes apprêtées, ces enfants sages, ont-ils seulement conscience de ce qui les attend ? Mais quelque chose a changé. D'ordinaire, à cette heure, un vibrant brouhaha monte de la ville. Ce matin, la rue est presque silencieuse. On croirait les acteurs d'un film muet. La peur a conquis les esprits. C'est l'aube d'un temps nouveau.

Elle referme la fenêtre, traverse le salon, se saisit du magazine posé sur le buffet, s'assoit sur le canapé. Elle doit s'aérer l'esprit. Elle réfute l'idée que les Allemands puissent faire d'elle une paria, refuse de devoir frotter les pavés de la place de l'hôtel de ville sous la menace des SS, elle préfère croire qu'aujourd'hui est un jour comme un autre. Comme tous les jours, elle lira quelques pages du *Pritomnost*. Elle n'en manque pas un numéro, apprécie tout particulièrement les éditoriaux de Peroutka, et les critiques théâtrales de Karel Capek, et bien évidemment ce qu'elle ne manque jamais, c'est la chronique de Milena. Lire les articles de Milena Jesenska lui fait renouer avec le passé, fût-ce un passé aux accents douloureux, c'est réentendre Franz lui demander conseil sur le fait de rejoindre la jeune femme à Vienne, lui confier la douleur du manque et de l'absence, puisque son frère n'eut jamais de secret pour elle, qu'ils s'aimaient comme jamais frère et sœur ne s'aimèrent. Lire Milena, c'est réentendre le fracas de tempête des amours impossibles :

« *Il se fait déjà tard, Milena, c'est la fin d'une journée, malgré tout un peu sombre. Demain, je n'aurai sans doute pas de lettres de toi ; j'ai celle de samedi ; une de dimanche ne pourrait arriver qu'après-demain ; la journée ne subira donc pas l'influence directe d'une lettre. C'est curieux, comme tes lettres m'aveuglent, Milena, telle est ta puissance : au lieu que mon inquiétude augmente parce que je sens qu'en te taisant tu veux me cacher quelque chose, je reste calme, tant est grande la confiance que j'ai en toi. Je me dis que si tu me caches quelque chose, c'est que tu as raison de me le cacher.* »

Il lui est arrivé de croiser Milena au hasard d'une rue, à la terrasse d'un café – Prague est un village. On se saluait chaleureusement. On se donnait les dernières nouvelles. Et elle avait appris au fil des rencontres qu'après la mort de Franz Milena avait divorcé d'avec Ernst Pollak puis qu'elle avait vécu à l'étranger avec un original, aristocrate et communiste. Séparée de lui, elle était revenue vivre à Prague, s'était mariée avec un architecte, avait eu une fille. Mais jamais, ni l'une ni l'autre ne trouvaient la force d'évoquer la mémoire du disparu.

« *C'était un homme et un artiste doué d'une conscience si sensible qu'il entendait là où les autres, les sourds, se sentent faussement en sécurité* », avait écrit Milena à la mort de Franz.

Elle feuillette le *Pritomnost* en date du 8 mars. Elle tombe sur la chronique signée Milena Jesenska. L'article s'intitule « Un bon conseil ».

Depuis Munich, bien des choses ont changé chez nous. À la longue, cette évidence me semble un peu fastidieuse.

> J'attends avec quelque impatience le jour où tout article pourra cesser de s'appuyer sur cette donnée évidente, où tout le monde aura compris ceci : nous ne voulions pas ce qui est arrivé, c'est arrivé quand même et nous y voilà... Peut-être viendra-t-il un jour où non seulement nous autres qui vivons Munich dans notre chair, mais aussi tous ceux qui nous observent à l'étranger comprendront que quelque chose a été bouleversé ici. L'ancienne Tchécoslovaquie a été amputée d'un tiers de son territoire, des centaines de milliers de citoyens sont restés de l'autre côté de la frontière... Il semble cependant que notre petit pays, qui a connu tant de vicissitudes au cours des derniers mois, n'a pas fini d'intéresser le monde...

Elle n'a pas la force d'aller jusqu'à la fin de l'article. Il date de la semaine précédente mais semble appartenir à un passé lointain. « *Notre petit pays* » n'existe plus, songe-t-elle. Le téléphone sonne, elle va décrocher.

Sa sœur Valli est à l'autre bout du fil. Les nouvelles la terrorisent. Elle demande ce qu'il faut faire. « Où devons-nous aller, Ottla, toi qui penses toujours à tout, as-tu pensé à cela ? As-tu au moins une idée ? Les juifs sont-ils réellement menacés par les nazis ou tout cela, est-ce juste de la propagande ?

— Il ne faut pas paniquer, répond-elle, d'une voix calme qui la surprend elle-même. Nous ne sommes pas les juifs autrichiens. Nous ne sommes pas les juifs allemands.

— Mais nous sommes juifs ! s'emporte Valli. Et ce sont les juifs qu'Hitler a pour ennemis, les juifs avec lesquels il veut en finir !

— Il y a un monde des paroles aux actes.

— Tu crois ?

— Oui, je crois. »

Cela l'apaise de mentir ainsi.

« Explique-moi pourquoi Hitler s'en prendrait aux juifs allemands, aux juifs viennois et pas aux juifs de Prague ?

— Je ne sais pas, répond-elle.

— Comment ça tu ne sais pas, Ottla ? Maintenant tu ne sais pas, et juste avant, tu savais. Il faut choisir, Ottla ! Sinon, comment veux-tu que je sois rassurée ? Si je ne suis pas rassurée, je deviens folle ! D'habitude tu as réponse à tout, et là, tu dis que tu ne sais pas ! Comment peux-tu ne pas savoir ? Tu as au moins un avis sur la question. Souviens-toi, tu as toujours un avis sur tout ! Évidemment, pour toi, c'est facile, Ottla, ton mari n'est pas juif, tes enfants ne le sont qu'à moitié. Les lois anti-juives sont moins sévères pour les enfants seulement à moitié juifs. Les *Mischlinge*, disent-ils. Tu imagines qu'ils ont inventé un nom pour qualifier tes enfants. Tes enfants à moitié juifs. Mais nous, mes enfants, mon mari, même moi, nous sommes entièrement juifs, nous n'avons aucune part à sauver, qu'allons-nous devenir ? Peux-tu me le dire, Ottla ? Tu dis "je ne sais pas", mais tu sais très bien, tu sais bien ce qui est advenu aux Grumberg à Francfort. On a dit à Elsa Grumberg qu'Arthur s'était suicidé peu de temps après son internement. Pourquoi Arthur Grumberg se serait-il suicidé, c'était la joie de vivre incarnée ! Tu le sais, tout cela, et tu dis que tu ne sais pas ! Toi qui as toujours été la plus courageuse d'entre nous, la plus forte, tu ne dis rien, alors que les Allemands vont entrer dans Prague !

— Valli, j'ai eu des nouvelles de Max Brod.

— Pourquoi ne commences-tu pas par ça ? Oh, tu

finiras par me rendre vraiment folle ! Max a réussi à prendre le train ?

— Hier soir, le tout dernier qui partait de la gare Wilson pour Cracovie. Il pense pouvoir rejoindre Tel Aviv depuis Constanza. Il a obtenu un des mille visas accordés par les Britanniques pour la Terre sainte. Seulement mille, tu imagines, on dit qu'il y a des dizaines de milliers de demandes ! Les Anglais nous sauvent au compte-gouttes. Max appelait d'un village proche de la frontière. Il était passé. Avant que les Allemands ne ferment la frontière.

— Tant mieux, tant mieux, oh, enfin une bonne nouvelle ! Max est tiré d'affaire ! Tu vois que tu peux donner de bonnes nouvelles quand tu veux !... Dis, Ottla, est-ce que nous aurions dû faire comme Max ? Tu crois que nous aurions dû partir ?

— Qui peut dire ce que nous devons faire ? Et puis, pouvions-nous seulement partir ? Quel pays voudrait de nous ? L'Angleterre ferme ses portes, et les portes de la Palestine.

— Tu oublies la France, moi, je veux aller en France ! Ou plus loin encore, il faut aller en Amérique !

— L'Amérique ne délivre pratiquement plus de visas.

— Tu ne sais qu'annoncer des catastrophes... Qu'allons-nous devenir, Ottla ? Où veux-tu que nous allions s'il n'y a nulle part où aller ?

— Je ne sais pas, Valli.

— Tu recommences à ne pas savoir, Ottla ! Tu continues à me rendre folle ! Je te rappellerai tout à l'heure. Je préfère écouter mon mari. Lui, il dit que ce n'est pas possible que les Allemands entrent dans Prague. Il dit qu'ils vont rebrousser chemin. Il dit que le monde ne peut pas nous laisser entre leurs mains... Ottla, pourquoi tu ne dis plus rien ? Ne me laisse pas ainsi, je ne suis pas comme toi, je suis fragile, moi, je ne peux pas rester sans savoir ! »

Elle mûrit un plan depuis des mois déjà pour mettre ses filles à l'abri. L'idée est très simple. Il s'agit de divorcer d'avec son mari, puisque son mari n'est pas juif. Elle lui laissera ses filles. Elle pense qu'abandonner ses filles qui ne sont qu'à moitié juives leur évitera le sort réservé aux juifs. Elle abandonnera ses filles pour les sauver. Elle se dit : Si j'enlève la part entièrement juive de la famille, c'est-à-dire ma part, j'enlève l'intérêt des SS pour ma famille et je la sauve. Il lui suffira, quant à elle, de disparaître.

Elle songe à Max, en passe d'être sauvé. Au téléphone, il l'a rassurée sur le fait qu'il avait emporté avec lui tous les manuscrits de Franz. Deux malles remplies de documents. Les lettres sont épargnées, la correspondance avec Franz, et les cahiers, les carnets de notes, tout ce que Max a pu rassembler, les originaux des romans… Max ne permettra pas qu'à nouveau la Gestapo emporte les restes de ce trésor que la naïveté de Dora avait déjà fait perdre en partie. Max a passé la frontière. L'œuvre de Franz est sauvée. La mémoire de Franz est sauvée. Oh, combien son frère lui manque en ce jour ! Combien sa présence aurait été salvatrice. Qu'aurait-il décidé de faire ?

« Maman ?

— Oui, Helena.

— Vera n'est pas encore rentrée ?

— Elle ne va sans doute pas tarder. Ne sois pas inquiète, ma chérie.

— Oh, je ne suis pas inquiète, mais...

— Mais quoi, ma chérie ?

— Mais les Allemands vont entrer dans Prague, n'est-ce pas ?

— Ne crois pas ces bêtises, ma chérie.

— Ils ne vont pas entrer ?

— Peut-être, mais que peuvent-ils contre nous, ma chérie ?

— Tu sais ce que répète Siegfried à mon lycée ?

— Je t'ai déjà dit de ne pas fréquenter Siegfried.

— Je ne le fréquente pas, mais il dit à tout le monde que bientôt, ici, ce sera le Reich et que l'on fera ici ce qu'on a fait aux juifs en Allemagne. Et il répète que ce ne sera que justice depuis le temps que les juifs règnent sur Prague et oppressent les Allemands de Prague.

— Tu as déjà oppressé un Allemand, toi ? Et est-ce que tu crois que ton oncle Franz ou ton grand-père Hermann ont déjà oppressé un Allemand de Prague ?

— Non, bien sûr.

— Alors de quoi as-tu peur, ma chérie ?... S'il te plaît, cesse d'écouter Siegfried.

— Je ne l'écoute pas, mais je ne peux pas m'empêcher de l'entendre dire au reste de la classe que je ne suis qu'une sale juive. Et qu'un jour, moi aussi, je n'aurai que ce que je mérite.

— Siegfried n'est qu'une crapule inculte et tu mérites seulement le plus grand bonheur du monde, ma chérie.

— Merci, maman. Mais c'est compliqué pour moi d'expliquer à mes camarades que je ne suis pas une sale juive. Je veux dire, à part Ethel et Grete, bien sûr.

— Tu n'as rien à expliquer, Helena. Ne perds jamais ton temps à te justifier de quoi que ce soit.

— Promis, maman... Dis, est-ce que demain je pourrai retourner au lycée ?

— Oui, ma chérie. C'est juste qu'aujourd'hui j'ai préféré que tu restes à la maison.

— Tu avais peur que les Allemands entrent dans Prague ?

— Nous n'avons à avoir peur de rien, ma chérie. Ne sois pas inquiète, retourne étudier dans ta chambre, il faut que tu rattrapes les cours auxquels tu n'as pas pu assister. »

Else entre dans la pièce. Elle dit qu'elle vient faire la poussière. La radio diffuse un poème symphonique, une musique de Smetana, reconnaît-elle. La musique s'interrompt soudainement. La voix de Frantisek Kocourek, le reporter de la Radio nationale, résonne. Il dit se trouver sur la place Venceslas :

« *Il est huit heures trente-cinq et les Allemands sont entrés dans Prague. Tout cela est comme un rêve épouvantable. Qui d'entre nous aurait cru il y a une semaine qu'un défilé pareil puisse être la réalité ici, à Prague, sur la place Venceslas ? Après des soldats de la Wehrmacht, on voit arriver des unités motorisées. Des véhicules militaires transportant des canons antiaériens géants. La roue de l'histoire tourne, et personne ne peut l'arrêter...* »

« Madame ?

— Oui, Else.

— Pourrai-je partir un peu plus tôt, aujourd'hui ?

— Bien entendu, Else. Aujourd'hui est un jour particulier.

— C'est que ce matin, au moment de partir, mon père m'a dit que les Allemands étaient entrés dans le pays et que, à son avis, Hitler pourrait célébrer notre victoire dès cet après-midi. C'est en tout cas ce qui se disait cette nuit dans les cercles des Allemands de Prague, au Parti dont mon père est membre. Mon père a dit aussi que si Hitler vient à Prague, cet après-midi, il pourrait faire un discours au château ou sur la place Venceslas. Il a dit aussi que ce n'est pas tous les jours que la chance nous sera donnée de voir le Führer, et que je ne devrais manquer cela pour rien au monde... Et il y a autre chose que je dois vous dire aussi...

— Je vous en prie, Else.

— Je vais devoir quitter définitivement mes fonctions. Mon père me l'a dit ce matin, en partant au travail. Il a dit que Prague va faire partie du Reich et que dans tout le Reich, depuis des années déjà, la loi interdit à un aryen de travailler pour un juif. Or comme nous sommes aryens et que, selon toute évidence et même si vous n'y faites jamais allusion devant moi, vous êtes juifs, alors il va falloir respecter la loi.

— Je comprends, Else.

— Merci, madame. Je peux disposer ?

— Oui, Else, mais j'aimerais que vous quittiez la maison sur l'heure.

— Vous me congédiez ?... Mon père sera furieux, si vous me mettez à la porte ! Je n'ai jamais été mise à la porte !

— Vous direz à votre père qu'il y a un début à tout.

— Mais...

— Il n'y a plus de mais, Else, vous pouvez disposer. »

La jeune femme tourne les talons et quitte la pièce. À la radio, Frantisek Kocourek explique que, durant la nuit, dans la région des Sudètes, la synagogue de Teplitz a été incendiée. Elle songe à tous les temples de Prague, à la synagogue Pinkas où son frère aimait aller entendre les chants joyeux des pieux hassidim, à la synagogue Alt-Neu, où il avait fait sa bar-mitsva. Brûleront-elles aussi ?

Elle éteint le poste de radio. Elle retourne à la fenêtre. La rue est maintenant presque déserte. Le peuple de Prague semble s'être dispersé comme une nuée de moineaux quitte les branches d'un arbre après un coup de fusil. Elle songe à ses filles, à ses sœurs, à leur avenir barré par les bataillons de SS, sur la place Venceslas. Elle éprouve un soudain et honteux soulagement à ce que sa mère et son père n'aient pas à connaître le sort des vieux juifs viennois.

Elle veut s'octroyer un instant de répit, respirer un ultime air de liberté. Elle pense à son frère. Et c'est alors comme si Franz était auprès d'elle. Il lui murmure à l'oreille des mots de réconfort, soigne son âme blessée. Prague est redevenue Prague et tout est enfin calme. Son frère est auprès d'elle, comme jadis quand le monde leur appartenait, que l'on riait aux larmes. Aucun bruit ne résonne. Son frère veille sur elle, elle n'a plus rien à craindre, elle ne redoute rien.

Elle regarde vers le ciel et elle sourit aux anges.

1941

DORA

En fin d'après-midi, une fois son travail terminé, elle aimait se rendre sur cette hauteur. Elle s'installait confortablement sur le plaid qu'on lui avait accordé d'emprunter à l'hôtel où elle faisait le ménage et dont l'étoffe était si rapiécée qu'aucun des rares clients n'en voulait. Assise sur ce coin d'herbe rase, le vent glissant sur son visage, elle contemplait le fracas des vagues qui battait la falaise. En contrebas, l'alignement grâcieux des maisonnettes de la rue principale de Port Erin prodiguait un coin d'immobilité charmante.

À la clarté déclinante du jour, la brume dévalait des collines. L'horizon se creusait, le vent était plus froid, une sterne passait dans le ciel, d'autres grands oiseaux blancs plongeaient subitement dans la houle puis ralliaient la lumière, comme arrachés à l'écume.

Elle revoyait alors la traversée en bateau qui l'avait conduite ici. Les vagues déchaînées, les cabines de troisième classe de ce vieux rafiot où sa fille et elle avaient dû s'entasser au milieu de centaines d'autres réfugiées juives sous la stricte surveillance des soldats de la Couronne britannique. Et elle se demandait si elle avait vécu toutes ces vies pour finir ses jours sur une lande de terre entourée de barbelés, perdue dans la mer d'Irlande.

Elle refaisait en pensée le voyage depuis Moscou et se réconfortait en pensant qu'elle avait eu de la chance, une chance énorme, incroyable série de miraculeux caprices du sort. Elle se disait aussi : Tout le monde n'a pas eu ma chance. Elle songeait à Bedzin, aux premiers jours de la guerre, à l'arrivée des troupes allemandes. On lui avait raconté la chose, elle n'avait pas cru cela possible, elle s'était dit, non, même les Allemands ne sont pas capables d'une telle monstruosité, elle savait pourtant parfaitement de quels crimes étaient capables les Allemands, elle les avait vus à l'œuvre, à Berlin, mais une telle monstruosité, elle ne pouvait penser la chose possible. Encore aujourd'hui, des mois plus tard, quand ce récit des pires horreurs avait été confirmé par de multiples sources concordantes, il lui arrivait de ne pas parvenir à croire que cela ait pu se produire ainsi. Sa famille entière brûlée vive, elle ne parvenait pas à y croire. Elle ne pensait pas possible que quelques jours après leur arrivée à Bedzin, dans la nuit du 8 au 9 septembre 1939, les Allemands aient regroupé deux cents juifs dans la grande synagogue de la ville. Il y avait là ses frères et sœurs, et les enfants qu'avait eus son père avec sa seconde épouse, toute la famille Diamant sauf elle avait été réunie, au milieu d'autres familles, dans la synagogue. Les Allemands avaient refermé la grande porte, non sans l'avoir puissamment condamnée. Après quoi, ils avaient incendié les lieux. Sa famille entière avait péri calcinée.

Sa seule consolation résidait dans le fait que son père était mort un an avant l'arrivée des Allemands. Son père n'avait pas été brûlé vif dans la synagogue où il emmenait prier ses enfants. C'est ainsi qu'elle se consolait du fait que les Allemands avaient assassiné par le feu sa famille entière, dans la nuit du 8 au 9 septembre 1939, aux premiers jours de la guerre, à Bedzin.

Même sur cette terre désolée perdue au milieu de la mer d'Irlande, elle ne pouvait se plaindre. Elle avait su quitter l'URSS avant que le NKVD ne l'arrête. Avec sa fille, elle avait fui l'Union soviétique comme avant elles avaient fui Berlin. La vie est-elle une éternelle fuite ?

Depuis Sébastopol, elle était montée dans une succession de trains, avait vu une infinité de paysages, traversé la Crimée, la Roumanie et la Serbie, la Croatie et l'Italie. La Suisse était sa destination finale. La Suisse était un havre de paix. En Suisse, on serait sain et sauf. Mère et fille, Marianne et elle. En Suisse on cesserait de fuir. La vie recommencerait, sur le lac de Genève ou dans les hautes Alpes, la vie à l'air pur, on respirerait enfin, elle et sa fille. Mais les Suisses les avaient refoulées, mère et fille. La Suisse avait déjà son lot de réfugiés juifs. La Suisse les avait repoussées du côté de la France. On était acceptées en France. La France était une terre d'asile, le pays de la liberté. Mais elle pressentait qu'il ne fallait pas rester en France. Elle avait vu le Reich à l'œuvre. Elle pensait que le Reich écraserait la France. D'instinct, elle avait filé vers Dunkerque avec l'idée de passer en Angleterre. Elle voyait l'Angleterre comme le terminus heureux de la traversée de l'Europe.

De Dunkerque, à cinq reprises, elle avait tenté de pénétrer en Angleterre. Chaque fois, elle avait été refoulée. Les Anglais expliquaient qu'ils ne pouvaient pas accepter davantage de juifs sur leur sol. Un excès de magnanimité, expliquait-on, pourrait favoriser l'ascension du parti pro-nazi de Mosley. Pour s'épargner d'avoir un parti pro-nazi aux portes du pouvoir, l'Angleterre refoulait les juifs. Dora avait refranchi les frontières en direction de la Hollande. Sa belle-sœur, la sœur de Lutz, vivait à Amsterdam. On pouvait y rester un temps, le temps de reprendre son souffle.

Elle restait convaincue qu'il lui fallait fuir Amsterdam et le continent, comme il fallait quitter la France. Elle pressentait que la Hollande serait comme la France une proie facile pour le Reich. Elle redoutait de brûler vive avec sa fille dans la grande synagogue d'Amsterdam, comme ses frères et sœurs à Bedzin.

Oh, sa joie, le 16 mars 1939, au lendemain de l'invasion de Prague – elle avait eu aussi une pensée pour Ottla –, quand les services de l'immigration britannique l'avaient enfin autorisée, après cinq tentatives infructueuses, à entrer sur le territoire britannique ! Elle avait réussi. Son obstination avait eu raison de l'obstination des Anglais à ne pas la laisser entrer. Elle avait semé le Reich à ses trousses. Elle était hors de portée. Elle avait mis la Manche entre Hitler et elle. Jamais les Allemands ne franchiraient la Manche. Elle pouvait enfin souffler.

Le 3 septembre, elle avait entendu, avec un profond soulagement, et par la voix du roi, le monde libre déclarer la guerre à l'Allemagne. Hitler était perdu, la France et l'Angleterre allaient livrer bataille.

Mais, quelque temps après le discours du roi, elle fut convoquée au commissariat. On lui signifia qu'un nouveau statut avait été adopté pour les soixante-quinze mille réfugiés allemands ou autrichiens, juifs pour l'immense majorité. On tamponna sur son passeport la mention « *Alien Enemy* ».

Il y avait trois catégories d'*alien enemies*. Elle était classée dans la catégorie B. Les « étrangers indésirables » de cette catégorie – moins dangereux que ceux de la catégorie A, mais plus menaçants que ceux de la C – devaient demeurer sous surveillance.

Le 15 mai 1940, la Chambre des lords durcit la loi. On décida de déporter les *alien enemies* de sa catégorie avec ceux de la catégorie A sur une île au milieu de la mer d'Irlande.

Le 30 mai, on les fit embarquer de force, elle et sa fille, avec trois mille femmes et leurs enfants, juives allemandes pour la plupart, sur un ferry pour entamer la traversée de la mer d'Irlande, une mer démontée, en direction de l'île de Man. Un camp pour femmes y avait été établi à leur intention, au sud de l'île. Dans trois autres camps, plus au nord – les camps de Hutchinson, Onchan et Peveril –, on avait déporté les individus de sexe masculin de la catégorie B, avec tous ceux, plus menaçants, de la catégorie A.

Des rangées de barbelés interdisaient aux réfugiées de quitter le camp de Rushen. Ou bien les barrières avaient-elles été érigées pour empêcher les prisonniers de sexe masculin des camps de Hutchinson, Onchan et Peveril de venir jusqu'aux prisonnières ?

Mais on la traitait correctement. Elle n'endurait aucun sévice. Elle n'avait pas de quoi se plaindre. Sinon elle aurait été bien ingrate. Et Dora Diamant était tout sauf ingrate.

Quand on l'interrogeait sur son passé, elle mentait. Elle ne mentionnait jamais son séjour à Moscou, ni son appartenance au KPD – ici, on détestait les communistes presque autant que les nazis. Elle déclarait : Je suis mère de famille, j'ai fui Berlin, je suis capable de faire tous les métiers. Voilà tout.

Qui d'ailleurs aurait pu croire à sa véritable histoire ? La Gestapo la pourchassait parce qu'elle était juive, le NKVD en tant que trotskiste, et les soldats anglais, sur ordre du gouvernement, l'avaient déportée avec sa fille, derrière les barbelés, parce que, Allemande, elle représentait une menace pour la Couronne britannique.

Elle avait appris récemment qu'Ernst Weiss, l'écrivain et médecin ami de Franz, qu'elle avait croisé à Berlin à plusieurs reprises, s'était suicidé d'une balle dans la tête, dans un hôtel à Paris, le jour de l'entrée des Allemands dans la capitale, pour ne pas finir entre leurs mains. Walter Benjamin s'était donné la mort pour des raisons semblables, près de la frontière espagnole.

Certains jours, elle se disait que le problème venait du fait qu'elle en avait trop appris de la vie. Une conscience trop aiguë du malheur nuit à la bonne entente du monde.

Mais il y avait une bonne nouvelle. Elle avait appris par quelqu'un qui l'avait rencontré à Londres des mois auparavant que Robert était sain et sauf. Il avait réussi l'impossible, partir en Amérique.

Robert est sauvé, songea-t-elle, en contemplant l'horizon de brume. Elle eut une pensée pour Ottla. Des rumeurs terribles provenaient de Prague. On disait que la ville commençait à être vidée de ses juifs, comme Berlin et Vienne l'avaient été. Himmler avait fait, disait-on, la promesse à Hitler qu'avant la fin de 1941 il n'y aurait plus un seul juif dans les trois grandes capitales du Reich, Berlin, Vienne et Prague. Elle préférait ne pas accorder de crédit à une telle monstruosité. Les événements faisaient perdre la tête à tous. Elle ne voulait pas croire ces horreurs. Et parfois elle allait jusqu'à imaginer que sa famille, ses frères et sœurs, coulait des jours heureux à Bedzin dans l'attente de la fin de la guerre.

Elle était saine et sauve, avec sa fille, deux indésirables sous la stricte surveillance des soldats de la Couronne britannique, au milieu de la mer d'Irlande. Certains soirs, quand la tentation la prenait de pleurer sur son sort, une petite voix lui murmurait : Mesure ta chance, Dora Diamant. Si tu étais restée vivre à Berlin, tu aurais été déportée. Si tu n'avais pas quitté Bedzin, tu serais morte brûlée vive. Si tu étais restée à Moscou, tu aurais été envoyée en Sibérie.

Elle gardait toujours en sa possession la brosse ayant appartenu à Franz. La brosse avait fait le voyage avec elle de Kierling à Berlin, de Berlin à Moscou, de Moscou jusqu'à Dunkerque, la traversée de la Manche jusqu'à Londres et dernièrement celle de la mer d'Irlande. Lorsque les temps étaient trop rudes, il lui arrivait de glisser sa main dans son sac et de presser entre ses doigts le manche de la brosse, un peu de la même manière que, si Franz avait été présent à ses côtés, elle se serait accrochée à son bras.

« Puis-je m'asseoir à côté de vous ? »

La voix de femme dans son dos la fit sursauter. C'était Mrs C., la propriétaire de l'hôtel où elle était employée. Elle fit oui de la tête, elle aimait bien Mrs C. Elle avait rarement l'occasion de s'entretenir avec elle. La plupart du temps, cette femme sans âge aux cheveux gris qui s'occupait de l'hôtel avec une poigne de fer ne s'adressait à elle que pour lui signifier un ordre ou une remarque sur la qualité de son travail. Son obsession était la poussière. La poussière n'était jamais bien faite, « Venez voir, Mrs

Dora, là, et là, ces traces, ce n'est pas compliqué, tout de même, vous êtes employée pour ne pas laisser de poussières et vous faites le contraire, c'est-à-dire que j'ai l'impression de vous payer pour laisser la poussière. Même si c'est, je l'admets, pour une somme modique, mais nous sommes en temps de guerre, n'est-ce pas, et vous n'êtes pas une employée comme les autres, après tout, ce n'est pas nous qui vous avons demandé de venir et si le gouvernement britannique ne m'octroyait pas cinq shillings par jour pour vous loger, je ne vous aurais pas accueillie dans mon hôtel. Vous allez encore vous excuser pour la poussière, mais je me moque de vos excuses. Ce ne sont pas vos excuses qui vont enlever les traces derrière vous. Venez, je vais vous montrer... Alors, voyez-vous encore de la poussière ? Vous trouvez cela compliqué ? Rappelez-moi le métier que vous exerciez ?... Actrice ! Vous appelez cela un métier ? Eh bien, madame l'actrice, je vais vous poser une question. Est-ce qu'une actrice laisse des traces ? Non, aucune ! Ou alors les très grandes, celles qui ont un talent fou, mais les autres, aucune ! Ah, vous souriez enfin, je vous ai surprise, n'est-ce pas, vous vous disiez, la patronne est une vieille rombière incapable du moindre humour. Et puis, j'aime quand vous souriez, Dora, j'aimerais vous voir sourire plus souvent, mais il faut dire que ce que l'on vous impose ici n'est pas très réjouissant. »

Ainsi parlait parfois Mrs C., lorsqu'elle s'adressait à Dora.

« Vous permettez que je m'assoie ? répéta-t-elle, ce jour-là.

— Bien sûr », bafouilla Dora, confuse, et elle glissa sur le plaid pour lui faire de la place.

« C'est splendide, vu d'ici, n'est-ce pas ?

— Splendide, acquiesça Dora.

— Je suppose, fit Mrs C., que vous êtes triste que Hanny quitte l'île, c'était votre amie, n'est-ce pas ? »

Elle répondit qu'au contraire elle était ravie de ce départ et de celui de centaines d'autres réfugiés, justement parce que Hanny était son amie et qu'elle ne lui voulait que du bien. Elle était profondément heureuse qu'enfin Hanny et son mari puissent rejoindre Londres. Heureuse qu'après une longue enquête dont on désespérait de l'issue ils aient été lavés de tout soupçon et soient passés de la catégorie *Alien Enemy* B à la catégorie C.

« Mais sans Hanny, vous allez vous sentir seule, non ? »

Bien sûr que l'on avait beaucoup partagé, des rires, et des pleurs, mais aujourd'hui Hanny était libre. Rien d'autre n'avait d'importance. Sa propre solitude importait peu. D'ailleurs elle n'était pas seule, elle avait sa fille, Marianne.

« Oui, bien sûr, concéda Mrs C., vous avez Marianne... Mais vous-même, je veux dire, votre dossier, est-ce que son examen avance, est-ce que vous avez une chance de passer enfin au statut d'indésirable classe C ? »

Elle répondit que oui, il y avait une chance, oh, une chance bien mince, mais tout de même une chance.

« Quelle est-elle, cette petite chance ?

— Eh bien, expliqua Dora, je vous ai dit que j'ai été mariée avec un écrivain, il y a dix-sept ans maintenant ?

— Oui, vous me l'avez dit, et j'ai trouvé cela si romantique, une actrice avec un écrivain. Continuez... »

Dora expliqua qu'elle avait récemment été contactée par une étudiante en littérature de Londres, dénommée Ilse Srawitz, qui faisait sa thèse sur l'écrivain Franz Kafka.

En cet été 1941, allez savoir par quel cheminement, certains parleraient de miracle, Ilse Srawitz avait appris que l'épouse de Franz Kafka était internée à l'île de Man. Elle s'était mis en tête de l'aider, avec la contribution de sa professeure de philosophie, une dame qui œuvrait depuis des années pour l'accueil des réfugiés. La jeune femme et l'enseignante avaient entrepris des démarches auprès des autorités. Savoir si ces démarches aboutiraient, c'était une autre histoire...

« Je suis sûre que cela va marcher ! fit Mrs C., enthousiaste. Et en quelque sorte, si j'ai bien compris toute l'histoire, ce sera grâce à votre premier mari écrivain, rappelez-moi son nom, déjà...

— Kafka, Franz Kafka.

— Oui, donc ce sera grâce à Franz Kafka, et à l'intérêt qu'il a suscité chez une étudiante, que vous et votre fille allez retrouver la liberté ?... C'est une belle histoire, votre histoire, une histoire extraordinaire même, vous ne trouvez pas ? »

Dora ne parvint pas à dire un mot. Des larmes coulaient sur ses joues. Mrs C. sortit un mouchoir, l'appliqua délicatement pour les essuyer :

« Vous pouvez pleurer, Dora, allez-y, pleurez. Le malheur, savez-vous, a toujours une fin. »

ÉPILOGUE

1972

ROBERT

Il apposa sa signature au bas du compte rendu d'hospitalisation de Jack R. Forster, satisfait que l'intervention se soit correctement déroulée en dépit des difficultés opératoires liées à la topographie et au volume de la tumeur bronchique. Samuel Levin, son anesthésiste, avait bien travaillé. Quant à Irvin Seligman, le prometteur assistant du service, il pouvait se féliciter d'en avoir fait son dauphin à l'unité de chirurgie thoracique du Veterans Administration Hospital de Brooklyn.

« Professeur Klopstock, fit Mrs Gladys en entrant dans le bureau et en déposant le café qu'elle s'était proposé de préparer quelques instants auparavant, je vous rappelle que la petite cérémonie se tiendra dans trente minutes, dans la salle des cours.

— Merci, Gladys, c'est noté.

— Toujours sans sucre ?

— Toujours », répondit-il en souriant avant d'ajouter, tandis que la secrétaire retournait vers la porte : « Mrs Gladys, puis-je vous poser une question ?

— D'habitude vous ne demandez pas l'autorisation, professeur.

— J'aimerais savoir si, à vos yeux, pendant toutes ces années, j'ai été un patron trop sévère ?

— Sévère, vous ! Grands dieux, non, professeur Klopstock ! Je sais que Mrs Huttington a pu le penser et même vous le signifier, mais non, ne quittez pas notre hôpital avec cette fâcheuse impression. Vous avez été un chirurgien aimé de ses patients, de ses confrères et de ses élèves, un professeur exigeant, parfois très exigeant, c'est vrai, mais toujours juste. D'ailleurs, vous le savez bien qu'ici tout le monde vous adore.

— Excepté Mrs Huttington ?

— Et peut-être aussi Samuel Levin..., fit-elle en éclatant de rire. Si vous n'avez pas d'autres questions je vais retourner ranger vos papiers. C'est un énorme travail de tout trier. Devrai-je aussi débarrasser la bibliothèque ?

— Non, Gladys, les livres restent. Irvin choisira ce qu'il conservera... Concernant les papiers, n'y passez pas la matinée, je vous l'ai déjà dit, vous pouvez jeter toutes ces vieilleries.

— Comme vous l'entendez, professeur. »

Elle referma la porte derrière elle.

La pendule au mur frappa six coups. Dans une demi-heure, il quitterait définitivement l'unité de chirurgie thoracique qu'il dirigeait depuis des décennies. Il avait opéré des milliers de patients. Ses techniques opératoires comptaient de nombreux adeptes de par le monde et avaient fait de lui l'un des spécialistes mondiaux du traitement chirurgical des lésions tuberculeuses. Il avait reçu toutes sortes de médailles, était encore convié à toutes sortes de symposiums. Il lui semblait avoir passé toutes ces années entre les quatre murs d'une salle d'opération, un scalpel à la main. Maintenant il pouvait tranquillement finir ses jours auprès de Gizelle, dans leur appartement new-yorkais du 60 West 57th Street.

« Tu vas enfin pouvoir écrire, lui répétait son ami Melvin Meyerson.

— J'ai déjà beaucoup écrit, Melvin.

— Je ne te parle pas de tes articles scientifiques, Robert, je te parle du livre de ta vie, du livre de tes rencontres. De ton histoire, Robert ! »

Il n'avait pas envie d'écrire son histoire. Il n'avait jamais aimé se retourner sur son passé, il n'allait pas commencer à bientôt soixante-treize ans. Et, en dépit de l'insistance de Mrs Gladys, il ne voulait rien emporter de ce bureau jonché de souvenirs.

Avait-il trop attendu avant de passer la main ? Il n'avait jamais ressenti le poids des ans. Il lui semblait avoir vécu chacune de ses interventions, jusqu'à la dernière, comme un combat contre la maladie et contre lui-même. Chaque patient décédé sur la table portait le sceau des grandes défaites, chaque guérison, le parfum d'une victoire que l'on n'avait pas le temps de savourer.

Melvin Meyerson lui disait :

« Tu es en pleine forme, Bob, et il n'y a pas d'âge pour devenir écrivain. »

Cause toujours, Melvin ! Évidemment qu'il y a un âge, et c'est le type qui a vu mourir Kafka qui te l'assure : on naît écrivain, et l'on meurt écrivain. D'ailleurs, il n'avait pas choisi de *ne pas* être écrivain. Il n'avait pas *temporisé.* S'il avait été écrivain, il aurait écrit d'une main en opérant de l'autre, mais il aurait écrit. Kafka s'était trompé, il n'avait été ni un disciple de Dostoïevski, ni un apôtre du Christ. Même si, parfois, au sortir d'une intervention chirurgicale, on disait que ses mains accomplissaient des miracles. Même si aussi, avec Gizelle, dans les années cinquante, il avait choisi de se convertir et abjuré sa foi pour une autre, comme Franz Werfel ou Alfred Döblin l'avaient fait.

Il ne voulait plus se sentir juif. Hitler avait détruit les juifs d'Europe, réduit à néant ceux de Berlin et ceux de Vienne, ceux de Budapest et de Prague, exterminé ceux de Pologne, liquidé les quatre cent mille juifs hongrois en quelques mois avant la fin de la guerre. Hitler avait perdu la guerre contre les Alliés, mais il avait gagné celle contre les juifs. Sa conversion et celle de Gizelle étaient-elles une preuve de courage, ou d'une lâcheté sans nom ? On voulait en finir avec cette histoire. Même si l'on savait que c'était peine perdue.

S'il se retournait sur sa vie passée en Europe, il voyait un cimetière. Ses proches de Budapest avaient été assassinés. Tout comme nombre de ses amis berlinois. Mlle Galcon, qu'il avait connue au sanatorium de Matliary, était morte gazée à Auschwitz. Greta Bloch, l'amie de Felice Bauer qui avait inspiré la Mademoiselle Bürstner du *Procès*, avait connu le même sort. Stefan Zweig s'était donné la mort. Benjamin, dont on avait tant parlé à Berlin, aussi. Il avait également appris que la plupart des participants à la réunion chez Robert Weltsch avaient été tués. Valli et Elli Kafka, déportées sans retour au ghetto de Lodz, quand avait commencé la déportation des juifs de Prague. Quant à sa très chère Ottla, elle avait longtemps réussi à échapper aux rafles après avoir divorcé d'avec son mari dans l'espoir de sauver ses filles. Elle avait été prise en août 1942, déportée et internée à Theresienstadt, cette ville-forteresse transformée en camp, à une cinquantaine de kilomètres de Prague, où arrivaient régulièrement des convois de milliers de juifs. Theresienstadt était devenue une fourmilière où s'entassait une population affamée, vivant dans la terreur des SS et les ravages du typhus, mais on avait conservé un semblant de vie parce qu'une petite partie du camp était vouée à constituer la vitrine des camps allemands, là où les juifs étaient censés vivre paisiblement et grassement aux frais de la population allemande. Les acteurs forcés de cette macabre mise en scène, hommes, femmes, enfants, vieillards, étaient régulièrement « liquidés » par convois à Auschwitz et comme « renouvelés ».

Ottla exerçait la fonction d'infirmière au foyer d'orphelins du camp. Le 3 juillet 1943, jour du soixantième anniversaire de la naissance de Franz Kafka – Robert l'avait appris de plusieurs témoignages concordants –, dans une salle où les Allemands, dans leur machiavélisme atroce, autorisaient les déportés à organiser de petits spectacles, un professeur de littérature passionné par l'œuvre de Kafka, un dénommé Norbert Fried, avait tenu une conférence en hommage à l'écrivain et fait jouer une petite pièce à partir du *Procès*. Ottla était présente ce jour-là, les témoignages concordaient. Au professeur qui lui avait demandé de venir évoquer la vie de son frère devant l'assistance, elle avait objecté que ce n'était pas nécessaire.

Au milieu du mois d'août 1943 avait débarqué au camp un transport d'un millier d'enfants juifs polonais. Ils étaient censés représenter une monnaie d'échange dans un hypothétique « marché » avec les Alliés. Ils étaient peut-être parmi les derniers enfants juifs survivants de Pologne. À leur arrivée, ils avaient, un temps, refusé d'aller vers les douches où on les avait conduits. Cette seule idée les terrorisait. Ils savaient.

Les enfants passèrent plusieurs semaines à Theresienstadt. Traités comme un précieux butin. Ils s'y acclimatèrent. Mais – les Alliés refusaient-ils de payer le prix des mille derniers enfants juifs polonais ? – les tractations échouèrent. Les nazis décidèrent de les éliminer. On demanda des accompagnateurs pour leur transfert. Ottla Kafka proposa ses services. Le 5 octobre 1943, les mille deux cent soixante enfants juifs polonais et leurs cinquante-trois accompagnateurs, dont Ottla Kafka, firent partie d'un convoi de transport pour Auschwitz. Ils furent tous gazés à leur arrivée.

Il avait voulu tourner la page de cette histoire. Mais peut-on noyer ses origines dans un filet d'eau bénite ? À vrai dire, il n'en savait rien.

Gladys entra dans la pièce sans frapper.

« Excusez-moi, professeur, lança-t-elle d'un ton exaspéré, vous n'allez pas jeter ça ! »

Elle déposa quelques feuilles dactylographiées sous son nez et resta postée devant lui, la mine réprobatrice, les bras croisés.

Il jeta un coup d'œil sur la première feuille, glissa le regard sur les deux autres et dit, en ne pouvant réprimer un sourire :

« Vous avez raison, Gladys, celles-là, je vais les garder.

— Je préfère ! » fit-elle en ressortant.

Longtemps, les trois lettres sous ses yeux étaient restées encadrées aux murs de son bureau. Non qu'il les considérât comme un trophée, mais parce qu'elles lui rappelaient à quel fil pouvait tenir une vie. La sienne, c'était à l'épaisseur de ces trois lettres. Il s'attarda sur la première, considéra la signature au bas, et la mention Princeton de l'en-tête. Cela faisait des années qu'il ne l'avait pas consultée et il s'attarda à la lire :

À l'attention du Professeur Dr Edgard Mayer
470 Park Av.
New York.

Cher Professeur Mayer,

J'ai appris par le Professeur Thomas Mann quel intérêt chaleureux vous aviez porté au cas de notre ami commun, le Dr Klopstock. Pour ma part, je souhaitais vous demander si vous accepteriez d'user de votre grande influence en faveur du Dr Klopstock, et pourriez l'aider dans sa tentative pour obtenir un poste dans une université où il pourrait poursuivre ses recherches cliniques et théoriques.

Le Dr Klopstock a, dans toutes ses recherches jusqu'à présent, traité de problèmes si essentiels et importants, et, comme me l'ont confirmé des spécialistes dans son domaine, travaillé de façon si originale, il a montré un tel talent scientifique et pédagogique, qu'il serait certainement dans l'intérêt de toute université de saisir cette occasion.

Malheureusement, il est nécessaire de trouver quelque chose de toute urgence, en raison des multiples considérations actuelles.

Je vous autorise à utiliser cette lettre, si elle peut vous permettre d'aboutir en ce sens.

Avec mes meilleures salutations et remerciements.

La lettre était signée Albert Einstein. Elle datait de 1938 et lui avait sans doute sauvé la vie, en lui assurant un soutien et un travail, toutes choses que les autorités américaines exigeaient pour accepter, ou ne pas expulser, un candidat à l'immigration. Plus de trente ans après l'avoir reçue, il la considérait toujours avec un étonnement amusé. Einstein avait contribué à lui éviter d'être refoulé vers le Reich, ce qui, au vu de ce qui était advenu aux juifs hongrois, aurait été la promesse d'une mise à mort.

Il se revit face à Dora, à Berlin, il entendait encore le rire qui avait saisi la jeune femme quand il avait prononcé le nom d'Einstein et celui de Thomas Mann. Il ne se souvenait plus de la date exacte de cette rencontre. Il revoyait les tables d'une terrasse, un kiosque à musique. Il se rappelait aussi son pressentiment que cette rencontre serait la dernière.

Des années durant, il n'avait eu aucune nouvelle d'elle. Il avait pensé qu'elle avait rejoint la cohorte de ses connaissances assassinées. Mais un jour, après la guerre, il avait reçu une lettre. Dora avait survécu et elle avait retrouvé sa trace. Elle lui racontait l'improbable succession de hasards qui avaient permis qu'elle eût la vie sauve. Elle avait échappé à la Gestapo, au NKVD. Après avoir été internée sur une île britannique, elle avait pu aller à Londres et y avait passé la fin de la guerre. De loin en loin, par la suite, elle lui avait envoyé des nouvelles. Elle œuvrait pour la mémoire de Franz. Elle rencontrait traducteurs et chercheurs. Au début des années cinquante, elle lui avait écrit de Tel Aviv, où elle était l'invitée d'honneur des autorités de la ville pour tenir une série de conférences. Elle expliquait dans sa lettre y avoir retrouvé Max Brod qui était devenu le directeur du grand théâtre de la ville et même Tile Rössler, l'amie avec qui elle avait rencontré Kafka. Elle avait passé plusieurs mois en Israël, puis était repartie à Londres avec la promesse d'y revenir et de finir ses jours dans un kibboutz en Galilée, comme elle en rêvait avec Franz du temps de ses vingt ans. Elle s'était éteinte à Londres, à l'âge de cinquante-quatre ans, sans avoir réalisé son rêve. Mais dans sa dernière lettre elle confiait – et la chose continuait aujourd'hui encore de le bouleverser – avoir laissé au kibboutz d'Ein Harod, un peu comme un talisman, la brosse qui appartenait à Franz. L'objet ne l'avait pas quittée tout au long des années.

Peut-être, finalement, ces milliers de patients qu'il avait guéris de leur tuberculose représentaient-ils la rétribution à cet ami mourant qu'il n'était pas parvenu à sauver ? « Tuez-moi sinon vous êtes un assassin ! » Toute vie pouvait-elle se résumer au long trajet, toujours trop bref, parcouru pour racheter une faute imaginaire ?

Ce lot de tragédies dispensées aux trois vies qui s'étaient retrouvées autour de Franz, la sienne, celle de Dora, celle d'Ottla, semblait parfois appartenir à un autrefois irréel. Avait-il traversé tous ces lieux, rencontré tous ces personnages ? Les couloirs des hôpitaux de Budapest, les hauteurs des monts enneigés de Matliary, les collines du sanatorium de Kierling, les ruelles de Prague, les salles d'opération de l'hôpital de la Charité, les avenues de Berlin pavoisées aux couleurs nazies, le transatlantique en 1938, les gratte-ciel de Manhattan, tout cela avait-il été le décor de ses jours ? La vie ressemblait à une histoire inventée de toutes pièces.

Les deux autres lettres sous ses yeux étaient signées Thomas Mann. Il commença à parcourir la première :

Cher Professeur Mayer,

Le Dr Robert Klopstock est un ami très cher. En Allemagne, le Dr Klopstock était connu comme l'un des médecins les plus talentueux et les plus prometteurs. Il a collaboré avec le Professeur Sauerbruch à Berlin, puis il a été responsable d'un service de l'hôpital spécialisé dans le traitement de la tuberculose de la Ville de Berlin (à Beetz-Sommerfeld).

On m'a dit qu'il y a très peu de médecins aussi compétents en matière d'opérations des poumons qu'en traitements internes de la tuberculose, et qui font des travaux de recherche indépendants dans ce domaine avec autant de succès.

Le Dr Klopstock est une personne exceptionnellement cultivée et brillante et je suis sûr qu'il connaîtrait un grand succès en tant que professeur de médecine.

Il est désormais des plus urgent de trouver un poste d'enseignant ou d'assistant de recherche pour le Dr Klopstock dans l'une des facultés de médecine ou l'un des hôpitaux universitaires. Le Dr Klopstock étant arrivé avec un visa de tourisme, il doit tout faire pour régulariser son immigration le plus rapidement possible afin de pouvoir présenter l'examen lui permettant d'exercer, les conditions d'admission étant sur le point de changer.

Je vous serais fortement obligé, cher Professeur Mayer, si vous vouliez bien tenter d'user de votre grande influence, soit dans votre propre département, soit parmi vos nombreuses relations, pour me conseiller où postuler en faveur du Dr Klopstock avec quelque espoir de succès. Si nécessaire, le Professeur Einstein est prêt à se joindre à mes efforts. Recevez mes plus vifs remerciements pour votre aide.

Très cordialement vôtre,

Dr Thomas Mann

Il parcourut un passage de la dernière lettre :

J'ai fait la connaissance du Dr Klopstock par l'intermédiaire du jeune et talentueux écrivain allemand Franz Kafka, pour qui le Dr Klopstock a tant fait professionnellement et spirituellement avant sa mort.

Depuis que je connais le Dr Klopstock, je l'admire et le respecte pour son intégrité, sa loyauté et son idéalisme, ainsi que pour ses compétences professionnelles. Je serais vraiment heureux si pouvait lui être apportée l'aide nécessaire pour lui permettre de poursuivre aux États-Unis l'œuvre qu'il a accomplie avec tant de brio et de dévouement en Europe.

Très cordialement vôtre,

Thomas Mann

Il glissa les trois lettres dans une enveloppe et mit l'enveloppe au fond de sa sacoche puis alla se poster à la fenêtre. Trois jeunes gens en blouse blanche traversaient la cour, d'un pas alerte, la mine souriante, l'air assuré. La vie devant eux, songea-t-il.

Il répéta pour lui-même la phrase de Thomas Mann : « *J'ai fait la connaissance du Dr Klopstock par l'intermédiaire du jeune et talentueux écrivain allemand Franz Kafka, pour qui le Dr Klopstock a tant fait avant sa mort.* »

Il sourit de ce mensonge, se dit qu'il avait contribué à le sauver.

Il n'avait pas pu arracher Kafka à sa terrible fin, et cela relevait sans doute de l'impossible, mais peut-être, en revanche, sa rencontre avec Kafka avait-elle contribué à lui sauver la vie, à lui ?

Pour le reste, il avait fait de son mieux.

Il revit en pensée son ami, allongé sur son lit de souffrance, le visage souriant, presque angélique, après qu'il lui eut administré l'ultime ampoule de morphine. Il songea combien il devait à cet homme, songea à la chance que le sort lui avait accordée en plaçant sur sa route un tel monument de la pensée, un tel sommet d'humanité. Il remercia le ciel pour cette rencontre qui avait donné un sens à son existence et changé le cours de sa vie.

Après quoi il entendit Mrs Gladys lancer à travers la porte que l'heure était venue de se rendre à la salle de cours pour la petite cérémonie.

Il quitta les lieux pour aller prononcer ses adieux.

Mes plus sincères remerciements à Jean-Pierre Lefebvre, directeur de l'édition des œuvres complètes de Franz Kafka dans la Pléiade, pour sa lecture et ses précieux conseils.

Bibliographie choisie

Œuvres complètes et éditions séparées de Franz Kafka

Œuvres complètes, Claude David dir., trad. Jean-Pierre Danès, Claude David, Marthe Robert et Alexandre Vialatte, Bibl. de la Pléiade, 1976-1989, 4 vol.

Récits, romans, journaux, Brigitte Vergne-Cain et Gérard Rudent dir., trad. François Mathieu, Axel Nesme, M. Robert et al., Le Livre de Poche, 2000.

Œuvres complètes, Jean-Pierre Lefebvre dir, Bibl. de la Pléiade, 2018-2022, 4 vol.

Tome I : *Nouvelles et récits*, Jean-Pierre Lefebvre dir., avec la collaboration d'Isabelle Kalinowski, Bernard Lortholary et Stéphane Pesnel, Bibl. de la Pléiade, 2018, trad. Isabelle Kalinowski, Jean-Pierre Lefebvre, Bernard Lortholary et Stéphane Pesnel

Tome II : *Roman*, Jean-Pierre Lefebvre dir. et trad., Bibl. de la Pléiade, 2018.

Tome III : *Journaux et lettres. 1897-1914*, Jean-Pierre Lefebvre dir., avec la collaboration de Laure Bernardi, Isabelle Kalinowski, Claire de Oliveira, Stéphane Pesnel et Jean-Claude Rambach, Bibl. de la Pléiade, 2022.

Tome IV : *Journaux et lettres. 1914-1924*, Jean-Pierre Lefebvre dir., avec la collaboration de Laure Bernardi, Isabelle Kalinowski, Bernard Lortholary, Claire de Oliveira, Stéphane Pesnel et Jean-Claude Rambach, Bibl. de la Pléiade, 2022.

Lettre au père, introduction et trad. Marthe Robert, La Nouvelle Nouvelle Revue française, n° 4, avril 1953, p. 579-597 ; n° 5, mai 1953, p. 786-805 ; n° 6, juin 1953, p. 1032-1046.

Lettres à Milena, trad. Alexandre Vialatte, Gallimard, 1956.

Correspondance (1902-1924), préface et trad. Marthe Robert, Gallimard, 1965.

Lettres à Felice, trad. Marthe Robert, préface d'Erich Heller, Gallimard, 1972.

Lettres à Ottla et à la famille (1909-1924), trad. Marthe Robert, Hartmut Binder et Klaus Wagenbach éd., Gallimard, 1978.

Derniers cahiers (1922-1924), présentation et trad. Robert Kahn, Éditions Nous, 2017.

Journaux, présentation et trad. Robert Kahn, Éditions Nous, 2020.

Ouvrages de référence

ARENDT, Hannah, *La tradition cachée. Le Juif comme paria*, trad. Sylvie Courtine-Denamy, Christian Bourgois, 1987.

BALAJKA, Petr, *Ottla Kafka : Das tragische Schicksal der Lieblingsschwester Franz Kafkas*, trad. Werner Imhof, Tredition, 2019.

BANCAUD, Florence, *Le Journal de Kafka, ou l'Écriture en procès*, CNRS Éditions, 2001.

BENJAMIN, Walter, *Sur Kafka*, présentation et trad. Christophe David et Alexandra Richter, Éditions Nous, 2015.

BLANCHOT, Maurice, *De Kafka à Kafka*, Gallimard, 1982.

BRODD, Max, *Franz Kafka. Souvenirs et documents*, trad. Hélène Zylberberg, Gallimard, 1945.

—, *Une vie combative*, trad. Albert Kohn, Gallimard, 1964.

CANETTI, Elias, *L'Autre Procès. Lettres de Kafka à Felice*, Gallimard, 1972.

CITATI, Pietro, *Franz Kafka*, trad. Brigitte Pérol, Gallimard, 1989.

CLAUDE, David, *Franz Kafka*, Fayard, 1989.

DELEUZE, Gilles et GUATTARI, Félix, *Franz Kafka. Pour une littérature mineure*, Les Éditions de Minuit, 1975.

DIAMANT, Kathi, *Le Dernier Amour de Kafka. La vie de Dora Diamant*, trad. Jacqueline Sudaka-Bénazéraf, Hermann, 2006.

DUTTLINGER, Carolin, *The Cambridge Introduction to Franz Kafka*, Cambridge University Press, 2013.

FRIEDLANDER, Saul, *Kafka, poète de la honte*, trad. Nicolas Weill, Le Seuil, 2014.

GRAY, Richard T. et al. éd., *A Franz Kafka Encyclopedia*, Greenwood Press, 2005.

JANOUCH, Gustav, *Conversations avec Kafka*, introduction, notes et trad. Bernard Lortholary, Maurice Nadeau et Robert Laffont, 1977.

KOCH, Hans-Gerd éd., *J'ai connu Kafka. Témoignages*, trad. François-Guillaume Lorrain, Arles, Solin et Actes Sud, 1998.

KUNDERA, Milan, *Les testaments trahis*, Gallimard, 1993.

LEMAIRE, Gérard-Georges, *Kafka*, Gallimard, 2005.

PAWEL, Ernst, *Franz Kafka ou le Cauchemar de la raison*, trad. Michel Chion et Jean Guiloineau, Le Seuil, 1988.

PESNEL, Stéphane, *Album Kafka*, illustrations, Gallimard, « Albums de la Pléiade », 2022.

ROBERT, Marthe, *L'Ancien et le Nouveau. De don Quichotte à Franz Kafka*, Grasset, 1963.

—, *Seul, comme Franz Kafka*, Calmann-Lévy, 1979.

RUNFOLA, Patrizia, *Kafka. Le cercle de Prague*, Sand, 1995.

—, *Prague au temps de Kafka*, trad. Gérard-Georges Lemaire, La Différence, 2002.

STACH, Reiner, *Kafka : The Decisive Years*, trad. Shelley Frisch, Princeton University Press, 2013.

—, *Kafka : The Years of Insight*, 2015.

—, *Kafka : The Early Years*, 2017.

URZIDIL, Johannes, *There Goes Kafka*, trad. Harold A. Basilius, Wayne State University Press, 1968.

—, *La fuite de Kafka et autres nouvelles*, trad. Jacques Legrand, Desjonquères, 1992.

WAGENBACH, Klaus, *Franz Kafka. Années de jeunesse (1883-1912)*, trad. Élisabeth Gaspar, Mercure de France, 1967.

WAGNEROVA, Alena, *La famille Kafka de Prague*, trad. Nicole Casanova, Grasset, 2004.

WETSCHEREK, Hugo, *Kafkas letzter Freund. Der Nachlaß Robert Klopstock* (1899-1972), Inlibris, 2003.

Ouvrages collectifs

Centième anniversaire de la naissance de Franz Kafka (1883-1924), Études germaniques, n° 154, avril-juin 1984. (Actes du colloque de la Sorbonne, 26-28 septembre 1983.)

Le siècle de Kafka, collectif, Centre Pompidou, 1984.

Franz Kafka, « Cahier de l'Herne », n° 108, Jean-Pierre Morel et Wolfgang Asholt dir., Éditions de l'Herne, 2014.

Références

Les références complètes des ouvrages donnés ci-dessous se trouvent, sauf exceptions, dans la bibliographie choisie. Les citations de Franz Kafka, qui inspirent l'essentiel de ses dialogues dans ce roman, proviennent de la première édition de la Pléiade.

Pages 19-20. Max Brod, *Franz Kafka. Souvenirs et documents.*

Page 46. Lettre à Ottla David, Matliary, 21 mai 1921.

Page 47. Lettre à Minze Eisner, Matliary, fin mars 1921.

Page 48. Lettre à Ottla David, Matliary, vers le 21 décembre 1920.

Page 49. Lettre à Ottla David, Matliary, 16 mars 1921 ; à Max Brod, Matliary, fin janvier 1921.

Page 50. Lettre à Ottla David, Matliary, 16 mars 1921.

Page 51. Lettres à Max Brod, Matliary, début mai et début février 1921.

Page 52. Lettre à Ottla David, Matliary, avril 1921 ; à Max Brod, début mars et mi-mars 1921.

Page 53. Lettre à Robert Klopstock, Planá, septembre 1922 ; à Max Brod, Matliary, mi-avril 1921.

Page 54. Lettre à Max Brod, Planá, 5 juillet 1922 ; à Felice Bauer, 20 avril et 26 juin 1913.

Page 55. Lettre aux Éditions Kurt Wolff, octobre 1922.

Pages 55-56. Journal, 11 et 12 février 1913, 15 août 1913 et 8 octobre 1917.

Page 57. Lettre à Felice Bauer, 2 septembre 1913.

Pages 57-58. Journal, 23 mars 1915 ; lettre à Oskar Pollak, 9 novembre 1903 ; à Max Brod, Matliary, mi-avril 1921.

Page 67. Kathi Diamant, *Le Dernier Amour de Kafka.*

Page 74. Lettre à Julie et Hermann Kafka, Kerling, fin avril 1924.

Pages 76-77. Lettre à Julie et Hermann Kafka, Kerling, vers le 19 mai 1924.

Page 81. Lettre à Robert Klopstock, Ortmann, 13 avril 1924.

Pages 83-85. feuillets de conversation et dernières paroles rapportées par Max Brod dans *Franz Kafka. Souvenirs et documents.*

Page 88. Journal, septembre 1917.

Page 89. Max Brod, *Franz Kafka. Souvenirs et documents.*

Pages 99-100, 104, 108-109 et 111-112. Lettre au Père.

Page 119. Max Brod, *Franz Kafka. Souvenirs et documents.*

Page 127. Journal, 2 décembre 1921.

Page 132. Lettre à Robert Klopstock, Prague, 4 octobre 1921.

Pages 151-153. Max Brod, *Franz Kafka. Souvenirs et documents.*

Page 155. Journal, octobre 1920.

Page 159. Lettre à Max Brod, Matliary, début février 1921.

Page 163. Journal, 19 février 1911 et octobre 1911.

Pages 166-167. Ernst Pawel, *Franz Kafka ou Le cauchemar de la raison.*

Page 169. Cahier du « Virtuose de la faim » (1915, 1921 et 1922) ; Journal, 12 février 1922.

Pages 170-171. Lettres non envoyées à Max Brod, 1921 et 29 novembre 1922.

Page 188. Kathi Diamant, *Le Dernier Amour de Kafka.*

Page 193. *Le Procès*, I, « Arrestation de Joseph K. Conversation avec Mme Grubach puis avec Mlle Bürstner ».

Page 198. Lettre à Milena Pollak, Prague, 17 et 20 novembre 1920.

Page 213. *Le Château*, XVI, « Le Métier de messager ».

Pages 213-214. Walter Benjamin, *Sur Kafka. Jüdische Rundschau*, n° 102-103, vendredi 21 décembre 1934 (note de la rédaction).

Page 218. *Description d'un combat*, manuscrit A, II, 3, d. « Suite de la conversation entre le gros homme et l'homme en prière ».

Page 220. *Le Château*, IV, « Première conversation avec l'hôtesse ».

Pages 241 et 244. Kathi Diamant, *Le Dernier Amour de Kafka.*

Pages 258-259. cité dans *Le siècle de Kafka.*

Page 263. *Le Procès*, III, « Premier interrogatoire ».

Pages 265 et 267. *Le Procès*, X, « Fin ».

Pages 274-275. Stefan Zweig, Klaus Mann, *Correspondance 1925-1941*, éd. Dominique Laure Miermont, trad. et préface de Corinna Gepner, Éditions Libretto, 2016.

Pages 276-279. Stefan Zweig, *Le monde d'hier*, trad. Jean-Paul Zimmermann, Éditions Les Belles Lettres, 2013.

Pages 279-280. *L'Amérique*, I, « Le Chauffeur ».

Page 289. Lettre à Milena Pollak, Prague, 2 et 3 août 1920.

Pages 289-290. Milena Jesenská, *Vivre*, éd. Dorothea Rein, trad. Claudia Ancelot, Éditions Lieu Commun, 1986.

Pages 309-310. Kathi Diamant, *Le Dernier Amour de Kafka*.

Page 319. Ruth Klüger, *Refus de témoigner. Une jeunesse*, trad. Jeanne Etoré, Éditions Viviane Hamy, 1997.

Pages 321, 324 et 325. Fond Robert Klopstock. Traduction de l'auteur.